W0046027

Edith Kneifl

Sonnige Grüße
aus dem Jenseits

Krimis aus aller Welt

Edith Kneifl

Sonnige Grüße aus dem Jenseits

Inhalt

Das Haus am Fluss

Das einstöckige Haus an der Themse stand seit langem leer. Hin und wieder sah man Harry im Garten die Hecken stutzen. Er war nicht mehr der Jüngste. Sein Haar war ergraut und spärlich geworden, aber er hatte sich sein kindliches Lächeln bewahrt. Harry kam jeden Tag hierher, so wie früher, als Miss Guinney noch hier wohnte. Er war ihr Mädchen für alles gewesen.

Eines Nachts war sie von einem Ausflug nach London nicht mehr zurückgekehrt.

Nach ihrem Verschwinden tauchten zwei Polizisten auf und stellten Harry Fragen, die er nicht beantworten konnte. Er beteuerte nur immer wieder, nicht zu wissen, wo sich seine Herrin aufhielt.

Nach dem Besuch der Polizei machten viele böse Geschichten die Runde. Harry hörte den Männern im Pub aufmerksam zu, äußerte sich aber nicht dazu, obwohl er Miss Guinney als Einziger näher gekannt hatte. Selbst wenn es stimmte, was die Leute erzählten, seine Miss würde schon ihre Gründe gehabt haben.

Miss Guinney war eine attraktive Frau, groß und schlank und mit breiten Schultern wie ein Mann. Das Schönste an ihr waren ihre langen blonden Haare. Sie trug sie nie offen, sondern immer straff nach hinten gekämmt und hochgesteckt, was sie sehr streng aussehen ließ. Man konnte sich jedoch vorstellen, wie prachtvoll es sein musste, wenn sie über ihren muskulösen Rücken flossen. Harry hätte zu gerne ihr Haar einmal offen gesehen, aber er wagte es nicht, sie heimlich beim Kämmen zu beobachten.

All ihre Zimmer lagen im Obergeschoss, ein Schlafzimmer, ein Kabinett, das ihr als Ankleideraum diente, ein Bad und noch ein Raum, der immer versperrt war. Im Erdgeschoss befanden sich die Küche, ein Esszimmer und ein geräumiger Salon, der einer überdimensionalen Rumpelkammer glich. Sosehr Harry sich auch bemühte, Ordnung zu schaffen, Miss Guinney gelang es immer wieder in kürzester Zeit, ein Chaos zu hinterlassen. Jeden Vormittag fand er schmutzige Gläser, leere Tonic- und Gin-Flaschen und überquellende Aschenbecher im Salon. Auf dem Orientteppich lagen die Kleider, die sie am Vortag getragen hatte. Er ließ sie jede Woche reinigen, obwohl er wusste, dass Miss Guinney sie ohnehin kein zweites Mal mehr anziehen würde.

Die Fenster des Salons gingen zum Fluss hinaus. Der Blick auf das liebliche Themse-Tal war fantastisch. Der Fluss schlängelte sich durch zwei steinerne Brücken, die von Trauerweiden umrahmt wurden. Die prächtigen Herrenhäuser am anderen Ufer ließen sich allerdings nur erahnen. Sie versteckten sich in verwunschenen Parkanlagen. Aus der Ferne grüßte ein Kirchturm. Dahinter erhoben sich sanfte grüne Hügel.

Ins nächste Dorf brauchte man zu Fuß eine Viertelstunde. Doch Miss Guinney pflegte nicht oft zu Fuß zu gehen. Sie stand nie vor Mittag auf. Nachmittags saß sie dann meist draußen auf der überdachten Veranda und gab sich dem Müßiggang hin. Den prächtigen Garten, der bis zur Themse hinunterreichte, betrat sie nur selten, er war Harrys Reich.

Liebevoll kümmerte er sich um die Rosen, Hortensien und Rhododendronsträucher. Er hatte nur Blumen in Miss Guinneys Lieblingsfarben Pink und Violett gepflanzt. Verirrte sich hin und wieder ein andersfarbiges Gewächs hierher, wurde es sofort von ihm entfernt.

Während ihrer Mußestunden durfte er sich im Garten nicht blicken lassen. Als er es einmal wagte, nachmittags den Rasen zu mähen, erhob sie ihre Stimme. Es war das einzige Mal in all den Jahren, dass er ein scharfes Wort zu hören bekam. Daraufhin ließ er sich zwei Tage nicht bei ihr blicken.

Sonst sprach sie immer mit leiser Stimme, in der ein gewisses Gähnen lag. Es schien, als würde sie das Sprechen langweilen. Harry sprach auch nicht gern, nicht nur weil die meisten Leute lachten, wenn er den Mund aufmachte, sondern weil er nichts zu sagen hatte.

Anfangs dachten die Dorfbewohner, Miss Guinney müsse immens reich sein oder irgendwo einen reichen Ehemann versteckt halten, denn sie besaß Unmengen von Schmuck und teuren Kleidern. Sie zog sich nicht nur täglich zweimal um, sondern trug auch jeden Tag etwas anderes. Man sah sie nie zweimal im selben Kleid.

Sie hatte das Haus vor nunmehr sieben Jahren relativ günstig erstanden, weil es sehr nahe am Fluss lag, feucht war und schon halb verfallen, als sie einzog. Früher hatten Überschwemmungen Haus und Garten übel mitgespielt, doch seit flussaufwärts ein Staudamm errichtet worden war, gab es keine Probleme mehr mit dem Hochwasser. Die Grundstückspreise waren mittlerweile stark gestiegen.

Das romantische Thames Valley war eine begehrte Wohngegend, nicht nur wegen der Nähe zu Schloss Windsor und der Universitätsstadt Oxford, sondern auch, weil die Hauptstadt des Britischen Empires mit dem Auto in einer guten Stunde erreichbar war.

Das entzückende Cottage stammte aus den Anfängen des 20. Jahrhunderts. Es war umgeben von üppiger Vegetation und sah sehr hübsch aus, nachdem Harry es renoviert hatte. Doch in letzter Zeit ließ Miss

Guinney es wieder verkommen. Sie wollte ihre Ruhe haben und erlaubte Harry weder das undichte Dach zu reparieren noch die verrostete Gartenpforte zu erneuern. Die Gerüchte über ihr sagenhaftes Vermögen verstummten. Eine Frau mit Geld würde doch so ein schmuckes Häuschen nicht verwahrlosen lassen, sagten sich die Nachbarn, und die Neider wurden weniger.

Miss Guinneys Alter ließ sich schwer schätzen. Sie hatte sich in den sieben Jahren, die sie hier lebte, kaum verändert. Die Meinungen über ihre Schönheit waren jedoch geteilt. Manche fanden sie früher hübscher, andere wieder behaupteten, sie würde von Jahr zu Jahr schöner. Auffällig war, dass sie keinen Mann hatte. Sie ließ sich nicht nur Miss nennen, sondern man sah sie auch nie mit einem männlichen Wesen. Außer mit Harry natürlich, aber der war ein armer Narr. Böse Zungen unterstellten ihr, dass sie nur so viel Sorgfalt auf ihr Aussehen verwendete, um sich einen Mann zu angeln.

Im Dorf lebte ein Mann, der es besser wusste. Er hatte sich ein Jahr lang vergeblich um ihre Gunst bemüht. Obwohl er nicht übel aussah und sogar über das nötige Kleingeld verfügte, um einer anspruchsvollen Frau fast jeden Wunsch erfüllen zu können, hatte sie ihn ebenso abgewiesen wie alle anderen, die es bei ihr versucht hatten.

Miss Guinney war nicht unfreundlich zu ihren Verehrern, sie behandelte alle gleich oder, besser gesagt, gleichgültig. Sie war nicht arrogant, sondern einfach nur desinteressiert an anderen.

Kein Mensch, außer Harry, überschritt je die Schwelle ihrer Haustür. Sie empfing keine Gäste, hatte keine Freunde, nicht einmal Bekannte. Den Nachbarn schenkte sie ein kurzes Nicken, wenn sie ihnen zufällig auf der Straße begegnete. Da sie selten ausging, brauchte sie auch nicht oft zu nicken. Direkte Nachbarn hatte sie sowieso keine. Das nächste Haus lag mindestens hundert Meter entfernt. Ohne komplizierte Ausreden zu erfinden, lehnte sie jede Einladung ab. Während der letzten Jahre belästigte man sie nur mehr selten mit Einladungen. Das Interesse an ihr flaute ab.

Ihr Tagesablauf war ohnehin allen bekannt. Fast bis auf die Stunde genau wusste jeder, was Miss Guinney machte. Erfreut über das Interesse und die geheuchelte Sympathie für seine Miss hatte Harry den Leuten bereitwillig alles erzählt, was sie wissen wollten. Jahrelang war sie das Lieblingsgesprächsthema im dörflichen Pub. Jeder wusste inzwischen, dass sie nicht nur für Kleider, Schmuck und Kosmetika eine Menge Geld ausgab, sondern auch für Gin und Zigarillos. Sie rauchte mindestens zehn pro Tag.

Harry berichtete den interessierten Dorfbewohnern auch, dass Miss Guinney täglich viele Stunden in ihrem Badezimmer verbrachte. Wenn sie mittags zum Frühstück herunterkam, war sie immer sorgfältig geschminkt. Sie sei jeden Tag erneut ein höchst erfreulicher Anblick, beteuerte er.

Nach dem Frühstück, das nur aus schwarzem Kaffee, einem weichen Ei und Toast bestand, setzte sie sich wie gewöhnlich auf die überdachte Veranda, rauchte und trank ihren ersten Gin Tonic. Harry sah sie nie mit einem Buch, einer Zeitung oder einem Mobiltelefon in der Hand. Sie saß einfach nur da und starrte auf den Fluss, der sich träge dahinwälzte. Manchmal kamen kleinere Ausflugsboote vorbei und die Touristen winkten der Schönen auf der Veranda ausgelassen zu. Sie winkte nie zurück.

Miss Guinney besaß selbst ein altes Boot mit einem Außenbordmotor. An besonders heißen Tagen fuhr sie hinaus und ließ sich von der Strömung flussabwärts treiben. Sie war dann oft stundenlang unterwegs, da die Rückfahrt mit dem schwachen Motor mühselig war. Auch während dieser Bootsfahrten war sie immer elegant gekleidet. Harry hatte sie noch nie in Shorts oder gar in einem Badeanzug gesehen.

Er genoss vor allem die Ruhe in ihrem Haus. Es gab nicht viel zu tun. Nur selten trug sie ihm Besorgungen auf. Sie war auch nicht anspruchsvoll, was das Essen betraf, sondern begnügte sich meistens mit Salat, Sandwiches oder Fish & Chips.

Wenn es draußen kühl wurde, begab sie sich in ihre Zimmer im ersten Stock und erschien erst zum Abendessen wieder, entsprechend gekleidet und noch schöner als am Tag. Harry servierte ihr das Dinner im Esszimmer. Er aß in der Küche, bekam aber das Gleiche wie sie.

Nach dem Essen ging er nach Hause. Er wohnte unten am Fluss in einem vermoderten Bootshaus, das ebenfalls zum Cottage gehörte. In den Wintermonaten ließ ihn der Wirt in einem Abstellraum des Pubs schlafen. Harry war in all den Jahren nie auf die Idee gekommen, Miss Guinney zu fragen, ob er nicht in der Küche auf der Bank des riesigen Kachelofens schlafen dürfe.

Was sie an den langen Abenden allein zu Hause machte, wusste er nicht. Vielleicht sah sie fern? Es brannte immer sehr lange Licht im ersten Stock, aber die dunklen Vorhänge waren zugezogen, in dem einen verschlossenen Raum auch tagsüber.

An den Wochenenden hatte Harry frei. Anfangs war er auch samstags erschienen. Sie hatte ihm jedoch freundlich, aber bestimmt zu verstehen gegeben, dass sie ihn bis Montagmittag nicht zu sehen wünschte. Harry hasste die Wochenenden. Er vertrieb sich die Tage mit Fischen und hing abends meistens im Pub herum.

Die Leute waren bald dahintergekommen, dass Miss Guinney jeden Samstag das Dorf verließ. Nachmittags, immer um die gleiche Zeit, stieg sie in ihren alten pinkfarbenen Bentley und raste die Landstraße hinunter. Einer ihrer Verehrer hatte einmal versucht, ihr nachzufahren. Bis nach London war er ihr gefolgt. Am Stadtrand hatte sie ihn abgeschüttelt. Auch bei seinem zweiten Versuch war sie ihm entwischt.

Anfangs munkelte man allerlei über diese regelmäßigen Ausflüge von Miss Guinney. Dann einigte man sich darauf, dass sie schließlich irgendwann ihre Einkäufe erledigen musste. Ab diesem Zeitpunkt galt der Samstag als Miss Guinneys Einkaufstag. Allerdings kehrte sie oft erst in den frühen Morgenstunden aus London zurück. Manchmal war es bereits hell, wenn Harry den Motor ihres Wagens hörte. Den Bentley parkte sie immer neben dem Cottage unter einer alten Esche.

Der Garten war umgeben von hohen Hecken und nur von der Themse aus einsehbar. Ein besonders hartnäckiger Bewunderer hatte eine Zeitlang versucht, sich ihr vom Fluss her zu nähern. Doch sie hatte sich sofort in ihr Haus zurückgezogen, wenn sein Boot aufgetaucht war. Schließlich gab er auf. Ebenso wie die gefürchteten anglikanischen Frauenvereine bald aufgaben, Miss Guinney als Mitglied gewinnen zu wollen. Sie wurde für verrückt erklärt, nicht so verrückt wie Harry, aber auch sie schien eben nicht ganz richtig im Kopf zu sein. Die Damen verloren das Interesse an ihr und ihren Ausflügen nach London.

Bis sie eines Tages nicht mehr zurückkam. Man wartete einen Tag, zwei Tage, nahm an, sie wäre verreist. Aber Harry schien nichts von einer Reise zu wissen. Als sie nach zwei Wochen noch immer nicht aufgetaucht war, begann die Polizei erneut Nachforschungen anzustellen. Sie brachen die Haustür auf, da Harry behauptete, keinen Schlüssel mehr zu haben. Miss Guinney hatte ihm alle Schlüssel abgenommen, als sie ihn hinausgeworfen hatte. Nach ihrer letzten London-Tour hatte sie Harry in ihrem Bett vorgefunden und kurzerhand vor die Tür gesetzt.

Die Polizisten machten selbst vor dem ersten Stock nicht halt. Harry versuchte, die Police officers daran zu hindern, Miss Guinneys Schlafzimmer zu betreten, denn sie hätte niemals geduldet, dass diese wildgewordene Horde in ihr kleines privates Reich eindrang. Nicht einmal er hatte den ersten Stock betreten dürfen. Aber gegen diese Meute von Scotland Yard hatte er keine Chance. Verzweifelt klammerte er sich an die Beine eines Inspektors. Dieser versetzte ihm einen heftigen Stoß und Harry stürzte die Treppe hinunter. In dem mysteriösen Zimmer im ersten Stock entdeckten die Männer von Scotland Yard dann Anzüge in allen Größen, Maßhemden, Lederschuhe, goldene Uhren und leere Brieftaschen.

Miss Guinney hatte sich ein sonderbares Museum eingerichtet. Zuerst dachte die Polizei, sie hätte diese Sachen nur gestohlen. Später stellte sich heraus, dass die Besitzer dieser hübschen Sachen als vermisst gemeldet waren, verschollen in der fernen Großstadt, manche schon vor Jahren.

Die Gerüchte überstürzten sich. Die schöne Miss Guinney musste sehr wählerisch gewesen sein. Anscheinend hatte sie sich nur mit wohlhabenden Männern eingelassen.

Der Londoner Nobelstrich wirkte verwaist ohne sie, „die Lady im Bentley", wie sie von ihren Kolleginnen respektvoll genannt worden war, da sie ihren Kunden immer in ihrem schönen Wagen zu einem letzten Genuss verholfen hatte.

Als Harry abends aus dem Pub in das Bootshaus zurückkehrte, erzählte er Miss Guinney, dass die Polizei heute nicht nur die Leichen von drei ihrer ehemaligen Kunden, sondern auch ihren alten pinkfarbenen Bentley im Stausee gefunden hatte.

Miss Guinney antwortete ihm nicht. Sie konnte nicht, lag sie doch unter den morschen Brettern des Bootshauses, friedlich schlummernd im Schlammbett des Flusses. In ihrem weißen langen Hals steckte eine Heckenschere. Der Knoten in ihrem Haar hatte sich gelöst. Die langen blonden Strähnen breiteten sich auf den sanften Wellen der Themse aus. Harry entfernte zwei Bretter. Er konnte sich nicht sattsehen an ihrem wundervollen Haar, das sie endlich offen trug.

„Meine besten Jahre habe ich dir geopfert, aber du bist und bleibst ein Versager."

Die heiße, stickige Luft trieb ihr den Schweiß auf die Stirn. Das mausgraue Haar hing ihr ins Gesicht und der Kaugummi quietschte zwischen ihren Zähnen. Obwohl die Fenster des alten Buicks geschlossen waren, drang Sand in das Innere des Wagens.

Die Sonne stand tief im Südwesten. Das verdorrte Gras am Straßenrand reflektierte die Sonnenstrahlen wie Chrom, als hätte jemand Silberfäden ins triste Graubraun gewoben. In diesem weiten Land, in dem kaum Regen fiel, wurde das Gras nie richtig grün.

„Nicht einmal einen neuen Wagen mit funktionierender Klimaanlage können wir uns leisten", schimpfte sie weiter. Seit sie Buttonwillow, ein tristes Kaff in der Nähe von Bakersfield, verlassen hatten, jammerte sie pausenlos über die schreckliche Hitze, den fürchterlichen Verkehr und vor allem über seinen Fahrstil.

Er legte eine CD ein. Mühelos überschrie sie den Countrysänger.

Es gab so viele nette Mädchen in Kalifornien, ausgerechnet an ihr hatte er hängen bleiben müssen. Sie war nicht einmal hübsch, sondern viel zu dünn für seinen Geschmack. Und beim Anblick ihres schmalen, knochigen Gesichts musste er immer an einen kleinen gierigen Vogel denken.

Er vermied es, sie anzusehen, konzentrierte sich lieber auf die Fahrbahn.

Bald nach der Hochzeit hatte sie begriffen, dass diese Ehe eine Fehlinvestition war. Da sich jedoch nichts Besseres ergab, blieb sie bei ihm. Manchmal sehnte sie sich nach einer Affäre. In dem trostlosen Ort, in dem sie lebten, fand sich jedoch keiner, der ihren Vorstellungen auch nur annähernd entsprach. Es blieb ihr nichts anderes übrig, als diesen schmierigen Vertreter von Klimageräten aus Buttonwillow weiterhin zu ertragen.

Sie hatte darauf bestanden, ihn dieses Mal auf seine Geschäftsreise nach Las Vegas zu begleiten. Dass er vorher noch nach Tucson musste, gestand er ihr erst während der Fahrt. Sie war stinkwütend, hatte keinen Bock auf diesen riesigen Umweg. Erst als er ihr eine zweite Nacht in Las Vegas versprach, beruhigte sie sich ein bisschen.

Während er dort seine Geschäfte abwickeln würde, wollte sie sich die Zeit in den Casinos vertreiben. Urlaub in der Stadt, in der das Glück auf der Straße liegt. Alles, was man brauchte, war ein scharfes Auge und eine schnelle Hand.

In den Casinos hoffte sie endlich jene interessanten Leute kennenzulernen, denen sie bisher nur in Fernsehserien begegnet war. Schwarzhaarige, glutäugige Abenteurer, kultivierte Bohemiens, reiche Geschäftsleute mit grauen Schläfen, charmante Salonlöwen und heiratswillige Millionärssöhne. Sie malte sich aus, wie sie, umgeben von all diesen Traummännern, an einem der großen Roulettetische sitzen und mit ihren Augen den eleganten Bewegungen des Croupiers folgen würde. Die wundersame Vermehrung der bunten Chips vor ihr, das aufregende Geräusch der rollenden Kugel ...

Sie hatte ihre gesamten Ersparnisse mitgenommen. Aber davon wusste er nichts. Und das war auch gut so. Denn ihr Mann besaß keinerlei Verständnis für ihre Spielleidenschaft. Zu oft musste er auf sein Abendessen verzichten, weil sie sich nicht von ihren

Computerspielen trennen konnte. Selbst beim Fernsehen legte sie ihr Tablet nicht weg. Sie befürchtete allerdings, dass ihre neunhundert Doller nicht lange reichen würden. Der Gedanke an ihr kurzes, enganliegendes und tief dekolletiertes Cocktailkleid beseitigte ihre Zweifel. Jeder Mann würde ihr Kredit gewähren. Ein versonnenes Lächeln erschien auf ihren schmalen Lippen. Wenn sie lächelte, sah sie hübscher und vor allem jünger aus.

Ihr Mann nahm dieses Lächeln nicht wahr. Er hing seinen eigenen Träumen nach.

Die untergehende Sonne verwandelte die Wüste in ein glühendes Meer und ließ die gigantischen Felsen in fantastischen Farben leuchten. Wind und Wasser hatten ihr eigenes Spiel mit den geologischen Schichten getrieben und bizarre Formen entstehen lassen, riesige Giftpilze, gewaltige Trommeln und nebeneinander aufgereihte, versteinerte alte Männchen mit wulstigen Speckfalten um die Mitte. Jeder kleine Kaktus warf einen Schatten wie ein Baumriese. In Summe malten sie kuriose Muster auf die kahlen Hügel. Auf den abfallenden Hängen schrumpften die Schatten dann zu winzigen Punkten.

Sie schenkte diesem faszinierenden Schauspiel von Licht und Schatten keinerlei Beachtung. Mit geschlossenen Augen döste sie am Beifahrersitz vor sich hin.

Sie hatten die Wüste Mojave längst hinter sich gelassen, waren bereits mitten in der Sonora-Wüste, einer der größten Wüsten der Welt. Zum Glück hatte sie nicht mitbekommen, wie er die Interstate nach Tucson verließ. Bis zur mexikanischen Grenze war es nicht mehr weit. Mannshohe Sagueros begrüßten sie am Straßenrand.

Es wurde rasch dunkel. Die Nacht schlich sich nicht an wie in den Städten, sie kam schnell, ohne Vorwarnung. Die Kandelaberkakteen tauchten in der Finsternis unter.

Wenn er in diesem Tempo weiterfuhr, würden sie bald bei der Trump Wall landen. Dieses mehr als zehn Meter hohe Konstrukt aus eng nebeneinanderstehenden Stahlträgern kannte sie aus dem Fernsehen. Zwar war es mit ihren Geografie-Kenntnissen nicht weit her, aber selbst sie würde dann kapieren, dass sie sich an der Grenze zu Mexiko befanden anstatt in Tucson.

„Hier in der Nähe gibt es ein billiges Motel", sagte er. „Ich habe keine Lust, bis spät in die Nacht hinein zu fahren, ich bin todmüde. Der Termin in Tucson ist erst morgen mittags."

Sie wollte lautstark protestieren, hatte sie doch auf ein kleines Spielchen in einem der Casinos in Tucson gehofft. Als sie seine geröteten und leicht geschwollenen Augen bemerkte, überlegte sie es sich anders und schlug vor, ihn am Steuer abzulösen.

Er ließ sich nicht erweichen. „Ich brauche dringend ein paar Stunden Schlaf."

Aus war der Traum!

Das Royal Hawaiian Motel kam ihr bekannt vor. Alle Motels in dieser Preiskategorie sahen gleich aus. In einer dieser Holzhütten hatte sie ihre Hochzeitsnacht verbracht und auch schon einige Nächte vorher. Sie war verärgert und sprach kein Wort mehr mit diesem Spielverderber.

Ihm war ihr Schweigen nur recht. Er ließ den Buick bei der Einfahrt stehen, begab sich zur Rezeption und trug sich als Jonathan Smith ein, obwohl er George Malcome hieß.

Seine Frau, die schmollend im Auto geblieben war, erwähnte er vorsichtshalber nicht.

Der zugekiffte Typ an der Rezeption verlangte keinen Ausweis, steckte die achtzig Dollar in seine Hosentasche und verschwand wieder hinter seiner Spielkonsole.

Mr. Malcome atmete erleichtert auf. So einfach hatte er es sich nicht vorgestellt. Jetzt musste er nur noch auf eine günstige Gelegenheit warten. Es sollte wie ein Unfall aussehen. Die Geschäftsreise nach Las Vegas war nur ein Vorwand. Da er wusste, wie verrückt sie nach diesem Spielerparadies war, hatte er damit gerechnet, dass sie mitkommen wollte. Sein Chef wähnte ihn in San Francisco und erwartete ihn nicht vor dem Wochenende zurück. Es blieb ihm also eine knappe Woche Zeit, um sich ihrer zu entledigen und danach spurlos zu verschwinden. Er wollte in Mexiko untertauchen, sich in der Grenzstadt Nogales neue Papiere besorgen, ein neues Outfit und vielleicht auch eine neue Frau. Eine temperamentvolle, kurvige Mexikanerin wäre ganz nach seinem Geschmack.

Ursprünglich hatte er daran gedacht, mit seiner Frau auf einem einsamen Self-Service-Campingplatz im Saguaro-Nationalpark zu übernachten. Ihre Leiche hätte er dann entweder in den Algodones-Dünen oder in einer der Salzpfannen entsorgt. Nicht zufällig nannte man die Sonora auch die Wüste der Verdursteten. Hunderte Migranten erlagen hier jährlich dem Hitzetod.

Aber es wäre sicher schwierig, wenn nicht gar unmöglich gewesen, sie zu bewegen, eine Nacht im Auto zu verbringen. Das Royal Hawaiian Motel war für seine Zwecke ebenso gut geeignet. Hier kümmerte sich keiner um den anderen. Gäste kamen und gingen, ohne einander überhaupt wahrzunehmen. Niemand würde sich an den kleinen dicken Mann in einem beigen Buick erinnern.

Er hatte nicht viel Gepäck, trug nur das Nötigste bei sich. Bald würde er sich alles, was sein Herz begehrte, leisten können.

Mr. Malcome hatte sein gesamtes Vermögen von der Bank geholt und zusammen mit den Provisionen, die er den Geschäftspartnern in San Francisco in bar auszahlen sollte, waren es immerhin hunderttausend Dollar, die er zwischen seiner Wäsche versteckt hatte.

Das Apartment befand sich am Ende der Anlage. Er fuhr mit dem Wagen ganz nahe an die Eingangstür heran. Das Zimmer nebenan stehe leer, hatte ihm der Kiffer versichert, und auf der anderen Seite gab es nichts als Wüste.

Die Luft in dem düsteren Raum fühlte sich ebenso stickig an wie draußen. Der altmodische Ventilator diente nur Dekorationszwecken.

Das dünne Sommerkleid klebte unschicklich an Mrs. Malcomes magerem Körper. Sie sehnte sich nach einer Dusche und eilte gleich ins Bad.

„George!", kreischte sie. „Komm sofort her!"

Äußerst widerwillig kam er ihrem Befehl nach.

In dem kleinen Badezimmer wimmelte es von ekelhaften Käfern. Die rosa Kacheln verschwanden fast völlig unter der schwarzen, krabbelnden Masse. Sie krochen aus allen Löchern, aus dem Klo, dem Waschbecken, dem Abfluss, der Dusche. Egal wie viel kostbares Nass sie auf die armen Tierchen verschwendeten, sie wurden dieser Invasion nicht Herr. Bald stand das ganze Bad unter Wasser, aber einige Käfer bewegten sich noch immer.

„Hier bleibe ich keine Sekunde länger! Besorge uns sofort ein anderes Zimmer!", schrie Mrs. Malcome.

„Sie haben kein anderes mehr frei", log er und bemühte sich, sie zu beruhigen. Eine hysterische Frau passte nicht in sein Konzept.

Sorgfältig suchte er Bett und Polstermöbel nach dem scheußlichen Ungeziefer ab. Der weiche hochflorige Teppichboden kam ihm besonders verdächtig vor. Schwer schnaufend kniete er sich auf den Boden und strich mit seinen klobigen Fingern über den Synthetikbelag. Sein Blutdruck erreichte ungeahnte Höhen. Er war nicht mehr der Jüngste und viel zu dick für seine Größe. Aber er musste Ruhe bewahren, durfte sie nicht reizen. Ihr Geschrei war das Letzte, was er brauchen konnte.

Sie stand am Fenster und starrte auf den hell erleuchteten Swimmingpool. Schweißüberströmt und mit hochrotem Kopf kam er unter dem Bett hervor, legte seine Hände auf ihre Schultern und streichelte zaghaft ihren Nacken.

Sie ließ seine Zärtlichkeiten regungslos über sich ergehen. Seine Finger schlossen sich um ihren Hals. Er zögerte einige Sekunden zu lang.

Sie riss die Terrassentür auf und rief so laut, dass die beiden jungen Leute im Pool sie hören konnten: „Ich halte es in diesem elendigen Loch nicht aus, lieber verbringe ich die Nacht im Pool. Dir würde ein Bad auch nicht schaden, du stinkst drei Meilen weit gegen den Wind!"

Resigniert ließ er seine Hände sinken.

„Gut, ich komme mit. Aber lass uns warten, bis die Leute weg sind. Außerdem habe ich mir nach dieser verdammten Käferjagd zuerst einmal einen Drink verdient."

Er nahm eine Flasche Bourbon aus seiner Reisetasche und bot auch ihr ein Gläschen an.

Ihre Laune besserte sich zusehends. Sie schlug vor, noch etwas fürs Abendessen einzukaufen. „Der Tankstellenshop hat bestimmt rund um die Uhr geöffnet."

Mr. Malcome erblasste. Womöglich würde sie mit jemandem ins Gespräch kommen. Er musste um jeden Preis verhindern, dass sie das Apartment verließ.

„Wir könnten ja nach dem Schwimmen noch eine Kleinigkeit im Schnell-Restaurant essen."

Ob dieser Großzügigkeit verschlug es ihr beinahe die Sprache. Sie gingen so gut wie nie zusammen essen. Was war bloß heute in ihn gefahren? Zuerst die zärtlichen Annäherungsversuche, dann der Drink und jetzt auch noch diese Einladung? Sie musterte ihn argwöhnisch. Mit einer Kleinigkeit würde sie sich aber nicht abspeisen lassen. Er würde seine Freigebigkeit schon noch bereuen.

Die Stimmen am Pool waren verstummt, die Unterwasserscheinwerfer ausgeschaltet. Er vergewisserte sich, dass die Vorhänge an den Fenstern der anderen Apartments zugezogen waren, dann schlüpfte er in seine Badehose und wartete, bis auch sie sich umgezogen hatte. Als sie dann in ihrem ausgeleierten Bikini vor ihm stand, musste er unwillkürlich an die vollbusige Mexikanerin denken, die er sich demnächst anlachen würde.

Sie setzte ihre grellgelbe Bademütze auf, schließlich hatte sie erst gestern siebzig Dollar beim Friseur gelassen.

Das Wasser war sehr kalt. Anscheinend war es gerade frisch eingelassen worden. Erschrocken stellte sie fest, dass sie nur am Rand stehen konnte.

Er nahm einen kurzen Anlauf und sprang kopfüber in den Pool, tauchte sie mit dem ganzen Gewicht seines massigen Körpers unter. Prustend und wild um sich schlagend kam sie wieder hoch.

„Du Idiot weißt doch, dass ich nicht richtig schwimmen kann", keuchte sie.

Ihr Mann war nirgends zu sehen. Zitternd klammerte sie sich an den Beckenrand.

„George, wo bist du?"

Ein sanftes Platschen bestätigte ihr, dass sie nicht allein im Pool war. Sie bildete sich ein, dass sich unter der Wasseroberfläche eine dunkle Silhouette abzeichnete. Aber es war zu finster, um Genaueres erkennen zu können.

„Lass die dummen Spielchen!" Sie zitterte vor Angst, befürchtete, er würde sich ihr unter Wasser nähern, sie an den Füßen packen und in die Tiefe ziehen. Verzweifelt strampelte sie mit den Beinen.

Plötzlich vernahm sie ein leises Röcheln.

„Hör sofort mit diesem Blödsinn auf!", schrie sie.

Als sie endlich begriff, dass der Kopfsprung ins eiskalte Wasser zu viel für sein schwaches Herz gewesen war, tastete sie sich am Rand des Beckens bis zur Leiter vor und verließ rasch den Pool. Sie hatte keine Lust, ihrem Mann beim Sterben zuzusehen.

Hatte sie ihn nicht wiederholt gewarnt, dass sein Herz eines Tages nicht mehr mitspielen würde? Zu viele Hamburger, zu viel Alkohol. Aber er hatte ja nicht auf sie hören wollen. Ohne sich noch einmal nach der gespenstischen Silhouette, die sich nur undeutlich vom Wasser abhob, umzusehen, ging sie ins Haus.

Nach diesem Schock brauchte sie unbedingt einen Schluck Bourbon. Die angebrochene Flasche stand auf dem Nachtkästchen neben dem Bett, das er nun nicht mehr benützen würde. Als sie nach der Flasche griff, fiel ihr Blick auf die Schachtel mit seinen schnell wirkenden Herztabletten. Zögernd nahm sie die kleinen orangeroten Kugeln aus der Packung und betrachtete sie mit einem seltsamen Lächeln, bevor sie die Wunderpillen im Klo hinunterspülte.

Dann stärkte sie sich mit einem großen Schluck aus der Flasche, zog sich wieder an, holte die Taschenlampe aus dem Handschuhfach des Wagens und sah noch einmal nach ihrem Mann. Vorsichtig beugte sie sich über den Swimmingpool und vergewisserte sich, dass sie tatsächlich Witwe war.

Sie verständigte weder die Rettung noch die Polizei. Sie hasste Scherereien.

Wieder zurück im Apartment packte sie ihre Sachen und beseitigte alle Spuren, die sie hinterlassen hatte. Sogar die Bourbonflasche wischte sie ordentlich ab. Zuletzt durchsuchte sie noch die Taschen seines Anzugs. Die Motelrechnung lautete komischerweise auf einen Jonathan Smith. Sie dachte nicht lange darüber nach, legte die Rechnung auf den Tisch und steckte seine Papiere ein. Es würde wohl eine Weile dauern, bis man den Toten in der Badehose identifizierte.

In seiner Brieftasche befanden sich vierhundert Dollar. Das Kleingeld ließ sie drinnen. Zusammen mit ihren eigenen Ersparnissen besaß sie nun eintausenddreihundert Dollar. Ein hübsches Sümmchen. Für ein paar schöne Tage in Las Vegas würde es reichen, und wer weiß, vielleicht begann ja jetzt endlich ihre lang ersehnte Glückssträhne.

Beinahe vergnügt stieg sie in den Buick, denn sie fuhr gerne nachts.

Seine hunderttausend Dollar schwere Reisetasche hatte sie im Royal Hawaiian Motel zurückgelassen. Sie wollte sich mit seinen alten Sachen nicht belasten.

Ferragosto

Feinkörniger Sand, silbern glitzerndes Meer, farbenfrohe Sonnenschirme in Reih und Glied.

Drei ältere Damen aus Wien genossen seit Jahren im Hochsommer gemeinsam eine Woche am Strand von Grado. Anfangs hatten sie nur das Nötigste miteinander gesprochen. Erst bei ihrem zweiten Aufenthalt in Grado stellten sie fest, dass sich Astrids große Altbauwohnung unweit des Juweliergeschäfts von Judiths Mann in der Josefstadt befand. Beate war stolze Besitzerin eines mehrstöckigen Hauses in Ottakring, in dem auch die Baufirma ihres Mannes untergebracht war. Trotz der räumlichen Nähe trafen sich die drei Damen nur selten in Wien. Sie verkehrten in unterschiedlichen Kreisen. Dass sie ausgerechnet ihre Urlaube miteinander verbrachten, lag eher daran, dass sie befürchteten, sich allein am Strand zu langweilen. Außerdem wollte keine der drei abends allein essen gehen.

Sie wohnten allerdings immer in verschiedenen Hotels. Astrid, die mit einem Arzt verheiratet war, stieg in den Villen Bianchi ab. Judith bevorzugte das Grand Hotel Astoria. Beate stieg jeden Sommer in einem anderen 4-Sterne Hotel ab. Heuer logierte sie im Hotel Fonzari.

*

Die Damen breiteten ihre Hamamtücher auf den Liegen aus, hängten ihre Badetaschen unter den Schirm und schlüpften aus ihren Kleidern.

Judith schob ihre Liege in die Sonne. Sie war ein dunkler Typ. Mit ihren langen schwarzen Haaren, ihren dunkelbraunen Augen und ihrer tiefgebräunten Haut besaß sie eine gewisse Ähnlichkeit mit einer Romni. Beate hütete sich, diesen Vergleich zu äußern, da Judith aus ihren Vorurteilen gegenüber Roma und Sinti keinen Hehl zu machen pflegte. Astrid konnte es sich jedoch nicht verkneifen, ihrer Bekannten einen Vortrag über die Schädlichkeit von UV-Strahlen zu halten.

Beate stimmte ihr zu. Als ehemals echte Blondine hatte sie eine sehr empfindliche Haut. Deshalb beanspruchte sie auch vollen Schatten für ihre Liege, während Astrid sich mit dem Halbschatten zufriedengab und ihre bleichen Beine der Sonne entgegenstreckte.

Ihre Strandtage liefen immer nach dem gleichen Ritual ab. Sie trafen sich pünktlich um zehn beim ersten Eingang des Spiaggia principale, verließen den Strand um dreizehn Uhr und kehrten nach einer ausgiebigen Siesta um sechzehn Uhr wieder zurück. Judith verzichtete manchmal auf Mittagessen und Siesta, blieb den ganzen Tag am Strand, legte sich allerdings in der Mittagszeit auch unter den Schirm.

Die Ärztegattin und die Frau des Juweliers ließen Beate hin und wieder spüren, dass sie gesellschaftlich weit unter ihnen rangierte. Die mollige Blondine war nicht dumm, sondern nur ein bisschen naiv. Sie erledigte jahrzehntelang die mehr als komplizierte Buchhaltung für die Baufirma ihres Mannes und hielt sein Büro in Schuss, während er den großen Macker mimte und das Geld mit beiden Händen hinauswarf. Ohne sie wäre er längst bankrottgegangen. Er dankte es ihr nicht. Im Gegenteil, je mehr sie für ihn schuftete, desto schlechter behandelte er sie. Früher hatte er sogar manchmal die Hand gegen sie erhoben. Seit sie ihm mit einer Anzeige wegen Steuerhinterziehung gedroht hatte, wagte er es nicht mehr, sie zu schlagen. Aber er trank weiterhin zu viel, rauchte zu viel und stopfte zu viele Süßigkeiten in sich hinein.

Letzten Sommer hatte sich Beate einmal bei Astrid über ihr Ehemartyrium beklagt. Als Frau eines Psychiaters hatte Astrid schnell eine passende Diagnose parat gehabt.

Beate hatte sich daraufhin im Internet über Masochismus schlaugemacht und sich in einigen Fallbeschreibungen wiedergefunden. Im Grunde war es auch masochistisch, sich jeden Sommer mit diesen beiden arroganten Ladies zu treffen. Bestimmt konnte sie in Grado nettere und lustigere Gesellschaft finden. Doch Astrid imponierte ihr. Gerne hätte sie mehr von deren Klugheit und Selbstbewusstsein gehabt.

Astrid hatte vor ihrer Ehe als Krankenschwester gearbeitet. Sie hielt sich fit, hatte für ihr Alter eine ausgezeichnete Figur und bevorzugte sportlich-elegante Kleidung. Vor kurzem war sie sechzig geworden. Ihr verhärmtes Gesicht und ihr grauer Bob trugen jedoch dazu bei, dass sie keinen Tag jünger wirkte.

Die mollige Beate war drei Jahre älter. Ihr beinahe faltenloses Gesicht und ihre blond gefärbten Haare ließen sie aber jünger aussehen. Gekleidet war sie eher unauffällig, meistens trug sie weite sackartige Sachen, um ihre Rundungen zu verstecken.

Judith machte aus ihrem Alter ein großes Geheimnis. Sie war sehr schlank, fast dünn, kleidete sich betont sexy und war selbst am Strand mit viel Schmuck behangen. Trotz der starken Schminke waren die Sonnenschäden auf ihrer faltigen Haut deutlich sichtbar. Auch ihr Hals und ihre Hände verrieten, dass sie ihren Sechziger längst hinter sich hatte.

Da Astrid offensichtlich einen Narren an Judith gefressen hatte, nahm Beate die Gesellschaft dieser eitlen Person gezwungenermaßen in Kauf. Sie konnte sich nicht erklären, warum sich diese beiden unterschiedlichen Frauen so gut miteinander verstanden. Judith war weder besonders intelligent noch amüsant oder charmant. Allerdings schaffte es die Juweliersgattin meistens, im Mittelpunkt zu stehen. Geschickt flocht sie prominente Namen ins Gespräch ein, tat so, als würde sie die High Society von Wien persönlich kennen, und schien Astrid mit all den kulturellen Events, an denen sie teilnahm, zu beeindrucken. Judith pflegte fast jeden Abend auszugehen, sei es ins Theater, in die Oper, zu Konzerten oder Vernissagen. In Beates Augen war sie eine unerträgliche Angeberin.

Die ehemalige Schmuckverkäuferin, so bezeichnete Beate sie in Gedanken, war am Freitag in ihrem schicken BMW in Grado eingetroffen. Astrid war erst Samstagabend angekommen. Sie war mittags, ebenfalls mit ihrem eigenen Wagen, aus Wien losgefahren. Keine der beiden hatte angeboten, Beate mitzunehmen. Auch deshalb war diese schon am Mittwoch angereist. Sie wollte mindestens zehn Tage bleiben, wenn nicht länger. Je nachdem, wie sich alles entwickeln würde ...

Wie jedes Jahr hatte sie den Zug bis Udine genommen. Auf den Bus zur Weiterfahrt hatte sie dieses Mal gerne verzichtet und sich von Udine aus ein Taxi nach Grado geleistet. Beate war vor einigen Monaten Witwe geworden. Da ihr Mann kein Testament hinterlassen hatte, war sie Alleinerbin. Die Baufirma hatte sie mittlerweile verkauft. Sie war jetzt Millionärin, konnte tun und lassen, was sie wollte, und hatte beschlossen, fortan das Leben in vollen Zügen zu genießen.

*

Während Beate auf ihrer Liege vor sich hin döste, tauchten Erinnerungen an den letzten Sommer auf.

Die Damen ließen damals ihren Grado-Urlaub mit einem feuchtfröhlichen Abend in einem Fischrestaurant an der Piazza Duca d'Aosta, wo sich ein Lokal an das andere reihte, ausklingen. Sie waren alle drei schon leicht beschwipst, als sich Judith über ihren knausrigen, misanthropischen Ehemann zu beklagen begann.

Wenn Judith einen über den Durst getrunken hatte, hörte sie nicht mehr auf zu reden und war kaum zu bremsen. An diesem Abend jedoch fiel ihr Astrid ins Wort und schilderte den anderen beiden ausführlich ihre eigenen Eheprobleme.

Astrids Mann arbeitete als Psychiater im AKH. Seine Wahlarzt-Ordination in der Josefstadt hatte er vor Kurzem aufgegeben. Er hatte etwas von Work-Life-Balance geschwafelt. Der wahre Grund hieß Michaela, war gerade neununddreißig geworden und Neurologin. Der fesche Herr Doktor war ein Womanizer. Jahrelang hatte Astrid über seine zahlreichen Affären hinweggesehen, doch dieses Mal drohte die Geschichte aus dem Ruder zu laufen. Er bildete sich ein, ernsthaft in seine jüngere Kollegin verliebt zu sein, und hatte bereits das Wort Scheidung in den Mund genommen.

„Deiner ist wenigstens noch ein Mann", unterbrach Judith sie. „Mein Alter hat mich seit Jahren nicht mehr angerührt."

„Das kommt davon, wenn man einen viel älteren Mann heiratet", sagte Astrid schnippisch. Die neue Geliebte ihres Mannes war auch mindestens zwanzig Jahre jünger als er.

Judith hatte ihren ersten Mann und ihre Tochter wegen ihres um siebzehn Jahre älteren Chefs verlassen. Mit ihrer Tochter stand sie nur mehr lose in Kontakt.

Astrid war ebenfalls Mutter einer Tochter. Die Kleine hatte eine gute Partie gemacht, einen amerikanischen IT-Menschen geheiratet und lebte in New Jersey. Sie besuchte ihre Eltern jedes Jahr. Astrid war auch schon öfters in den Staaten und zeigte den Damen jeden Sommer die neuesten Fotos von ihren beiden wohlgeratenen Enkelkindern.

Beate hatte sich immer Kinder gewünscht, aber keine bekommen. Als sie erfuhr, dass nicht sie an ihrer Kinderlosigkeit Schuld trug, wie ihr Mann behauptet hatte, sondern er wegen seiner langjährigen Zuckerkrankheit zeugungsunfähig war, begann sie, ihn zu hassen.

An diesem Abend vor einem Jahr war jedoch weder von Kindern noch Enkelkindern die Rede. Astrid war sehr erbost über ihren Mann, vergoss sogar ein paar Tränen der Wut.

Beruhigend legte Beate die Hand um ihre bebenden Schultern.

Astrid schob ihre Hand weg und fauchte: „Am liebsten würde ich ihn umbringen!"

Judith stieß einen höhnischen Lacher aus.

„Leider gibt es keinen perfekten Mord."

„Sag das nicht", widersprach Astrid. „Da würde mir schon einiges einfallen."

„Lass hören."

Astrid erwähnte gewisse Medikamente, die, in zu hoher Dosis verabreicht, zum Tod führen könnten.

„Mein Alter ist herzkrank und schluckt jede Menge Pillen. Er würde es bestimmt nicht bemerken, wenn ich einige austauschte ...", murmelte Judith nachdenklich.

„Nimmt er auch ein Medikament, das Digitalis-Glykoside beinhaltet?", fragte Astrid.

Judith zuckte mit den Achseln.

„Wie wäre es mit Giftpflanzen? Zwei, drei Blätter vom Roten Fingerhut können tödlich sein", mischte sich Beate ein.

Judith zog ihre perfekt gezupften Brauen hoch und sah sie belustigt an. „Du liest zu viele Krimis", sagte sie.

„Leidet er auch an Diabetes? Eine Überdosis Insulin lässt sich schwer nachweisen", warf Astrid ein.

„Bei einer Pilzvergiftung denkt man auch nicht gleich an Mord", sagte Beate leise. „Jedes Jahr sterben Leute, die sich mit Schwammerln nicht auskennen. Bei euch draußen in Seebenstein wimmelt es doch nur so von Schwammerln in den Wäldern."

Astrid sah sie stirnrunzelnd an.

„Und bei einem Juwelier wäre eher ein Raubüberfall naheliegend." Beate war jetzt in ihrem Element. Ihr schien dieses Gedankenspiel Spaß zu machen. Sie liebte die Romane von Agatha Christie und ließ keine Verfilmung im Fernsehen aus.

Ihr Vorschlag stieß nicht auf Zustimmung. Judith forderte sie sogar auf, endlich den Mund zu halten, und bezeichnete sie als „dumme Gans".

Während sich Astrid und Judith damals weiter über den perfekten Mord austauschten und die unterschiedlichsten Mordmethoden diskutierten, hing Beate leicht eingeschnappt ihren eigenen Gedanken nach.

In ihrem naturnahen Garten gediehen nicht nur Rosen wunderbar, sondern auch giftige Pflanzen, wie Tollkirsche, Schierling und Fingerhut. Da sie weder kleine Kinder noch Haustiere hatte, riss sie diese Gewächse nie aus. Sie war eine leidenschaftliche Gärtnerin. Doch die Damen wollten ja nicht auf sie hören.

Inzwischen hatten die beiden einige ihrer eigenen Ideen wieder verworfen. Judith überlegte laut, wie man die Bremsen eines Wagens manipulieren könnte. Beate wollte es ihr zuerst erklären, hielt aber dann den Mund. Sie hatte Judiths beleidigende Bemerkung von vorhin nicht vergessen.

Auch Astrids Plan, ihrem Mann ein Betäubungsmittel zu verabreichen und ihn im Pool ihres Wochenendhäuschens in Seebenstein zu ertränken, erschien Beate viel zu kompliziert und zu unsicher. Sie schrieb diese blödsinnige Idee dem Limoncello zu, den ihnen die nette Kellnerin mit der Rechnung serviert hatte.

Ein Stoß vor die einfahrende U-Bahn in der Station Michelbeuern-AKH, die zu bestimmten Zeiten brechend voll ist, wäre eine wesentlich einfachere Lösung, dachte sie. Astrid hatte einmal erwähnt, dass ihr Mann täglich mit der U-Bahn zur Arbeit fuhr. Sie sprach auch diesen Gedanken nicht laut aus.

Judith war inzwischen bei ihren Träumen angelangt. Aufgeregt schilderte sie ihnen, was sie mit all dem Geld, das sie erben würde, anstellen wolle.

Ihr schrilles Organ ließ sich nicht überhören. Am liebsten hätte sich Beate die Ohren zugehalten.

„Kreuzfahrten, Südamerika, Karibik, heißblütige Tangotänzer, bla, bla, bla ...", tönte es lautstark durch den fast leeren Gastgarten des Restaurants.

Astrid plante, ihre potenzielle Witwenpension hauptsächlich für kulturelle Veranstaltungen und

Bildungsreisen auszugeben. Sie lebte gerne in Wien, das Wochenendhäuschen in Seebenstein wollte sie aufgeben, es machte nur Arbeit. „Mir käme kein Mann mehr ins Haus", betonte sie. „Und wie sehen deine Pläne aus?", fragte sie Beate.

„Ich weiß nicht, ich habe mit neunzehn geheiratet und nie allein gelebt."

„Aber was würdest du machen, wenn du plötzlich solo wärst?"

„Die Firma verkaufen und einen Teil des Erlöses der Kirche spenden ... mir vielleicht ein Appartement in Grado zulegen, einen Italienischkurs besuchen und den ganzen Sommer hier verbringen. Sonst würde ich wahrscheinlich weitermachen wie bisher."

„Typisch", zischte Judith abfällig.

*

Beate lächelte im Halbschlaf. Wenn diese eingebildete Zicke wüsste, was inzwischen alles passiert war, würde sie vor Neid erblassen.

Judiths hohe Stimme riss sie aus ihren Träumen.

„Was hast du gesagt?", fragte Beate.

Astrid und Judith kamen vom Schwimmen zurück, standen nun vor ihrer Liege und starrten auf sie hinunter. Judith wiederholte ihre Frage: „Wir möchten gerne wissen, was mit deinem Mann tatsächlich passiert ist."

„Mein Gustl war nicht nur schwerer Alkoholiker, sondern auch zuckerkrank. Seine Organe haben nicht mehr länger mitgespielt."

„Oh, là, là ...", trällerte Judith.

„Er ist eines ganz natürlichen Todes gestorben", beteuerte Beate.

Astrid und Judith warfen einander skeptische Blicke zu, fragten aber nicht weiter nach.

„Dann ist ja alles in Ordnung", sagte Astrid und wandte sich an Judith. „Und dein Mann?"

Beate richtete sich auf.

„Wie bitte? Ist der deine auch tot?"

„Ist dir nicht aufgefallen, dass sie ihren Ehering an der linken Hand trägt und einen Trauerschmuck an der rechten?"

„Den Ring hat mein verstorbener Mann für eine kürzlich verwitwete Kundin angefertigt", seufzte Judith und hielt ihren protzigen, in Gold gefassten Onyx unter Beates Nase. „Ich habe gedacht, ich sollte ihn behalten, als Erinnerung sozusagen."

„Da... das finde ich sehr nett von dir ...", stammelte Beate.

„Er hat erst vor kurzem das Zeitliche gesegnet. Sein Herz hat nicht mehr mitgespielt."

„Ach ja, du hast uns eh erzählt, dass er unter Herzinsuffizienz und Herzrhythmusstörungen gelitten hat", warf Astrid ein.

„Er hat immer noch dieses alte Digitalis-Präparat, das ihm irgendein Quacksalber vor Jahren verschrieben hatte, genommen", ergänzte Judith.

„Sie will damit sagen, dass er an einer Überdosis Digoxin gestorben ist, nicht an den Blättern des Fingerhutes." Astrid zwinkerte Judith zu.

„Du bist also jetzt auch eine wohlhabende Witwe", sagte Beate.

„Könnte man sagen, aber so reich wie du bin ich leider nicht."

„Schluss jetzt mit diesem albernen Gerede", sprach Astrid ein Machtwort. „Das Wasser ist herrlich, willst du dich nicht auch ein bisschen erfrischen?"

„Von Erfrischung kann keine Rede sein. Die Adria hat Badewannentemperatur", meckerte Judith, setzte sich auf ihre Liege und befahl Beate, ihr den Rücken einzucremen.

Astrid spazierte einstweilen in der prallen Sonne am Strand auf und ab.

„Warum ist sie so nervös?", fragte Beate.

„Vielleicht hat sie schlecht geschlafen", murmelte Judith.

Beate war vorhin schon aufgefallen, dass auch die Juweliersgattin nicht gut drauf war. Sie kam ihr fahrig und weniger souverän vor als sonst.

„Und deinem Mann geht es gut?", fragte sie Astrid, als diese sich wieder zu ihnen gesellte.

„Gestern Mittag, als ich losgefahren bin, war er noch wohlauf." Sie betonte auffällig das Wörtchen „noch".

„Und heute?"

„Ich habe ihn gestern Abend, gleich als ich angekommen bin, nicht erreicht. Aber das hat nichts zu sagen. Bestimmt hat er sich mit seiner Geliebten getroffen. Heute Morgen habe ich es ebenfalls versucht. Er hat wieder nicht abgehoben."

„Probiere es jetzt noch mal", forderte Judith sie auf.

Astrid griff nach ihrem Handy. Sie ließ es lange klingeln und sprach schließlich auf die Mailbox: „Wo bist du, mein Schatz? Ich kann dich nicht erreichen. Ruf mich bitte zurück, Liebling."

„Ich glaube, ihr dürft mir ebenfalls euer Beileid aussprechen", sagte sie mit einem zynischen Lächeln, nachdem sie aufgelegt hatte.

„Neiiin", kreischte Judith. „Sag bloß, er hat auch das Zeitliche gesegnet? Willkommen im Club der lustigen Witwen! Das muss gefeiert werden. Beate, kannst du uns nicht eine Flasche Champagner holen? Der kleine

Supermarkt in der Viale Europa Unita führt Veuve Clicquot."

„Ich bin nicht deine Bedienerin", murrte Beate und drehte sich auf den Bauch.

„Ich gehe selbst", sagte Astrid. „Ich kann mich jetzt sowieso nicht einfach hinlegen, ich bin viel zu aufgewühlt."

„Aber dann verrätst du uns, wie du ihn beseitigt hast."

„Schrei nicht so! Dort vorne liegen Österreicher, die können jedes Wort hören."

„Ich bin schon still", flüsterte Judith kichernd.

„Soll ich mitkommen?", bot sich Beate nun doch an. Ihr war weder die ausgelassene Judith noch die ruhelose Astrid geheuer. Sie hatten bereits einiges Aufsehen erregt, nicht nur die österreichische Familie schaute andauernd zu ihnen herüber, sondern auch andere Badegäste warfen ihnen belustigte Blicke zu.

Astrid wollte allein losziehen.

Kaum war sie weg, sagte Judith lachend: „Ich bin gespannt, wie sie es gemacht hat. Du nicht auch?"

„Gib endlich Ruhe! Ich möchte ein bisschen schlafen, hatte eine anstrengende Nacht!"

Erschrocken über den ungewohnt herrischen Ton der sonst eher sanften und nachgiebigen Beate, schwieg Judith tatsächlich.

Als Astrid nach einer Stunde mit dem Champagner und Gläsern zurückkehrte, schlug sie vor, abends groß auszugehen. „Was haltet ihr vom Sky Restaurant in Beates Hotel? Dort oben im siebten Stock hat man einen fantastischen Blick auf Grado und die Lagune. Ich werde euch beim Essen alles erzählen. Hier sind mir zu viele Leute."

Judiths Protest wehrte sie energisch ab: „Lasst uns jetzt auf unseren neuen Lebensabschnitt anstoßen!"

Beate nippte nur an ihrem Glas. Die anderen beiden tranken schnell und schlummerten, nachdem die Flasche leer war, auf ihren Liegen ein.

Beate fragte sich, ob die beiden tatsächlich ihre Ehemänner auf dem Gewissen hatten. Sie war sich fast sicher, dass Judith es getan hatte und Astrid Bescheid wusste. Doch Astrid traute sie keinen brutalen Mord zu. Was war passiert? Sie platzte fast vor Neugier.

Um sich von den realen Verbrechen abzulenken, las sie weiter ihren Agatha-Christie-Krimi und ging zweimal schwimmen. Pünktlich um dreizehn Uhr verließ sie den Strand. Als sie aufbrach, erwachten auch die anderen beiden und machten sich ebenfalls auf den Weg in ihre Hotels.

Der Himmel verdunkelte sich. Ein Gewitter kündigte sich an. Die ersten Blitze erschienen am Horizont. Beate flüchtete in eine kleine Trattoria und gönnte sich eine Portion Spaghetti Vongole vor dem späten Mittagsschläfchen in ihrem Hotel. Nachher ging sie nicht mehr an den Strand, obwohl der Regen um drei Uhr vorbei war und die Sonne wieder hervorkam.

Nachdenklich schlenderte sie durch die entzückende Altstadt von Grado. Mittlerweile kannte sie alle engen Gassen und kleinen Plätze, die Campielli genannt wurden.

Um die Basilica di Sant'Eufemia machte sie einen großen Bogen, obwohl diese Kirche aus dem fünften Jahrhundert eine nahezu magische Anziehung auf sie ausübte. Sie hatte ihr bereits heute Morgen einen Besuch abgestattet und wollte dem jungen Priester nicht ein zweites Mal begegnen. Auch dem benachbarten Baptisterium und den Marmorsarkophagen aus dem zweiten und dritten Jahrhundert schenkte sie nur einen kurzen Blick. Rasch ging sie weiter zur Basilica Santa

Maria delle Grazie. Sie verweilte nicht allzu lange in dieser schönen alten Kirche, zündete nur eine Kerze für ihren verstorbenen Mann an.

Inzwischen hatten auch die Geschäfte wieder geöffnet. Sie stürzte sich in das Getümmel auf den Einkaufsstraßen, probierte ein paar Leinenkleider, entschied sich für ein weißes. In einem eleganten Schuhgeschäft erstand sie ein Paar sündhaft teure Sandalen und in einem Schmuckladen eine lange Kette mit bunten Steinen.

Zufrieden mit ihren Einkäufen spazierte sie zurück in ihr Hotel.

Judith hatte ein SMS geschickt und vorgeschlagen, sich um achtzehn Uhr in der Manzoni Bar an der Promenade des alten Hafens auf einen Aperitif zu treffen.

Beate zog das neue Kleid und die schicken Sandalen an, legte die bunte Kette um, schminkte sich sogar ein bisschen und erschien als Letzte in der Bar am alten Hafen.

Ihre Freundinnen kommentierten ihr neues Outfit mit missbilligenden Blicken.

„Weiß ist nicht gerade vorteilhaft für dich", bemerkte Astrid.

„Es macht dich noch dicker", setzte Judith eins drauf.

Sogleich bereute Beate den Kauf.

Astrid hatte bereits drei Aperol Spritz bestellt. An den Nebentischen saßen lauter Österreicher, daher verlor sie wieder kein Wort über das Ableben ihres Mannes.

Am alten Hafen war genauso viel los wie in den Einkaufsstraßen.

Gereizt fing Judith an über andere Touristen zu lästern. Zuerst nahm sie sich die Frauen vor. „Seht euch nur diese rotwangigen Trampel an. Lauter Landpomeranzen."

„Woran merkst du das?", fragte Beate.

„In erster Linie an ihrer geschmacklosen Kleidung und ihren unförmigen Körpern. Wenn man so fett ist, sind kurze Hosen oder Spaghettiträger ein absolutes No-Go!"

„Noch schlimmer finde ich diese hautengen Radfahrerhöschen", sagte Astrid.

„Das sind bestimmt alles Camper aus Pineta. Die überschwemmen abends immer die Stadt." Judith nahm einen kräftigen Schluck von ihrem Aperol.

„Schaut euch nur diese dicken alten Kerle in den Bermudashorts und mit Socken und Sandalen an. Ekelhaft!", schimpfte Astrid weiter.

„Wo bleiben bloß all die elegant gekleideten Italiener?", fragte Judith kichernd.

„Die lassen sich hier nicht blicken", sagte Beate leise und lächelte versonnen.

Schon in den vergangenen Jahren hatte Judith vergeblich nach einem Urlaubsflirt Ausschau gehalten. Früher bezeichnete man Frauen wie Judith als männernärrisch. Astrids Antipathie gegen Männer grenzte wiederum an Hass. Aus Beate wurden die anderen beiden nicht schlau. Es schien, als wären Männer ihr gleichgültig, andererseits benahm sie sich oft sehr charmant zu Exemplaren des männlichen Geschlechts, vor allem zu Italienern. „Stille Wasser sind tief", hatte Astrid einmal gemeint.

„Entschuldigt, ich bekomme ständig irgendwelche Nachrichten", sagte Judith wichtigtuerisch, als ihr Telefon einen lauten Ton von sich gab.

„Gestern habe ich das Handy überhaupt ausgeschaltet. Ich hatte diese Kondolenzanrufe irgendwelcher Kunden satt. Die wollen sich alle nur an meinem Leid ergötzen. Die Rolle der trauernden Witwe liegt mir so gar nicht. Ich möchte in meinem Urlaub nicht andauernd an seinen Tod erinnert werden."

„Vielleicht solltest du wenigstens deine Mailbox abhören", riet Astrid ihr.

Folgsam griff Judith nach ihrem Telefon.

Als sie ihr Handy wieder weglegte, hatte ihr Gesicht eine gräuliche Färbung angenommen.

„Ich muss sofort weg", zischte sie aufgeregt.

„Was ist los?", fragte Beate besorgt.

„Polizei ...", flüsterte sie.

„Reg dich nicht auf, nimm einen Schluck." Astrid reichte ihr das Glas mit dem Aperol.

Nachdem sie es in einem Zug leergetrunken hatte, stammelte Judith: „Vorgestern während der Fahrt hat andauernd das Telefon geklingelt. Ich hab nicht ab... abgehoben ..., un... unbekannte Nummer." Ihre Stimme kippte. „Die Kripo", schrie sie.

„Pst!" Astrid legte ihren Finger auf Judiths Mund. „Nicht so laut."

„Der Obduktionsbericht ist da. Er ist eindeutig an einer Überdosis Digitalis gestorben. Die Polizei will unbedingt mit mir reden. Wahrscheinlich habe ich zu viel in den Tee gegeben. Ich wusste ja nicht, welche Dosis tödlich ist. Oh nein", stöhnte sie und verbarg ihr Gesicht in den Händen.

Astrid bemühte sich weiter, sie zu beruhigen. Doch Judith hörte nicht auf zu reden, quasselte etwas von Flucht in die Karibik oder nach Südamerika, in ein Land ohne Auslieferungsabkommen mit Österreich ...

In energischem Ton machte Astrid ihr klar, dass es keinen Sinn hatte zu fliehen.

„Überlege dir lieber gründlich, was du sagen wirst. Ich sehe kein großes Problem. Du warst nicht zuhause, als dein Mann seine Medizin genommen hat, sondern mit einer Bekannten im Theater in der Josefstadt. Er hat sich also selbst unglücklicherweise eine Überdosis verpasst. Auf die Idee, dass du ihm, bevor du weggegangen bist, bereits einige Tropfen in seinen stark gesüßten Tee gegeben hast, wird keiner kommen. Tasse und Kanne hast du ja hoffentlich sofort ausgewaschen, als du vom Theater nach Hause gekommen bist.“

Judith nickte. Obwohl sie nicht wirklich beruhigt schien, ließ sie sich dazu überreden, erst am nächsten Morgen nach Wien zurückzukehren. Beate bezweifelte, ob sie ihre Rolle als trauernde Witwe überzeugend spielen würde. Die Polizei war nicht blöd.

Aber das war nicht ihr Problem. Sie hatte Hunger und wollte die Rechnung verlangen, als Astrids Handy klingelte.

Kaum hatte sie abgehoben, erstarrte sie und wurde kreidebleich.

Judith und Beate beobachteten sie mit ernsten Mienen und spitzten ihre Ohren.

Sie konnten nicht verstehen, was der Anrufer sagte, vernahmen nur eine aufgebrachte Männerstimme.

Das Telefonat dauerte nicht sehr lange. Astrid hörte dem Mann schweigend zu, stieß nur manchmal ein „Nein“ oder „Oh Gott!“ aus, kam aber nicht zu Wort.

Nachdem sie das Gespräch beendet hatte, brach sie zusammen. Sie verdrehte die Augen und drohte vom Sessel zu rutschen. Beate fasste sie unter den Achseln, zog sie hoch, tätschelte ihre Wangen und reichte ihr ein Glas Wasser.

„Er hat mich beschuldigt, dass ich ihn vergiften wollte. Mein Gott, der arme Sami“, schluchzte sie.

„Sami? Dein Mann heißt doch Gerd, oder?“ Beate war irritiert.

„Unser Hund. Er ist tot!“

Weinend erzählte sie ihnen, dass sie ihrem Mann ein Eierschwammerl-Ragout in den Kühlschrank gestellt hatte. Früher war das angeblich sein Lieblingsessen. Sie hatte die Pilze selbst in Seebenstein gepflückt und noch ein paar ähnlich aussehende, die weniger bekömmlich waren.

„Gerd hat nur einige Bissen davon gekostet, da er am Samstagabend mit seiner Tussi essen gehen wollte. Den Großteil des Gulaschs hat er dem Hund in den Napf gegeben. Sami hat sich natürlich sofort darüber hergemacht. Als mein Sami einige Stunden später qualvoll gestorben ist und meinem Mann ebenfalls übel wurde, ist ihm sofort klar gewesen, dass ich versucht hatte, ihn zu vergiften."

Sie sprach sehr leise. Beate und Judith rückten ihre Sessel näher an sie heran.

„Statt der Rettung hat er seine Freundin angerufen. Sie ist ja auch Ärztin und wohnt in der Nähe von uns. Eine Magenspülung ist ihm anscheinend erspart geblieben, weil er schon alles erbrochen hatte, als sie eintraf. Er droht mir nun mit der Polizei. Wenn ich nicht sofort in die Scheidung einwillige und auf alles, Wohnung, Haus in Seebenstein, Unterhalt und Ersparnisse, verzichte, will er mich anzeigen. Von dem Eierschwammerl-Ragout ist noch was da. Er will die Reste ins Labor schicken. Seine Freundin wird natürlich bestätigen, dass er nur knapp einem Mordversuch entronnen ist."

Plötzlich änderte sich ihr Tonfall und ihr Gesicht rötete sich vor Wut: „Verdammte Scheiße! Ich muss sofort nach Hause und tun, was er sagt. Er hat mich völlig in der Hand."

*

Beate konnte es kaum fassen, dass sie anscheinend als Einzige mit einem Mord davonkommen würde. Sie schrieb ihr Glück der Beichte zu. Gott schien ihr tatsächlich vergeben zu haben.

Heute früh, bevor sie zum Strand aufbrach, hatte sie die Heilige Messe in der Basilica di Sant'Eufemia besucht und war nachher beichten gewesen. Sie hatte dem jungen Priester gestanden, ihren Gustl mit einer Überdosis Insulin umgebracht zu haben. Gestern Abend hatte sie sich vergewissert, dass der junge Mann kein Deutsch sprach. Sie hatte ihn nach den nächsten Konzertterminen in der Basilica gefragt. Er hatte lächelnd mit den Achseln gezuckt und den Kopf geschüttelt.

Der Priester hatte tatsächlich nur mehrmals „Mord" verstanden, was so ähnlich wie das italienische „morte" klang. Er war zwar ein bisschen irritiert gewesen, hatte sich aber weiter keine Gedanken über diese verrückte Touristin gemacht, die in einer fremden Sprache die Beichte abgelegt hatte. Danach hatte Beate die Kirche, ohne eine Kerze für ihren verstorbenen Mann anzuzünden, fluchtartig verlassen.

Judith und Astrid beschlossen, trotz ihres Alkoholpegels, am selben Abend abzureisen. Jede mit ihrem eigenen Wagen. Beate verabschiedete sich sehr herzlich von ihnen und wünschte ihnen viel Glück für alles, was ihnen in Wien bevorstand.

Sie sah schwarz für die beiden. Wahrscheinlich würden sie sich niemals wiedersehen, denn sie hatte nicht vor, eine der Damen im Gefängnis zu besuchen.

Erleichtert bestellte sie den Tisch im Sky Restaurant ab, holte eine Pizza vom Imbiss gegenüber der Manzoni Bar und spazierte die Viale Europa Unita entlang zu ihrem Hotel.

Bernardo, der Nachtportier, war überrascht, seine Beatrice schon so früh zu sehen. Sie hatte ihm per SMS mitgeteilt, dass sie abends keine Zeit hätte, weil sie mit zwei Freundinnen oben im Restaurant essen würde.

Der gutaussehende ältere Herr, der ausgezeichnet Deutsch sprach, hatte früher selbst ein kleines Hotel in Grado besessen. Während der Pandemie hatte er Konkurs anmelden müssen. Mittlerweile bekam er eine Pension und verdiente sich in den Sommermonaten als Nachtportier etwas dazu.

Er hatte sich schon vorigen Sommer in diese hübsche, warmherzige Blondine verliebt. Bei einem gemeinsamen Ausflug mit seinem kleinen Motorboot auf die Insel Barbana waren sie in ein Unwetter geraten und hatten in der Lagune in einer Casone Zuflucht gesucht. In dieser Fischerhütte aus Holz und Schilfrohr waren sie sich nähergekommen. Damals war Beate noch verheiratet. Er erinnerte sich oft daran, wie sie danach in der Marienwallfahrtskirche die Mutter Gottes gemeinsam um Vergebung für ihr sündhaftes Treiben gebeten hatten.

Bernardo fand, dass seine Beatrice heute besonders hübsch aussah, und machte ihr ein Kompliment für ihr neues weißes Leinenkleid. Er stand auf mollige Frauen. Sein Dienst begann erst um zweiundzwanzig Uhr. Es blieb ihm also genügend Zeit, um auf ihrem Zimmer die köstliche Pizza und nicht nur diese mit ihr zu teilen.

Asche der Erinnerung

Seit das Café geschlossen hat, muss ich mir meinen Schnaps selbst mitbringen. Einst war es ein berühmtes Tanzcafé. Früher zählte es zu den beliebtesten Tanzlokalen von Buenos Aires. Beliebt vor allem bei der Jugend. Jeden Samstag spielte eine Kapelle zum Tanz auf. Der dazugehörige Saal stand jahrelang leer und wurde erst vor kurzem abgerissen. Heute wird nicht mehr so gern getanzt wie früher. Tauben nisten unter dem Dach und auf den morschen Brettern tummeln sich die Ratten.

Aber nun wird dieses Café wohl bald einem neuen Bürogebäude weichen müssen. Als gäbe es nicht schon genügend Büros. Alles verändert sich, nichts bleibt, wie es war. Auch dieser Platz hat seine Unschuld verloren, dem Fortschritt preisgegeben.

Hier habe ich sie geliebt, geliebt für eine Nacht. Hier begegnete ich ihr an einem Abend vor vierzig Jahren. Und hier nahm ich sie in die Arme und tanzte mit ihr Tango. Wir haben die ganze Nacht lang Tango getanzt. Hier rauchte ich meine erste Zigarette und hier trank ich meinen ersten Kaffee. Dieses Café schenkte mir den Glauben an meine Träume und die Hoffnung auf Liebe. Und in diesem Café trank ich an einem regnerischen Samstagabend meinen letzten Kaffee. Jener letzte Kaffee, in dem sich der Löffel drehte, während ich durch die beschlagenen Fensterscheiben in den Regen starrte. Die Fenster sahen aus, als würden sie eine verlorene Liebe beweinen, doch sie beweinten nur das Ende des Cafés.

Immer wenn die Nächte ihre Kälte regnen, komme ich an diesen Ort der Vergangenheit zurück. Doch niemand ruft mich an den Tisch von gestern. An der geliebten Straßenecke, die meine war, gähnt jetzt das Leben gelangweilt seine Müdigkeit aus. Keiner, der an meiner Seite sein Bandoneon auspackt und zu spielen beginnt, kein Chor von beifälligen Pfiffen, kein spöttisches Gelächter bei jedem falschen Ton. Nie wieder wird sich dieses Café mit Kartenspiel und 2/4-Takt füllen.

In resigniertem Grau kehre ich jeden Samstagabend an diesen Tisch zurück, trinke Schnaps statt Champagner oder schwarzen Kaffee und schwelge in süßen Erinnerungen.

Ich schließe die Augen, sehe den Mond, der in den schlammigen Straßen planscht, und höre in Gedanken die sentimentale Stimme des Bandoneons. Jeden Samstag zur gleichen Zeit sitze ich hier an diesem Tisch, der niemals fragt.

Hier weinte ich über den grauen Morgen, hier vertrank ich meine Jahre und hier lieferte ich mich kampflos dem Leben aus. In diesem Café lernte ich die grausame Poesie, nicht mehr an mich zu denken, Glas um Glas, Schmerz um Schmerz, Tango um Tango, eingehüllt in die Bitterkeit des Alkohols. Und mit jedem Schluck Schnaps erschien mir mein Elend erträglicher.

Meine traurigsten Nächte verlebte ich auf diesem Platz. Vierzig Jahre lang lauschte ich dem Wehklagen des Bandoneons und den nostalgischen Klängen des Tangos. Dieser Tisch, dieser Stuhl, sie bewahrten das Echo dieser Melodie, sie sprachen zu mir von Liebe und Leidenschaft, von Falschheit und Lüge. Es ist so traurig, zwischen Erinnerungen zu leben, es macht so müde, Nacht für Nacht dem Gemurmel des feinen Regens zuzuhören, der die verlorene Zeit beklagt, die verschlafene Straßenecke in der Vorstadt, das Hundegebell bei Vollmond und die Zuflucht einer heimlichen Liebe im Hauseingang. Dieser berüchtigte Stadtteil des Tangos, des Mondes, der schwarzen, sternenlosen Nächte, der nie gelüfteten Geheimnisse – was ist aus ihm geworden? Wo sind die alten, längst ergrauten Freunde geblieben? Und was wurde aus jenem schönen rotblonden Mädchen, das ich einst liebte?

Ich betete sie an, betete zu ihren blauen Augen, blau wie der Himmel und blau wie das Meer. Ihr Gesicht schien nur aus Augen zu bestehen, Augen, die mich ins Verderben stürzten. Ich drohte in diesen blauen Augen zu versinken. Ihre zarte weiße Haut wagte ich kaum zu berühren. Sie hatte diese wunderbare fast durchsichtige Haut aller Rothaarigen, eine Haut aus Seide und Jasmin. Ihr Haar umschmeichelte in weichen Wellen ihre Schultern und ihr wundervoller Körper malte sich reizvoll unter dem enganliegenden Kleid ab. Ein Kleid von demselben strahlenden Blau wie ihre Augen. Blau ist meine Lieblingsfarbe. Ich liebe allein die Vorstellung, die ich mir von Blau mache, die unbestimmte Ferne, den geheimnisvollen Zauber …

Die Nacht war blau, der Mond, die späte Stunde. Ich nahm sie in meine Arme und wir tanzten einen Tango, der nie zu enden schien. Alles um uns herum wurde zur reinen Kulisse für unseren Tanz, zerfloss, ging im blauen Dunst auf. Als die Musiker längst ihre Instrumente eingepackt und sich wankend auf den Heimweg gemacht hatten, tanzten wir noch weiter auf dem kleinen Platz vor dem Café. Wir tanzten, bis sich der Nebel auflöste und der Morgen graute. Der Tango jener Nacht wurde zur lebenslangen Sehnsucht für mich. Die sanfte Harmonie jener seltsamen Klänge, gleich einer Hoffnung, die alles erfüllt, einem Traum, der wahr wird.

Was blieb, sind Schatten, nur noch Schatten, die meine Hände streicheln und meine Lippen küssen. Ich blieb zitternd zurück, ohne das Blau ihrer Augen, die nicht sehen konnten, wie ich mich in meiner Einsamkeit verlor. Nur noch Schatten zwischen ihrem und meinem Leben, zwischen ihrer und meiner Liebe.

Wir waren Schatten eines Schattens, der aus der Vergangenheit auftaucht. Wir waren das Leben, das man ahnungsvoll umarmt in einer sanften Nacht, einer Nacht ohne Ausgang. Berauscht vom Tango, verloren in süßester Trunkenheit, liebten wir uns, als ob wir gewusst hätten, dass es unsere einzige Nacht sein würde.

Im Morgengrauen war alles zu Ende. Ich wusste weder ihren Namen noch, woher sie kam. Sie verschwand spurlos. Seit sie fort ist, komme ich jeden Samstagabend hierher und hoffe, dass auch sie eines Tages wiederkommt. Ich weiß, wie sinnlos diese Hoffnung ist, aber ich warte trotzdem seit vierzig Jahren jeden Samstagabend hier auf sie.

Vierzig Jahre sind nichts. Mein fiebernder Blick irrt in die Vergangenheit, sucht die süße Erinnerung. Mein Leben verlief ereignislos, ein quälendes, sich unendlich in die Länge ziehendes Warten, von einem Samstag auf den anderen, hier zwischen diesen stillen Straßen, unter dem spöttischen Blick der Sterne, die meiner ständigen Rückkehr nur mit Ironie begegnen. Heute, da ich ohne Liebe in der Finsternis lebe, suche ich die Süße und Wärme, die mir nur der Schnaps beschert. Und doch gelingt es dem Alkohol nicht, die Vergangenheit für immer in graues Vergessen zu hüllen.

Wenn mich jemand in irgendeiner Nacht zu diesem Café torkeln sieht, einsam, kaputt, erledigt, geifernde Selbstgespräche führend, mit offenem Hemd und schiefer Krawatte, so muss er es mit der Angst zu tun bekommen, mit der Angst vor einem Irren. Ich bin heute nur noch ein Gespenst der Vergangenheit. Schuld daran tragen diese sehnsüchtigen Seufzer des Bandoneons. Sie allein tragen die Verantwortung für meinen elendigen Zustand. Ich bin so sehr dem Gestern verhaftet, die Gegenwart ist nichts, das reine Nichts, und an die Zukunft vermag ich nicht zu denken.

Ich fürchte die Nächte, allein in meinem Bett, die meine Träume töten könnten, habe Angst vor dem Vergessen, das alles zerstört. Niemals wird sie erfahren, dass mein Leben eine einzige Qual gewesen ist, dass ich krank bin vor Sehnsucht nach ihr und sie noch immer liebe. Niemals werde ich ihr von meiner Bitterkeit erzählen können.

In der Hoffnung, dass der Schnaps Trost bringt, kam ich hierher, um meinen Kummer auf immer zu ertränken und um danach auf das Scheitern meiner Liebe anzustoßen. Heute Nacht werde ich mich betrinken, ich will den Irrsinn meiner Liebe löschen, die alte Erinnerung daran zerstören. Für uns beide will ich meine Flasche erheben, um diese hartnäckigen Gedanken zu vertreiben, aber je mehr ich trinke, umso mehr erinnere ich mich an sie, erwacht die verängstigte Leidenschaft aufs Neue, das Verlangen, ihren Atem an meinem Mund zu spüren.

Das Leben ist eine absurde Wunde, alles, absolut alles ist flüchtig, ein Rausch, nicht mehr. Die Mauern der Vorstadt, das Licht der Straßenlaterne, der Mond, alles ist anders, verändert, gestorben. Sehnsucht nach dem Vergangenen, Kummer über das veränderte Stadtviertel und Trauer wegen einer Illusion, die starb.

Längst habe ich meine zwecklose Einsamkeit durchschaut. Ich bin müde geworden, müde, mich nach ihr zu sehnen. Ich weiß nicht, warum ich sie verlor, ich weiß nur, dass ich bei ihr mein ganzes Leben zurückließ.

Heute habe ich beinahe Angst, sie wiederzusehen, Angst vor der Begegnung mit der Vergangenheit, die sich aufs Neue meinem Leben gegenüberstellt, Angst vor den dunklen Höhlen, die einst blau waren, Angst, ihre verfaulten Lippen zu küssen, ihren kahlen Schädel zu streicheln, Angst, ihre vertrockneten Brüste zu liebkosen und ihren von Würmern zerfressenen Körper zu lieben. Ich habe Angst vor dem Gespenst, das der Wahnsinn meiner Jugend war. Auf meiner Stirn zeichnen sich so viele Winter ab und alle Niederlagen scheinen mir auf einmal nichtig und klein. Ich bereue nur all die Jahre, die ich vergeudet habe, ohne eine Frau, die mich geliebt hat, allein mich aufs Bett werfend und den Tod erwartend.

Doch die Vergangenheit taucht plötzlich aus dem Nebel der falschen Träume auf. Erinnerungen an jenen Abend vor vierzig Jahren werden vierzig Jahre danach noch einmal wahr.

Sie trieb ein böses Spiel mit mir. Als ich zu ihr von Liebe sprach, brach sie in irres Gelächter aus. Ich erstickte ihr gemeines Lachen mit heftigen Küssen. Aber ich kann den Schmerz nicht vergessen, nicht den verfluchten Hass, den ich in den Adern hatte. Bis heute hasse ich meine Augen, hasse sie, weil sie sie ansahen. Ich hasse meine Lippen, hasse sie, weil sie sie küssten. Ich hasse sie mit der ganzen Kraft meiner Seele, und mein Hass ist so groß, wie meine Liebe war. Lieber tot als dein, sagte sie lachend, und ich nahm sie beim Wort. Wenn ich ein Verbrecher bin, möge Gott mir verzeihen.

Die Nacht war finster, ein letzter Kuss im Dunkeln, ein Körper, der fiel, ein böser Fluch auf ihren sinnlichen Lippen. Die schwermütige Stimme des Bandoneons wurde schwächer und schwächer und ihr Stöhnen ging in den sanft ausklingenden Tönen unter.

Das blutige Messer warf ich in den stinkenden Kanal, der den Dreck der ganzen Stadt ins Meer schwemmte. Dann hob ich den leblosen Körper auf, drückte ihn fest an mich und tanzte einen letzten Tango. Den Tod im Arm drehte ich mich weiter, immer weiter, bis mir die Sinne schwanden.

Als ich wieder zu mir kam, war sie verschwunden, verloren in den Fluten des Kanals, untergegangen in der schmerzlichen Gleichgültigkeit des grauen Morgens.

Ich weinte vierzig Tage und vierzig Nächte lang. Heute habe ich keine Tränen mehr. Alles ist nur Abwesenheit und Abschied. Mir wurde klar, dass alles Lüge ist, dass es keine Liebe gibt. Ich tötete meine Träume und doch verfolgen sie mich jede Nacht. Was blieb, ist die traurige Asche der Erinnerung, nichts weiter als Asche.

Schnee in Piräus

Sich sanft in den schmalen Hüften wiegend nähert er sich der Bar. Sein langer Oberkörper steif und ungelenk, als hätte der Leib nichts mit den Beinen gemein. Der Blick starr geradeaus gerichtet, einen imaginären Punkt fixierend. Groß, blond und schweigsam. Eine Zigarette im Mund und die Hände in den Hosensäcken. Er sieht aus wie ein Mann aus dem Norden. Still, verschlossen und ohne Leidenschaft. Dennoch kann sie ihren Blick nicht von ihm abwenden.

Der Gestank von Schweiß und Alkohol vermengt sich mit Zigarettenrauch. Trotz Rauchverbot qualmen die Leute in der kleinen schäbigen Bar um die Wette. Ein intensiver, unangenehmer Geschmack bleibt auf ihrer Zunge haften.

Sie betrachtet die geröteten Gesichter der alten Männer. Die meisten sehen so aus, als ob sie zur See gefahren wären. Sie sprechen mit schwerer Zunge, sind besonnen in der Wahl ihrer Worte und langsam in ihren Bewegungen. Auch ihre Augen verraten, dass sie das Meer kennen. Ihre kräftigen Schultern gebeugt und in den Händen die obligatorischen Kombológia.

Draußen vor der Bar warten in der mörderischen Hitze Rucksacktouristen an wackeligen Tischen auf ihre Fähren.

Er hat sich mit ihr am Hafen verabredet, dort, wo das Laster sich täglich trifft. Mit dem Gedanken an Häfen verbindet sich oft die Vorstellung von Gewalt und Tod. Denn Häfen sind immer wieder Orte von Verbrechen.

Ein fast unmerkliches Lächeln umspielt ihre Mundwinkel, als der große, dünne Mann die Bar betritt. Kein

Alter ist seinem Gesicht abzulesen. Die Augen eisblau und kalt, die Nase lang, aber gerade, die Lippen sinnlich und weich. Sein Rücken ist leicht gekrümmt. Große Männer glauben oft, ihre Größe durch eine schlechte Haltung kaschieren zu müssen.

Sie schenkt ihrem Busen einen kritischen Blick, zieht die Schultern zurück und den Bauch ein. Dann holt sie aus ihrem Rucksack einen kleinen Spiegel. Ihr blondes Haar, ihr heller Teint und ihre hohen Backenknochen verraten, dass sie nicht von hier ist. Sie sieht müde aus, ihre Haut wirkt fahl. Rasch zieht sie ihre schmalen Lippen nach und bestellt noch einen griechischen Kaffee.

Er steuert geradewegs auf sie zu, setzt sich, ohne zu fragen, auf den Hocker neben ihr. Pünktlichkeit zählt nicht zu den Stärken der Griechen. Sie wartet schon seit einer Stunde auf ihn.

Als er auch einen griechischen Kaffee bestellt, fällt ihr auf, dass er eine tiefe, heisere Stimme hat, eine Stimme, die unter die Haut geht. Sein Griechisch klingt allerdings ein wenig seltsam. Da er sie noch immer nicht anspricht, dreht sie sich zur Seite und schaut wieder auf die Straße.

Vor der Bar toben die Presslufthämmer. Die ganze Straße wird aufgerissen. Baracken und Baumaschinen versperren die Sicht aufs Meer. Auf der anderen Straßenseite häufen sich aufgelassene Geschäfte, eingeschlagene Fensterscheiben und mit Brettern zugenagelte Türen. Viele Hausmauern sind mit verzweifelten Sprüchen und anarchistischen Parolen beschmiert. Zerrissene Konterfeis längst vergessener Politiker grinsen von Plakatwänden. Die überquellenden Müllcontainer verströmen einen unerträglichen Fäulnisgeruch, der sich mit Fischgestank vereint und bis in die kleine

Bar dringt. Im Rinnstein liegt, was in den schwarzen Plastiksäcken keinen Platz mehr fand. Unzählige Ratten tummeln sich auf der Baustelle. Piräus zeigt sich von seiner hässlichsten Seite.

Bald werden auch hier billige Betonklötze aus dem Boden gestampft werden. Sozialwohnungen, Bürogebäude, Einkaufszentren, auch eine Verlängerung der mehrspurigen Stadtautobahn bis zu den Terminals ist geplant.

Rembetiko dröhnt aus dem altmodischen CD-Player in der Bar. Wie passend, denkt sie amüsiert. Sie versteht zwar die Texte nur bruchstückhaft, aber sie weiß, dass es meistens um Alkohol, Drogen, Prostitution und Gewalt geht.

Der Mann an ihrer Seite scheint ihr Lächeln zu missdeuten. Er zieht seine dichten Brauen hoch und blickt sie fragend an. Sein bleiches Gesicht wirkt streng, fast düster. Seine Blicke machen sie nervös. Worauf wartet er noch? Sie will auf keinen Fall den ersten Schritt machen. Er weiß, was sie zu bieten hat.

Ungeduldig rutscht sie auf ihrem Hocker hin und her.

Er trinkt seinen Kaffee aus und beachtet sie nicht weiter. Der Barkeeper fragt ihn, woher er kommt. Seine Antwort wird vom Straßenlärm verschluckt. Sie versteht nur, dass er kein Grieche ist.

Er ist der falsche Mann. Froh, ihn nicht angesprochen zu haben, bestellt sie ein Glas Wein. Die Hoffnung, dass der Richtige noch kommen wird, hat sie längst aufgegeben, als plötzlich ein junger Mann in der Tür steht. Gelangweilt schweifen seine Blicke durch das Lokal.

Das Mobiliar scheint aus dem vorigen Jahrhundert zu stammen. Nur wenige Plastiktische sind besetzt. Aus dem altmodischen CD-Player dröhnt ein langgezogenes Kreischen. Die Scheibe ist zu oft gespielt worden.

Der Mann an der Tür taxiert sie von oben bis unten. Ein kurzes arrogantes Nicken, dann kommt er zur Theke, stellt sich neben den Fremden. Seine kleine Sporttasche behält er unter dem Arm.

Er erinnert sie ein bisschen an den Mann, wegen dem sie nach Griechenland gegangen war. Nach zwei Monaten großer Liebe und Leidenschaft hatte er sich still und heimlich verdrückt. Sie blieb, schlug sich ein ganzes Jahr allein in Athen durch. Der Typ war Schnee von gestern. Verstohlen beobachtet sie den neuen Gast aus den Augenwinkeln.

Die oberen Knöpfe seines Hemdes fehlen. Ein Goldkettchen baumelt auf seiner sonnengebräunten Brust. Er hat die Ärmel hochgekrempelt. Tätowierungen entstellen seine stark behaarten Unterarme. Sein Gesicht ähnelt den Gesichtern antiker Statuen.

Sie fühlt sich durch seine Schönheit seltsam erregt. Mit geschlossenen Augen malt sie sich aus, wie sich seine Lippen ihrem Mund nähern.

Seine Küsse schmecken süß und salzig zugleich. Er hält sie fest, als würde sie fallen, drückt sie eng an sich. Ihr Kopf ruht an seiner Schulter. Sein Körper riecht nach Straße, Staub und Meer. Seine Hände sind plötzlich überall, streicheln ihren Nacken, ihren Busen, ihre Arme. Zärtlich fährt sie mit den Fingerspitzen über seinen muskulösen Rücken. Erschrocken zuckt sie zusammen, als sie den Griff eines Revolvers berührt, der hinten in seinem Hosenbund steckt. Lächelnd schiebt er ihre Hand weg, presst sein Bein zwischen ihre Schenkel. Ineinander verschlungen, ihre Hände fordernd und unbeherrscht, scheinen ihre Körper eins zu sein. Seine Finger gleiten unter ihr dünnes Sommerkleid, verlieren sich in ihrem dichten Flaum.

Sie fürchtet, ihre Erregung nicht länger verbergen zu können.

Das penetrante Klingeln des alten Flipperautomaten reißt sie aus ihren Träumen. Den Rücken ihr zugekehrt und die Sporttasche zwischen seinen Füßen eingeklemmt, bedient der Adonis den Flipper, lustvoll und zugleich brutal, bearbeitet ihn mit heftigen Stößen. Seine Hüften bewegen sich im Takt des Rembetikos. Sein kleiner, fester Hintern rotiert schneller und schneller. Er stöhnt laut auf, als ihm die Kugel entwischt.

Sie reißt sich zusammen. Sie hat einen Job zu erledigen. Nicht zum ersten Mal spielt sie den Kurier für den Albaner, von dem sie selbst ihren Stoff bezieht. Und bisher war er immer sehr zufrieden mit ihr. Eine unscheinbare junge Frau wie sie erscheint selbst den hartgesottensten Drogenfahndern unverdächtig. Mit ihrer erstaunlichen Verwandlungsfähigkeit rechnet keiner.

Der Flipper und ein einarmiger Bandit stehen jeweils schräg vor der Tür, die zu den Toiletten führt. Sie schlängelt sich zwischen den beiden Spielautomaten durch, deutet dem Schönling ihr zu folgen und verschwindet auf der Toilette. Dieses Mal lässt er sie nicht so lange warten.

Die Toilettentür kann man nicht abschließen. Er lehnt sich dagegen, versperrt ihr den Weg. Sie lässt sich ihre Nervosität nicht anmerken. Langsam öffnet sie ihren Rucksack und zeigt ihm das Päckchen Heroin, das gleich obenauf liegt.

Mit einem ironischen Grinsen reicht er ihr die kleine Sporttasche. Sie wirft einen Blick hinein, zählt die gebündelten Scheine. Sie ist schnell im Kopfrechnen. Es fehlen zehntausend. Sie sagt kein Wort, lächelt ihn an und legt ihre Hand auf die stramme Ausbuchtung in seiner Hose. Er lässt sich nicht lange bitten, öffnet den Reißverschluss.

In ihrer Hand blitzt die Klinge eines kurzen türkischen Dolchs auf. Der erste Stich trifft ihn in die Brust, der zweite in den Bauch.

Sein entsetzter Blick, als er zu Boden rutscht, lässt sie kalt. Mitleid ist ein Gefühl, das sie sich schon lange nicht mehr leisten kann. Sie schiebt ihn weg, wirft den Dolch in den Rucksack und zwängt sich durch die halboffene Tür.

Leises Stöhnen dringt bis auf den düsteren Gang. Er wird es nicht mehr lange machen. Selbst wenn sie sein Herz verfehlt hat – auch ein Bauchstich kann tödlich sein. Bestimmt wird er an inneren Blutungen sterben.

Sie bildet sich ein, dass keiner ihr Beachtung schenkt, als sie mit Rucksack und Sporttasche bepackt die Bar verlässt.

Der Albaner wird weder von dem Geld noch von dem Schnee etwas abkriegen. Den Stoff wird sie in Heraklion sicher an den Mann bringen. Einen Teil wird sie für sich behalten. Die Winter auf Kreta können sehr lang und sehr kalt sein. Da wird ein bisschen Aufmunterung nicht schaden.

Der Lärm draußen auf der Straße ist deutlich schlimmer geworden. Ein Demonstrationszug nähert sich dem Terminal. Junge Leute wie sie protestieren lautstark gegen die neuesten Sparmaßnahmen der konservativen Regierung. Schwarz vermummte Gestalten liefern sich eine Straßenschlacht mit der Polizei. Müllcontainer brennen und Autos stehen in Flammen.

Sie duckt sich hinter einen Container, nimmt Jeans und ein T-Shirt aus ihrem Rucksack und zieht sich um. Das Sommerkleid und ihre blonde Perücke landen im Feuer. Mit dem kurzen schwarzgefärbten Haar und der dunklen Sonnenbrille sieht sie aus wie eine Einheimische.

Die Luft ist zum Schneiden. Die Bullen gehen mit dem Tränengas nicht gerade sparsam um. Sie bindet sich ein Tuch um Nase und Mund und schaut, dass sie weiterkommt. Eine Ausweiskontrolle oder gar eine Festnahme ist das Letzte, was sie momentan brauchen kann.

Auf dem Pier in der Nähe der Bar legen nur die Fähren zu den Inseln im Saronischen Golf ab. Sie muss zu einem anderen Terminal. Die Reise nach Heraklion wird fast neun Stunden dauern. Sie bucht eine Kabine in der ersten Klasse. Geld spielt momentan keine Rolle. Die dreißigtausend werden mindestens für ein Jahr reichen. Sie ist nicht sehr anspruchsvoll, aber heute macht sie eine Ausnahme und gönnt sich was.

Energisches Klopfen an der Kabinentür. Bestimmt der Stewart. Sie hat zwar nichts bestellt, aber das will sie jetzt nachholen. Töten macht hungrig. Sie öffnet die Tür. Erschrocken zuckt sie zusammen und weicht einen Schritt zurück.

Vor ihr steht der große, dünne Blonde aus der Bar in Piräus und hält ihr seinen Ausweis unter die Nase. Europol. Drogendezernat. Ein Blick in seine kalten blauen Augen, und sie weiß, dass sie den Winter nicht an einem von Kretas Traumstränden, sondern in einer dunklen griechischen Zelle verbringen wird.

Pizza Capricorno –
ein alpenländisches Melodrama

Der Sommer neigte sich dem Ende zu. Leise Melancholie überfiel die Dorfbewohner. „Der Berg drückt", sagte der Lindinger-Bauer alle Jahre wieder zu seinen Freunden am Stammtisch im „Goldenen Ochsen".

Er wusste, wovon er sprach, hatte sich doch seine geliebte Kreszentia um diese Zeit vor ein paar Jahren so einfach mir nichts, dir nichts von der steilen Felsnase hinuntergestürzt.

Der Altweibersommer war auch nicht gerade die beste Zeit für den Humer Sepp. Im Zeichen des Steinbocks geboren, bevorzugte er die kalten Wintermonate. Der Sepp war der erfolgreichste Jäger der kleinen Gemeinde Gaildorf im Lackental, am Fuße eines mächtigen Bergmassivs gelegen. Da er sich nicht gleich mit jedermann verbrüderte, hatte er nicht viele Freunde im Dorf. Er galt als Einzelgänger und es umgab ihn etwas Düsteres, ja fast Diabolisches, was vielleicht auch nur an seinen dichten, dunklen und fast zusammengewachsenen Augenbrauen lag. Die meisten Gaildörfler respektierten und schätzten ihn jedoch. Er hatte nur einen einzigen Rivalen. Das war der Brantinger Alois, genannt Loisl.

Der Alois war kein ordentlicher Jägersmann, im Gegenteil, er wurde sogar der Wilddieberei verdächtigt. Bisher hatte ihn aber noch keiner beim Wildern erwischt. Der Alois stand in dem Ruf, der beste Schütze im Lackental zu sein. Jedes Jahr gewann er am Kirtag beim Tontaubenschießen den ersten Preis. Das ärgerte den Sepp, der immer nur Zweiter wurde, denn im Grunde war er ein großer Ehrgeizling. Doch der

Sepp ließ sich seinen Ärger nicht anmerken. Ruhig und völlig beherrscht gratulierte er jedes Mal seinem erfolgreicheren Gegner. Nur bei der anschließenden Siegesfeier – einer großen Sauferei im Bierzelt am Sportplatz – wurde er nie gesehen.

Und dann gab's da noch die Rosemarie Gewandthaler. Manche hielten sie für das hübscheste Madel im Dorf. Semmelblond, sommersprossig und von der Natur mit zarter weißer Haut beglückt, entsprach sie allerdings nicht jedermanns Geschmack. „Sie sieht eher wie eine Städterin und nicht wie eine Sennerin aus", lästerte so manche Gaildörflerin. Die Rosi war mit dem Humer Sepp verlobt, und das schon seit drei Jahren. Und sie war Jungfrau. Zumindest behauptete sie, noch unberührt zu sein. Wenn's nach dem braven Sepp ging, würde sie es auch bis zur Hochzeit bleiben. Manchmal quälten ihn jedoch leise Zweifel an ihrer Enthaltsamkeit, vor allem im Sommer, wenn sie monatelang allein oben auf der Alm war ... Da er ihr, wie gesagt, schon vor drei Jahren die Ehe versprochen hatte, wurde sie langsam ein bisschen ungeduldig.

Vielleicht versucht sie deshalb, mich mit dem Loisl eifersüchtig zu machen, mutmaßte der Sepp zuweilen. Doch er konnte sich noch keine Frau leisten und vertröstete deshalb seine Rosi von einem Jahr aufs andere.

In diesem Sommer hatte er sie besonders sträflich vernachlässigt. Seit vier Wochen war er nicht mehr oben auf der Alm gewesen. Aber Kruzifix noch mal, das Madel wusste ja, dass er wie ein Viech am Staudamm hackelte, nur damit er sie endlich vor den Traualtar führen konnte.

Das Land hatte beschlossen, die Kraft des Wassers zu nützen, und mit dem Bau eines Staudamms begonnen. Jeder arbeitsfähige Mann im Dorf wurde gebraucht. Es war kein leicht verdientes Geld. Die Ausländer, die von den Herren der Verbundgesellschaft zusätzlich angeheuert wurden, weil sie nicht genügend österreichische Arbeiter auftreiben konnten, bekamen schlechter bezahlt als die Einheimischen – das war eine gewisse Genugtuung für die Gaildörfler. Denn diese glutäugigen, schwarzhaarigen Fremden, die auf der Baustelle in Baracken wohnten, waren den Gaildörflern ein Dorn im Auge, obwohl sie dem einzigen Greißler im Ort und dem Wirten vom „Goldenen Ochsen" zu schwarzen Zahlen verhalfen.

Der Brantinger Alois war der einzige von den Jungen, der sich nicht von der Verbundgesellschaft anheuern hatte lassen. Doch auch seine Geschäfte schienen recht gut zu florieren. Er trieb regen Handel mit den Gastarbeitern, verscherbelte ihnen dies und das. Inzwischen überlegte er ernsthaft, eine Import-Export-Gesellschaft zu gründen. Ja, der Alois war eben auch kein Blöder.

Das eigentliche Drama nahm seinen Anfang, als der Sepp an einem wunderschönen Spätsommertag seine Rosi endlich wieder einmal auf der Alm besuchte. Als er aus dem Dickicht des dunklen Nadelgehölzes auf die Lichtung hinaustrat, glaubte er seinen Augen nicht zu trauen. Vor der Almhütte saß ein großer, kräftiger, blonder Mann. Er lümmelte mit nacktem Oberkörper auf der Bank und hatte die Ellbogen auf den schweren, von Würmern angefressenen Holztisch gestützt. Sein purpurrotes Hemd lag zusammengeknüllt neben ihm. Das protzige Goldketterl auf seinen gekräuselten Brusthaaren blinkte aufreizend im Sonnenlicht.

„Roserl, wo bleibt denn mein Bier", rief der Alois, als wäre er der Herr im Haus.

Das Erste, was sich der Sepp dachte, war: Der muss ja noch früher als ich aufgestanden sein, das hätte ich dem Loisl gar nicht zugetraut. Er selbst war in aller Herrgottsfrüh aufgebrochen, um den sechsstündigen Aufstieg bis Mittag zu schaffen.

Kurz darauf erschien die Rosi mit einer Halben in der Tür. Sie errötete bis zu den Haarwurzeln, als sie den Sepp erblickte, gab dem Alois sein Bier und ging dem Sepp zögernd entgegen. Ein zaghaftes Busserl und sogleich drehte sie sich wieder nach dem Alois um, der ihnen lachend zurief: „Tut's euch wegen mir nur ja keinen Zwang an."

„Bleibst eh zum Essen?", fragte die Rosi den Sepp nach einer kleinen, peinlichen Pause. „Die Forellen hat der Alois im Wildbach mit der bloßen Hand gefangen." Sie starrte dabei mit bewundernden Blicken auf die schlanken Hände vom Alois, die so gar nicht zu seinem eher rundlichen, etwas grobschlächtigen Körper passten.

Der Alois beschrieb daraufhin ausführlich, wie er die Forellen, die sich unter einem Stein versteckt hatten, in die Enge getrieben und überlistet hatte.

„Das sind echte Bachforellen, dafür zahlst unten im ‚Goldenen Ochsen' über zwanzig Euro", sagte die Rosi stolz und hielt die beiden Fische an den Schwänzen in die Höhe.

„Mit einem Fisch kannst mich jagen, das weißt eh", murmelte der Sepp gereizt. Und erst recht mit einem Fisch, den der Alois gefangen hat, fügte er in Gedanken hinzu und verzog angewidert die dünnen, fest zusammengepressten Lippen.

Die Rosi kehrte dem Sepp wortlos den Rücken zu und ging in die Hütte. Der Alois folgte ihr und gab ihr einen Klaps auf das hübsche Hinterteil.

Der kreidebleiche Sepp blieb allein draußen sitzen. Da sie die Tür offen gelassen hatten, musste er mitanhören, wie der Alois der Rosi jeden Handgriff ansagte: „Nur mit ein bisserl Salz und Pfeffer und einem Spritzer Zitrone, so schmecken's am besten ..."

Seine wichtigtuerische Art verdarb dem Sepp endgültig die Laune.

Die mit blühenden Geranien geschmückte Hütte, die saftigen Weiden, die milden Sonnenstrahlen, die Schäfchenwolken am hellblauen Himmel, diese ganze Idylle konnte ihm plötzlich gestohlen bleiben.

Der Alois bekam die große Forelle, die Rosi nahm die kleinere, zerteilte sie geschickt und gab dem Sepp ein Stück ab.

Er betrachtete das weiße Fleisch auf seinem Teller mit Widerwillen. Ihm ekelte vor Fischen und noch mehr ekelte ihm vor dem Alois, der herzhaft zulangte und rülpsende und schmatzende Laute von sich gab. Der Sepp hielt sich an die Erdäpfel und den grünen Salat.

„Wenigstens kosten könntest den Fisch – mir zulieb"', bat ihn die Rosi. Sie schaute ihm dabei so traurig in die Augen, dass er mit Todesverachtung einen Bissen in den Mund nahm. Prompt begann er zu husten und zu spucken.

„Wärst nicht der Erste, der an einer Gräte erstickt", sagte der Alois und klopfte ihm kräftig auf den Rücken.

„Trink schnell einen Schluck vom Alois seinem Bier", riet die Rosi dem Sepp. Doch bevor er aus demselben Glas wie der Alois trank, wollte er lieber ersticken.

Die Rosi brachte dem Sepp ein Glas Wasser. Er leerte es in einem Zug. Obwohl ihm seine Rosi vielleicht das Leben gerettet hatte, schenkte er ihr einen bösen Blick, so als hätte sie ihm absichtlich das Stück mit der gemeingefährlichen Gräte gegeben. Insgeheim machte er allerdings den Alois für sein beinahe vorzeitiges Ableben verantwortlich.

Mehr oder weniger freundschaftlich legte der Alois dem Sepp den Arm um die Schulter und sagte lachend: „Schau nicht so bös, ist eh nix passiert."

Wütend packte der Sepp den Alois und drehte ihm den Arm auf den Rücken. Und schon gingen die beiden aufeinander los wie zwei brunftige Widder. Ein linker Haken vom Alois erwischte den Sepp recht unglücklich oder glücklich, je nach Standpunkt, zwischen den Augen. Die Haut unter seinen buschigen Brauen platzte. Es floss Blut, dem Sepp sein Blut. Wie ein wild gewordener Stier stürzte sich die Rosi auf die beiden Kampfhähne, trennte sie voneinander und bestand darauf, dass sie sich wieder versöhnten. Sofort streckte der Alois dem Sepp die Hand hin. Doch der Sepp schlug nicht ein, drehte sich um und ging in die Hütte, um sich das Blut von der Stirn zu waschen.

Die Rosi schickte den Alois weg. Zum Abschied machte er noch eine blöde Bemerkung: „Dass ihr mir nix anstellt", sagte er und drohte der Rosi mit dem rechten Zeigefinger.

Als sie endlich allein waren, hatten der Sepp und die Rosi den ersten ernsthaften Krach ihres Lebens. Die Rosi weinte herzzerreißend und der Sepp gab schließlich nach. Er wusste, dass Vertrauen in einer Beziehung fast das Wichtigste war, und da ihm seine Rosi versicherte, dass sich ihr Jungfernhäutchen völlig in Takt befände, beschloss er, ihr zu glauben. Außerdem hatte der Alois seit Jahren ein schlampertes Verhältnis mit der Gustl, der reschen, langmähnigen Kellnerin vom „Goldenen Ochsen". Auch das beruhigte den ansonsten sehr misstrauischen Sepp.

Er blieb über Nacht. Er hatte auch schon im vorigen Sommer öfters oben auf der Alm übernachtet. Aber dieses Mal war es etwas anderes. Zwar hatte ihn die

Rosi letzten Sommer öfters bei sich im Bett kuscheln lassen, doch geschlafen hatte er immer in der kleinen, fensterlosen Kammer, in der manchmal auch müde Wanderer Unterschlupf fanden.

Die Almhütte war ziemlich geräumig, bestand aus einer gemütlichen Stube mit einem alten grünen Kachelofen und den zwei Kammern. Rosis Kammer hatte ein Fenster. Von ihrem Bett aus konnte sie den meist von Wolken umhangenen Gipfel des Großen Bären sehen.

An diesem lauschigen Abend bedrängte die Rosi den Sepp mehr als sonst wegen der Hochzeit. Sie fragte ihn sogar, ob er heute Nacht bei ihr im Bett schlafen wollte. Zwar hatte er Bedenken, doch diese wusste die Rosi mit ein paar geschickten Handgriffen zu zerstreuen.

Bei Sonnenuntergang ließ sich der Sepp von der Rosi verführen. „Schau, der Berg brennt", sagte die Rosi. Der Sepp hatte keinen Blick für das fantastische Alpenglühen, zu sehr war er damit beschäftigt, seine Unschuld zu verlieren. Die Rosi hatte die ihre längst verloren, doch das konnte der Sepp zu diesem Zeitpunkt natürlich nicht wissen. Sie stellte sich recht geschickt an, sagte ihm, wie er sich bewegen sollte ...

Der Sepp war viel zu glücklich, um sich über ihre Kenntnisse zu wundern. Die Rosi wiederum war echt überrascht von seiner Leidenschaft. Zäh und ausdauernd kam er ein ums andere Mal. Erst in den frühen Morgenstunden sanken sie in Morpheus' Arme.

Am Morgen danach machten sie den Hochzeitstermin fürs nächste Frühjahr aus. Anfang Oktober, wenn die Rosi wieder von der Alm ins Tal kommen durfte, wollten sie gemeinsam beim alten, etwas schwerhörigen Gaildörfler Pfarrer das Aufgebot bestellen.

Zum Glück wurde die Alm nur von Mai bis Oktober bewirtschaftet. In der kalten Jahreszeit konnte der Sepp seine Verlobte, wann immer er wollte, am Hof des Bergbauern Lindinger besuchen.

Die Rosi war ein armes Madel. Der Lindinger-Bauer hatte sich ihrer erbarmt, sie aufgenommen, nachdem ihre Mutter viel zu früh an einem furchtbaren Krebs gestorben war. Rosis Mutter war Magd beim Lindinger-Bauern gewesen. Die Rosi war ein lediges Kind. Manche Gaildörfler munkelten, dass sie dem Lindinger seines war, weil auch er leicht rotschädlert war und eine weiße Haut hatte, obwohl er Jahr und Tag im Freien arbeitete. Aber das traute sich keiner laut zu sagen, denn der Lindinger-Bauer war bärenstark und außerdem sehr angesehen im Dorf.

Es sprach für den Sepp, dass er sich eine Frau ohne jegliche Mitgift ausgesucht hatte. Obwohl die Rosi wahrscheinlich den Hof erben würde, da der Lindinger keine eigenen Kinder hatte. Seine Zenzi hatte keine Kinder kriegen können, vielleicht war's auch deswegen so depressiv gewesen, vermutete so manche Gaildörflerin, die gerade voller Stolz Mutterfreuden entgegensah.

So oder so hatte der Sepp keine schlechte Wahl getroffen. Nicht nur, weil die Rosi ordentlich und bescheiden, sondern auch, weil sie eine sehr Fleißige war. Sie würde bestimmt einmal eine tüchtige Bäuerin abgeben. Leider hatte der Sepp keinen eigenen Hof. Als jüngster von drei Brüdern stand er nach der Hauptschule vor der Wahl, sich dem Herrgott zu verschreiben oder Jäger zu werden. Sein ältester Bruder hatte den elterlichen Hof geerbt, der mittlere war nach Innsbruck gezogen und Lehrer geworden, und der Sepp hatte sich eben für die Wildhüterei entschieden. Er ging bereits auf die dreißig zu, wohnte aber noch bei seinem Bruder am Hof und bezahlte Kostgeld. Obwohl er eisern sparte, konnte er sich nicht einmal ein Auto leisten, so wie der Alois, der seit kurzem mit einem uralten Opel Astra die Dorfstraßen unsicher machte.

Der Humer Sepp war ein Ehrenmann. Er beschloss, sein Wort, das er der Rosi gegeben hatte, zu halten. Doch seit er von der verbotenen Frucht gekostet hatte, war er wie ausgewechselt. Seine Triebe begannen ihm gehörig zuzusetzen. Um die brave Rosi nicht zu schwängern und dadurch komplett zu entehren, ließ er sich eine Zeitlang nicht mehr bei ihr oben auf der Alm blicken. Seine erwachte Glut stillte er bei der reschen Gustl nach der Sperrstunde im „Goldenen Ochsen" auf der rustikalen nussernen Theke.

Als der Sepp seine Rosi endlich wieder einmal besuchte, erkannte er sie fast nicht wieder. „Mich stört's nicht, wennst ein bisserl mollig wirst, im Gegenteil, es passt dir gut", sagte er zu ihr, aber er rührte sie nicht mehr an. Neuerdings jammerte sie pausenlos, andauernd war ihr speiübel und ihr hübsches Gesicht war voller Pickel. Dem Sepp aber grauste vor allem wegen ihres Schweißgeruchs. Da er mit der lieben Rosi in erotischer Hinsicht nicht mehr viel anzufangen wusste, vergnügte er sich öfters mit der lustigen Gustl, die alsbald auch ziemlich rund wurde. Da die Gustl immer schon kräftig gewesen war, fiel ihm ihr wachsendes Bäuchlein zuerst gar nicht auf.

Aus der ehemals schlanken Rosi war inzwischen ein regelrechtes Fass geworden.

„Von nix kommt nix", sagten die Leute unten im Dorf, als die Rosi im Oktober die Kühe von der Alm hinuntertrieb. „Wahrscheinlich wird's nur ein Dirndl werden, wenn's Buben austragen, werden's normalerweise hübscher", ätzten vor allem die Frauen.

Als der Sepp seine Verlobte im Herbst zum ersten Mal auf dem Hof vom Lindinger-Bauern besuchte, kapierte auch er endlich, dass sie in anderen Umständen war. Den Hochzeitstermin wollte er trotzdem nicht vorziehen.

Der ohnehin sehr hagere Sepp wurde immer dünner und dünner. Kein Wunder, hatte er doch zwei Frauen zu beglücken. Dem Alois hatte die Gustl inzwischen den Laufpass gegeben. Der Sepp war eben ein viel zuverlässigeres Mannsbild.

Die langen Winterabende verbrachte er am Hof des Lindinger-Bauern. Während er sich mit dem Alten unterhielt, häkelte seine Rosi unentwegt Babykleidung, abwechselnd in Rosa, Hellblau und Weiß. Den Sepp langweilten die endlosen Gespräche, die sich ständig um die gleichen Themen drehten: die baldige Hochzeit und das freudige Ereignis. In den Nächten flüchtete er zur Gustl ins warme Bett, kroch zu ihr unter die dicke Daunendecke und vergaß, auf ihr liegend, all seinen Ärger und Frust.

Eines Nachts, als er trotz Gustls intensiver Bemühungen nicht einschlafen konnte – es quälte ihn sehr wohl das schlechte Gewissen – der Sepp war im Grunde ja ein anständiger Kerl –, zog er sich wieder an und schlich sich hinaus.

Eine sternenklare Nacht. Der Vollmond beleuchtete die schneebedeckten Berge. Der Sepp irrte ziellos herum, spürte die prickelnde Kälte auf seinem unrasierten Gesicht und dachte über sein schweres Schicksal nach. Plötzlich, als hätte ein Skorpion seinen giftigen Stachel in Sepps zähes Fleisch getrieben, nagten Eifersucht und Misstrauen an ihm und fast automatisch schlug er den ordentlich ausgeschaufelten Weg zum Hof des Lindinger-Bauern ein. Oben am Hang angekommen, blieb er stehen und rieb sich die Augen.

Am Fenster von Rosis Zimmer im ersten Stock lehnte tatsächlich eine Leiter. Der Sepp zögerte nicht lange, stapfte die letzten Meter bis zum Haus durch die hohen Schneewechten und kletterte die Leiter hinauf.

In Rosis Zimmer brannte eine schwache Funzel, die Fensterläden waren nur angelehnt. Der Sepp gab acht, dass man ihn von drinnen nicht sehen konnte, und spitzte seine großen, abstehenden Ohren.

Laut und deutlich ertönte die tiefe Stimme des Brantinger Alois.

„Depperter Trampel, warum hast net die Pille genommen", herrschte er die heulende Rosi an.

Ihr heftiges Schluchzen ging dem Sepp durch Mark und Bein. Doch dann bekam er etwas zu hören, das ihm die Zornesröte ins Gesicht trieb. „Wenn du deinem Sepp sagst, dass du von mir schwanger bist, bring' ich dich um." Um seinen Worten Nachdruck zu verleihen, watschte der Alois die Rosi ab. Zumindest hörte der Sepp draußen ein Geräusch, das verdächtig nach einer Watschen klang.

„Aber er wird's merken, rechnen kann der Sepp besser als wir beide zusammen", flennte die Rosi.

„Sagst halt, es ist ein Siebenmonatskind."

Der Sepp, der inzwischen fast zu einem Eiszapfen erstarrt war, stieg beinahe lautlos die Leiter hinunter. Sein Herz war schwer, seine Seele schwarz und voller Hass.

Wieder vergingen ein paar endlos lange schneeweiße Wochen, in denen sich der Sepp kaum mehr bei der Rosi und dem Lindinger-Bauern blicken ließ. Wenn er ihnen einmal kurz Gesellschaft leistete, dann war er noch stiller und verschlossener als früher. Bat ihn die Rosi gar, seine Hand auf ihren dicken Bauch zu legen, verdüsterte sich sein Blick und meistens ergriff er, gleich nachdem er mit seinen langen Fingern flüchtig über ihren prallen Bauch gestrichen war, die Flucht.

„Er hat halt jetzt im Winter viel Arbeit mit dem Wild", versuchte der alte Lindinger-Bauer der unglücklichen Rosi dem Sepp sein sonderbares Verhalten zu erklären. „Bald wird der Schnee schmelzen, aber heuer wird dein Sepp nicht mehr zehn Stunden am Tag unten am Staudamm hackeln müssen", versicherte er ihr. Er hatte dafür gesorgt, dass sein zukünftiger Adoptiv-Schwiegersohn diese Drecksarbeit nicht mehr nötig hatte. Der Sepp würde demnächst zum Oberjäger befördert werden, gerade noch rechtzeitig vor der Hochzeit, die natürlich auch er als Quasi-Brautvater bestreiten würde. Und die ordentliche Mitgift, die er der Rosi zu geben beabsichtigte, würde den Sepp sicher wieder zur Vernunft bringen. Das sagte der Lindinger-Bauer natürlich nicht laut. Anstatt dessen sagte der alte Mann zu dem betrübten Madel: „Wirst sehen, dein Verlobter wird schon bald wieder freundlichere Nasenlöcher machen."

Ende Februar bliesen die Jäger zum letzten großen HALALI. Die Jagdsaison für das Dam- und Rotwild ging dem Ende zu.

Im Dorf herrschte hektisches Treiben. Nur der Brantinger Alois machte wieder keinen Finger krumm. Man sah ihn oft schon nachmittags im „Goldenen Ochsen" am Stammtisch hocken und flotte Sprüche klopfen. Der Alois war ein großer Trinker vor dem Herrn und ein Angeber und Prahlhans, wie er im Buche steht.

Auch der Sepp ließ sich in letzter Zeit des Öfteren im „Goldenen Ochsen" blicken. Den Gaildörflern war Gustls Zustand natürlich nicht verborgen geblieben.

Sie kam mit ihrem dicken Bauch kaum mehr zwischen den Tischen durch. Erstaunlicherweise ertrug sie ihre Schande mit großer Gelassenheit. Sie war fröhlicher und schlagfertiger denn je. Den Alois behandelte sie allerdings wie Luft.

Der Alois war nur einen Monat älter als der Sepp, schien aber durch seine Sauferei zehn Jahre mehr auf dem Buckel zu haben. Seitdem er kaum mehr einen Schritt zu Fuß machte, sondern nur mehr mit seinem Astra herumkurvte, hatte sein ungustiöser Bierbauch gesundheitsschädigende Ausmaße angenommen. Aber sein Schmäh war noch der alte und kam bei seinen Saufkumpanen genauso gut an wie früher, vor allem dann, wenn er, großzügig, wie er nun einmal war, eine Runde nach der anderen schmiss.

Die Stammgäste im „Goldenen Ochsen" staunten nicht schlecht, als sich eines schönen Abends, genauer gesagt, am Abend vor der letzten großen Jagd aufs Rotwild, der Humer Sepp zum Brantinger Alois an den Tisch setzte. „Es geht um die Gustl ... gleich gibt's eine Schlägerei", raunte es durchs Gastzimmer.

Der Sepp und der Alois schienen sich um das Getuschel nicht zu scheren, sie tranken ein paar Halbe miteinander und schienen sich recht gut zu amüsieren. Selbst dem „heiligen Josef", wie manche den Sepp hinter vorgehaltener Hand nannten, kam hin und wieder ein Lächeln aus. Irgendwann, die Sperrstunde war längst vorbei und die Gustl war schon in ihrer Kammer über der Gaststube verschwunden, bedienten sich der Sepp und der Alois selbst am Flaschenbier. Den Zapfhahn zu betätigen, hatte ihnen der Wirt, bevor er ebenfalls schlafen gegangen war, strengstens verboten. Während sie die allerletzte Flasche leerten, beschlossen die beiden ehemaligen Rivalen, am nächsten Tag gemeinsam auf die Pirsch zu gehen. Wankend und sich gegenseitig stützend verließen sie den „Goldenen Ochsen".

Im Morgengrauen machten sie sich tatsächlich zusammen auf die Pirsch.

Dem Alois schien die freundliche Art vom Sepp nicht ganz geheuer zu sein, da er aber an sich ein friedfertiger Mensch war, überwogen bald auch seine positiven Gefühle. Dass der Sepp ihm die Gustl ausgespannt hatte, störte ihn nicht im Geringsten. Die Gustl war ihm in letzter Zeit gehörig auf die Nerven gegangen, ja fast richtiggehend lästig geworden. Sie war beinahe genauso schlimm gewesen wie die Rosi mit ihrer ewigen Jammerei. Er wollte von beiden Weibern nichts mehr wissen, vergnügte sich lieber mit den weniger komplizierten ausländischen Flitscherln, die im Schlepptau seiner besten Kunden, der Gastarbeiter, ins Lackental gekommen waren und für ein paar Euro ihre Liebesdienste unten in den Baracken anboten.

Während sie durch den Wald den Berg hinaufstiegen, wiederholte der Sepp immer wieder – mehr oder weniger lallend, doch das fiel dem Alois nicht auf, da der Sepp sowieso fast nie vollständige Sätze von sich gab, sondern meistens stockend redete und sogar ein bisschen stotterte –, dass er endlich einen kapitalen Bock schießen möchte, um „seinem neuen Freund, dem Alois" zu beweisen, dass er im Grunde der bessere Schütze von ihnen beiden war.

„Wirst sehen, auf was Lebendiges zielen ist ganz was anderes als dein deppertes Tontaubenschießen. Da geht's ums wirkliche Töten", sagte der Sepp ein bisschen großspurig zum Alois. „Leider war ich heuer vom Pech verfolgt. Es scheint, als hätte sich alles gegen mich verschworen, selbst der heilige Hubertus hat mich schmählich im Stich gelassen. Nicht einmal ein alter, klappriger Rehbock ist mir vor die Flinte gelaufen, geschweige denn ein kapitaler Hirsch."

Auch an diesem kühlen, nebeligen Morgen schien ihnen Fortuna nicht gewogen. Die Spitze des Großen Bären verschwand unter einer dichten Wolkendecke, nicht einmal die hohe Nase, von der sich damals die Lindingèr Zenzi 'runtergestürzt hatte, war mit freiem Auge auszumachen. Weit und breit war keine Spur von einem Hirsch zu sehen. Die Steinböcke schienen sich bereits über die beiden erfolglosen Jägersleute lustig zu machen. Völlig ungeniert hüpften sie vor ihren geladenen Flinten herum, so als wüssten sie, dass sie vom Gesetz geschützt wurden. Der Alois fing an, sich über diese flinken Biester zu ärgern. Nach ein paar Stunden, in denen sie erfolglos herumgehatscht waren – die Kondition vom Alois war nicht gerade die beste –, konnte er sich nicht mehr länger beherrschen. Er zielte und drückte ab.

Ein stattlicher Steinbock musste dran glauben. Er fiel auf der Stelle um. Der beste Schütze des Lackentals hatte ihn, trotz großer Entfernung, anscheinend mitten ins Herz getroffen.

Der Sepp stieß einen Ton aus, den man als eifersüchtigen Seufzer oder schlecht artikulierte Bewunderung deuten konnte, je nachdem. Danach sagte er kein Wort mehr, machte dem Alois auch keine Vorwürfe wegen des streng verbotenen Abschusses. Im Gegenteil, als ihn der Alois bat, ihm später zu bezeugen, dass der Bock krank war, nickte er nur.

„Ich hol mir die Hörner, wartest auf mich", fragte der Alois.

Der Sepp nickte wieder und staunte nicht schlecht, als er durchs Zielfernrohr beobachtete, wie der Alois plötzlich vergleichsweise leichtfüßig die steile Wand hochkletterte.

Auch dieses Mal war also der Brantinger Alois der bessere Schütze gewesen. Neid und Eifersucht quälten den Sepp stärker denn je und irgendwann drückte er – versehentlich – auf den Abzug.

Eine Untersuchung durch die Gendarmen im Ort fand statt. Später kamen auch zwei Zivile aus der Landeshauptstadt daher und untersuchten den Unglücksfall.

„Ich hab dacht, er wär' ein Wilderer ... wollte nur einen Warnschuss abgeben ... es war schon dämmrig", stammelte der Sepp und war tagelang völlig am Boden zerstört. „Ich hab' am Abend davor zu viel getrunken. Ich bin nicht an die viele Sauferei gewöhnt ..." Das Wasser stand ihm in den Augen, und er klang so verzweifelt, dass selbst den Kriminesern aus Innsbruck seine Geschichte glaubwürdig erschien.

„Ein schlimmer Jagdunfall halt", sagten die Gaildörfler und zuckten die Achseln, „der passiert eigentlich jedes Jahr." Die Einheimischen führten das schreckliche Unglück sowieso auf Sepps Alkoholkonsum zurück. Normalerweise trank der Sepp kaum etwas Hochprozentiges, höchstens mal ein Seidel oder ein Glaserl Sliwowitz. An jenem verhängnisvollen Abend hatte er mindestens sechs Halbe und vier Marillenschnäpse hinuntergeleert. Der Alois hatte die Zech' vom Sepp mitbezahlt, weil der Sepp bald ein armes Schwein sein würde, mit dem Gschrappen von der Rosi am Hals und vielleicht auch noch dem Balg von der Gustl ... denn man munkelte so allerlei im Dorf. Der Alois schien es dem Sepp jedenfalls nicht verübelt zu haben, dass er ihm sein Gspusi ausgespannt hatte, behaupteten die Gaildörfler.

Die Männer in den dunklen Anzügen und langen Mänteln trieben sich ein paar Tage im Dorf herum und fragten die Leute weiter über den Humer Sepp aus. Sie bekamen nur Gutes zu hören. Selbst die Gustl legte ihr ganzes Gewicht für ihn in die Waagschale. „Der Sepp hat nichts dafürkönnen, er zerfleischt sich eh selbst vor lauter Schuldgefühlen", sagte sie zu den Gendarmen aus dem Dorf und auch zu den Zivilen aus der Stadt. Kurz danach zogen die Kriminalbeamten unverrichteter Dinge wieder ab. Nicht einmal eine Anklage wegen fahrlässiger Tötung bekam der Sepp aufgebrummt.

Um den Alois tat es offenbar keinem so wirklich leid, außer vielleicht seinen ehemaligen Saufkumpanen. „Mit diesem Hallodri hat es eben einmal so enden müssen ..." und jede Menge anderer blöder Sprüche wegen seiner Weibergeschichten und seiner Wilderei machten die Runde im Dorf.

Nur die Rosi trauerte aufrichtig um den Alois, war er doch sehr lustig gewesen, nicht so langweilig und verschlossen wie der Sepp. Auch wenn der Loisl sie manchmal gehauen hatte, er hatte es ja nicht bös' gemeint ... aber sie hielt lieber den Mund und weinte nur heimlich, allein auf ihrem Zimmer.

„Bei der Rosi wird's bald so weit sein", flüsterten die Alten im Dorf.

Beim Begräbnis vom Alois heulte die Rosi dann Rotz und Wasser. Sie war die Einzige, die Tränen um ihn vergoss. Gustls schöne kornblaue Augen blieben trocken. Sie hatte dem Sepp längst verziehen, dass er ihr den Vater ihres ungeborenen Kindes genommen hatte. Es würden sogar zwei Kinderchen werden, aber das wusste damals noch keiner im Dorf, nur die Gustl selbst ahnte es, weil gleich vier kleine Beinchen in ihrem Bauch herumstrampelten.

Kurz nach dem Begräbnis vom Alois, bei dem nicht allzu viel Leut' erschienen waren, gebar die Rosi ein

„Siebenmonatskind". Ein winziges, hässliches und schrecklich schielendes Zniachtl.

Der Sepp machte um die Rosi und ihren Nachwuchs nicht viel Gscher. Dafür kümmerte er sich umso mehr um die hochschwangere Gustl. Er war kein Falscher und erklärte jedem, der es hören wollte, dass der Rosi ihr Kind nicht seines war, sondern das vom Alois, und dass er sich deswegen um die Rosi und ihren Bastard nicht zu kümmern brauchte.

Vor allem die Gaildörflerinnen meinten, es würde der eitlen Rosi, die eigentlich gar nicht eitel war, sondern nach der Geburt nur wieder sehr hübsch, schon recht geschehen. Man ließ sich eben nicht ungestraft mit zwei Mannsbildern gleichzeitig ein.

Drei Monate, nachdem die Rosi dem zarten Mäderl das Leben geschenkt hatte, erblickten die Zwillinge von der Gustl, zwei stramme Buben, die bestimmt eines Tages tüchtige Schützen werden würden, das Licht der Welt. Kurz darauf wurde in Gaildorf eine Hochzeit gefeiert, keine große Dorfhochzeit, sondern nur eine bescheidene kleine Feier im engsten Familienkreis. Die Braut war wunderhübsch anzusehen in ihrem langen weißen Kleid. Ihr dichtes blondes Haar trug sie offen auf die Schultern fallend. „Sie hat eine Mähne wie ein Löwe", flüsterten die Gaildörfler, die vor der Kirche Spalier standen, bewundernd.

„Man darf eben nicht jedes Wort auf die goldene Waage legen", hatte der Sepp zu der heulenden Rosi am Tag vor seiner Hochzeit mit der reschen Gustl gesagt. Er hatte sich durch Rosis Tränen nicht erweichen lassen, im Gegenteil, er hatte der Rosi in vollem Ernst vorgeschlagen, dass sie ja statt der Gustl im „Goldenen Ochsen" kellnerieren könnte, denn die Frau Oberjäger hätte in Zukunft die Kellnerei nicht mehr nötig.

Ein paar Tage nach der Hochzeit wurde der Sepp hochoffiziell zum Oberjäger ernannt, allerdings gegen den Willen des Lindinger-Bauern, der jedoch die Sache vorher zu intensiv betrieben hatte, um sie nun wieder rückgängig machen zu können. Bald danach fingen der Sepp und die Gustl zum Hausbauen an. Trotz der vielen Arbeit kümmerte sich der Sepp weiterhin rührend um die beiden kräftigen Buben, denen er den Vater genommen hatte.

Als der Bruder vom Sepp, der gescheite Herr Lehrer aus Innsbruck, einmal zu Besuch ins Dorf kam, betrachtete er die beiden Buben, die wie ein Ei dem anderen glichen, mit kritischem Blick und kapierte sofort, was bisher nur die Gustl geahnt hatte, und selbst sie war sich nicht sicher gewesen. „Das ist dein eigen Fleisch und Blut", sagte er zum Sepp. „Schau dir nur diese dicken Haarbüschel an." Er strich den Zwillingen über das dichte, dunkelbraune Haar. „Auch sonst ist die Ähnlichkeit unverkennbar", fuhr er fort und hielt dem Sepp und der Gustl einen Vortrag über die Erbmasse und die guten Gene der Humerschen Familie. Der Bruder vom Sepp unterrichtete nämlich Biologie und war ein Anhänger der Vererbungslehre.

Mit stolzgeschwellter Brust gab der Sepp die freudige Nachricht am Sonntag nach der Messe am Stammtisch im „Golden Ochsen" weiter.

Die Leute im Dorf sprachen von nun an mit Hochachtung von ihm. Dass er die Rosi hatte sitzen lassen, ward ihm längst verziehen. Schließlich war's selber schuld, das blöde Madel, wenn's sich einen Gschrappen von diesem Nichtsnutz Alois hatte andrehen lassen. Sie war eben ein Flitscherl, genau so eins wie die unten in den Baracken am Staudamm. In letzter Zeit sah man die Rosi außerdem häufig mit einem dieser braungebrannten Fremden von der Baustelle durch den Wald latschen. „Giuseppe heißt er, und das bedeutet Sepp auf gut Deutsch", hatte der Lindinger-Bauer, der auch nicht gerade begeistert über diese Verbindung war, seinen Nachbarn erzählt. „Giuseppe stammt aus Sizilien, aber er ist ein anständiger Kerl", sagte er immer gleich dazu.

Von ihrem Selbstmordversuch und ihrer Rettung durch diesen kleinen, schnurrbärtigen Ausländer wusste keiner im Dorf, nicht einmal der Lindinger-Bauer.

An jenem lauschigen Abend, als ihr der Sepp mitgeteilt hatte, dass er die Gustl zum Traualtar führen wollte, ging die Rosi nämlich ins Wasser. Sie legte ihr Kind in die Wiege, hinterließ ein paar Zeilen für den Lindinger-Bauern, die er zum Glück nie zu Gesicht bekam, und ging hinunter zum halbfertigen Staudamm. Bevor sie aufs Gerüst kletterte, bekreuzigte sie sich dreimal, und bevor sie ins eiskalte Wasser sprang, schickte sie ein Stoßgebet zum Himmel. Die Rosi konnte, so wie die meisten Gaildörfler, nicht schwimmen.

Der kleine, dunkelhaarige Fremde sprang hinterher, sprang mitsamt seinen warmen Klamotten ins Wasser. Er kam aus einem Dorf am Meer, litt unter Heimweh und saß fast jeden Abend am Ufer des Stausees.

Giuseppe war ein guter Schwimmer. Er tauchte wie ein Wassermann unter der halbtoten Rosi auf, legte seinen Arm um ihren Hals und schwamm mit ihr im Schlepptau ans Ufer. Mit Mund-zu-Mund Beatmung erweckte er sie wieder zum Leben. Seine warmen, weichen Lippen auf ihrem Mund wollte die Rosi dann ihr Leben lang nicht mehr missen.

Doch das ist noch nicht das Ende der Geschichte.

Als der Sepp zwei Jahre später wieder einmal auf Gamsjagd ging, kam er oben auf der Alm vorbei. Die

Rosi sah ihn schon von weitem, erkannte ihn an seinem müden, schleppenden Gang.

„Schau, da kommt der Onkel Sepp", sagte sie zu ihrem Silberfischerl.

„Peppi, Peppi, Peppi", ahmte die Kleine ihre Mutti nach und winkte mit ihrem Patschhanderl dem fremden Onkel hocherfreut zu.

Der Sepp würdigte die beiden am Fenster der Almhütte keines Blickes.

Ein Gewitter zog auf. Obwohl der Sepp wusste, wie schnell das Wetter in den Bergen daherkommen konnte, kraxelte er auf die hohe Nase hinauf. Er war hinter einem kapitalen Gamsbock her und vergaß dabei auf alle Vorsicht.

Am nächsten Morgen – die Luft war, gereinigt durch das Unwetter, herrlich klar und frisch – ging die Rosi mit der Kleinen an der Hand nachschauen, ob eh keine Kuh abgestürzt war. Die Rosi schaute in jede Felsspalte, konnte zum Glück aber kein verunglücktes Tier entdecken.

Auf einmal vernahm sie leises Wimmern. „Hast das auch gehört, Mausi?" Die Rosi beugte sich über den Grat.

Mindestens fünfzehn Meter unter ihnen lag eine zusammengekrümmte Gestalt. Der Mann hing halb über dem Abgrund und klammerte sich mit beiden Händen an einen Felsvorsprung. Erst auf den zweiten Blick erkannte die Rosi den Sepp. Der Arme hat sich was gebrochen, er kann sich nicht mehr rühren, dachte sie. Plötzlich vermeinte sie zu sehen, wie sich seine linke Hand bewegte. Ein schwaches Winken? Er schien sie ebenfalls entdeckt zu haben.

Die Rosi nahm das Kind auf den Arm und betrachtete lange und sehr nachdenklich den nun wieder regungslos daliegenden Sepp. Das Wimmern klang mal stärker, mal schwächer zu ihr herauf. „Wir müssen schauen, dass wir heimkommen, da hinten sieht es schon wieder ganz schwarz aus. Sag schön Baba zu dem armen Onkel Sepp", befahl sie nach einer Weile ihrem Töchterchen.

„Baba" erklang es glockenhell. Durch das Echo hallte es laut und deutlich bis zum Oberjäger Sepp hinab.

„Gut, dass du außer Baba noch nicht viel sagen kannst, mein kleines Patscherl", flüsterte die Rosi, als hätte sie Angst, der Sepp könnte sie hören, und kehrte mit ihrer Kleinen in die Hütte zurück.

Der Gipfel des Großen Bären verschwand unter einer großen schwarzen Wolke, auch die Spitze der hohen Nase war von der Hütte aus bald nicht mehr zu sehen. Die Rosi begann zu kochen, es gab Fisch, und sie hoffte, Giuseppe würde bald kommen, und zwar rechtzeitig, bevor es draußen wieder zu blitzen und zu donnern anfing. Giuseppe aß gerne Fisch und er scheute auch nicht den sechsstündigen Aufstieg, jeden Samstag nach der Arbeit am Staudamm.

Ein fernes Donnergrollen, kurz darauf setzte heftiger Hagel ein, trommelte auf das Dach der Hütte wie die Faust Gottes. Das kleine Dirndl schrie wie am Spieß. Die Rosi erstarrte, sie war eine fromme Frau, glaubte an das Wort Gottes und an die Heilige Schrift. „Die Rache ist mein, sagte Gott ...", murmelte sie. Zitternd wie Espenlaub ließ sie sich auf der Ofenbank nieder, drückte das schreiende Kind fest an ihren Busen und betete für Giuseppe.

Kaum hatte der schreckliche Sturm – er war noch viel furchtbarer als der gestrige – etwas nachgelassen, hörte sie eine geliebte Stimme ihren Namen rufen. Sie stürzte hinaus in den Regen und eilte ihrem

Geliebten, der gerade aus dem Dickicht des Waldes auftauchte, entgegen.

Giuseppe hatte das Unwetter, zusammengekauert unter einem Jägersitz, heil überstanden. Er war nur patschnass und halb erfroren.

„Zieh dich aus und leg dich gleich ins Bett", sagte die Rosi. Während er sich seiner Kleider entledigte, steckte sie das Silberfischerl ins Gitterbett und leistete dann dem Giuseppe in ihrem eigenen Bett Gesellschaft. Draußen rauschten die Wälder, die Vögel begannen wieder zu zwitschern, und sie wärmte ihren Giuseppe mit ihrem wunderbaren, weichen Körper. Die Rosi war eben eine praktische Frau.

*

Einige Jahre zogen ins Land. Aus dem zarten, kleinen Silberfischerl war ein fesches Madel geworden. Ihr Schielen hatte sich inzwischen von allein gegeben. „Sie gerät ihrer Mutter nach", sagten die Leute im Dorf und meinten das durchaus als Kompliment. Die hübsche Heidi – ihre Mutter hatte sie eigentlich Heidemarie getauft – war nicht nur eine gute Schülerin, sondern passte auch brav auf ihr kleines Brüderchen auf. Sie hing sehr an diesem kleinen, schwarzgelockten Teufelchen, das nach seinem Vater benannt worden war, der Einfachheit halber aber von jedermann Seppi gerufen wurde. In Sizilien würde er natürlich Giuseppe heißen.

Die Rosi war schon lange nicht mehr oben auf der Alm. Der Lindinger-Bauer hatte viel Grund verkauft. Mit dem Geld hatte Rosis Mann ein großes Haus am Hang über dem Stausee gebaut und unten im Erdgeschoß eine Pizzeria aufgemacht, die erste Pizzeria im

Lackental. Giuseppe hatte das Geschäft gut im Griff, seine Pizza CAPRICORNO wurde weit über das Lackental hinaus gerühmt. Der „Goldene Ochse" stand kurz vorm Zusperren.

Giuseppe erlaubte seiner Frau nicht, in der Pizzeria zu arbeiten, in dieser Hinsicht war er ein bisschen altmodisch. Und so kümmerte sich die Rosi um das große Haus und die Kinder. Samstags fuhr sie immer mit ihrem Landrover in die Landeshauptstadt zum Einkaufen.

Dass Giuseppe statt ihr die resche Gustl als Kellnerin engagierte, störte die Rosi nicht. Denn die Gustl war längst nicht mehr so resch und fesch wie früher, aber sie war nach wie vor eine tüchtige Kellnerin. Wenn sie niemanden fand, der ihr aufpasste, brachte sie auch ihre beiden Buben zur Arbeit mit. Die Zwillinge hockten dann oft den ganzen Abend lang in der Küche und machten Hausaufgaben. Nur selten sah man sie hinter dem Haus Fußball spielen. Die Rosi erlaubte ihrer Heidi nie, mit den Zwillingen zu spielen, obwohl sie eigentlich keine schlimmen Buben waren und schon gar keine Wildfänge, sondern eher brav und still und sehr verschlossen.

Abends, nach der Sperrstunde, saßen die Rosi und ihr Mann oft zusammen unten am Ufer des Stausees und schauten aufs Wasser. Im Spätsommer ging die Rosi auch manchmal allein auf den Friedhof, am Fuße des Berges, wo der Sepp und der Alois friedlich vereint nebeneinander lagen. Sie brachte den beiden immer Wiesenblumen mit, die sie unterwegs gepflückt hatte, und verteilte die schönen Blumen gerecht auf beide Gräber.

Schlaflos in New York

New York City, März 1980. Sie verlässt die Underground mitten in der Lower East Side. Ausgeraubte Geschäfte, aufgelassene Bars, verrostete Autowracks und wütende Parolen an den Hausmauern. In einer düsteren Sackgasse entdeckt sie einen Liquor Store. Zwei alte Säufer lassen sich mit übelriechendem Fusel zu einem Dollar die Flasche volllaufen. Ein räudiger Köter streicht um ihre Beine und schnuppert an ihren feuchten Hosen. Mit Schlägen und Tritten befördern sie ihn zur Tür hinaus.

„Ich suche ein Zimmer."

„Schräg gegenüber", murmelt der Verkäufer. Er scheint ebenso wenig zum Reden aufgelegt wie sie.

Sehnsüchtig betrachtet sie die Flaschen mit den hübschen Etiketten, kauft schließlich ein Sixpack und verstaut, als er gerade einmal nicht hinsieht, noch eine Dose in ihrer Manteltasche. Dann überquert sie die Clinton Street und steuert auf ein fünfstöckiges Gebäude zu.

Die eiserne Feuerleiter endet im ersten Stock, auf dem Dach thront eine große Blechtonne. Das Haus sieht ziemlich heruntergekommen aus, aber immerhin steht es noch. Links davon gähnt eine riesige Baugrube, rechts sind die Grundmauern eines abgebrannten Gebäudes zu erkennen. Sie scheint in einem Kriegsgebiet gelandet zu sein.

Der Schwarze an der Rezeption ignoriert sie. Mit halbgeschlossenen Augen bewegt er sich im Rhythmus der Musik, die aus einem überdimensionalen Ghettoblaster dröhnt.

„Hey, ich brauche ein Zimmer."

Der Mann mustert sie gelangweilt.

Sie ist groß, schlank und nicht mehr jung. Ihr zerzaustes Haar ist von undefinierbarer Farbe und ihr wadenlanger schwarzer Mantel völlig verdreckt.

Der Schwarze deutet auf ein Schild, auf dem eine große Zehn steht.

Sie kramt den letzten Zehndollarschein aus ihrer Manteltasche, legt ihn auf die Theke.

Ohne einen Ausweis zu verlangen, reicht er ihr einen Schlüssel.

Obwohl sie außer dem braunen Papiersack mit dem Sixpack kein Gepäck hat, fällt ihr das Stiegensteigen schwer. Die steile Treppe will kein Ende nehmen. Lift gibt es keinen, nicht einmal einen „außer Betrieb".

Ihr Zimmer befindet sich im vierten Stock. Die Bettwäsche ist grau, der Fernsehapparat kaputt und im verstopften Waschbecken schwimmen die Reste längst vergessener Liebesnächte.

Das Fenster ist undicht und geht auf die Straße hinaus. Die Tür lässt sich von innen nicht zusperren. Sie schiebt den einzigen Stuhl unter die Klinke, zieht den schweren Mantel, in dessen tiefen Taschen sie ihre dürftigen Habseligkeiten verstaut hat, aus und wirft sich aufs Bett. Ihre schmutzigen Stiefel behält sie an.

Die Zigarette glüht noch im Aschenbecher, als sie einschläft.

Nach einer halben Stunde wecken sie schrille Schreie aus dem Nebenzimmer. Sie öffnet eine Dose Bud, leert sie in einem Zug und greift nach der nächsten.

Erst als die Dämmerung über New York hereinbricht und die Straßenbeleuchtung angeht, steht sie auf, schlüpft in ihren Mantel, vergewissert sich, dass die Smith & Wesson in der rechten Tasche steckt, und verlässt das Zimmer.

Neben der Rezeption hängt ein Telefonautomat. Sie bittet den Schwarzen um die Telefonbücher. Zum Glück ist die Seite, auf der sich der gesuchte Name befindet, noch vollständig.

Das Telefonat dauert fünfundzwanzig Cent lang.

Sie marschiert die Houston Street hinunter, vorbei an überquellenden Müllsäcken und stinkenden Alkoholleichen. Ein kleiner Junge geht sie um einen Buck an, gibt sich aber dann mit einer filterlosen Chesterfield zufrieden.

Es ist kalt, viel zu kalt für diese Jahreszeit. Dort, wo sie herkommt, braucht man im März keinen Mantel mehr.

Jugendliche verbrennen mitten auf der Straße altes Gerümpel. Sie wärmt sich kurz an ihrem Feuer. Keiner nimmt von ihr Notiz.

Ihre Hände bleiben tief vergraben in ihren Manteltaschen, als sie weitergeht. Eine Hand umklammert die 34er, die andere bewahrt die offene Bierdose, aus der sie sich hin und wieder mit einem Schluck stärkt, vorm Umkippen.

Als ihr ein paar vermummte Gestalten entgegenkommen, wechselt sie die Straßenseite. Außer ihr sind kaum Weiße zu Fuß unterwegs.

Der Verkehr wird dichter, die Gegend ein bisschen besser. Bald muss die Bar auftauchen, von der er gesprochen hat. Sie geht langsamer, blickt sich aber immer wieder um.

Vor einem hell erleuchteten Eingang bleibt sie stehen. Das grelle Neonlicht schmerzt ihre inzwischen an die Dunkelheit gewöhnten Augen. Das Lokal sieht teuer aus, aber die Adresse stimmt. Zögernd geht sie hinein.

Verlogene Romantik, zu viel Plüsch, zu viel Rot. Ein Klavierspieler sorgt für trübselige Stimmung und die Kellner tragen dunkelrote Fliegen.

An der langen Theke lehnen stark geschminkte Damen in ihrem Alter, die es für Geld machen und manchmal auch aus Liebe. Die Barhocker sind für die teureren Ladies reserviert. An den Tischen sitzen geile Männer, die, ihrer Meinung nach, nur auf Sex aus sind. Am liebsten hätte sie gleich wieder kehrtgemacht.

Sie steckt die Smith & Wesson in den Hosenbund ihrer Jeans und gibt ihren Mantel an der Garderobe ab. Ein Blick in den Spiegel. Rasch wendet sie sich wieder ab. Der neue schwarze Pullover lässt ihre Haut noch fahler aussehen. Sie hat ihn heute früh bei Macy's mitgehen lassen. Bevor sie sich an die Bar begibt, entfernt sie unauffällig das Preisschild.

Der Barkeeper lässt sich ziemlich lange Zeit, bis er sie nach ihren Wünschen fragt. Sie verlangt ein Bier gegen den Durst und einen „Rusty Nail" für das, was ihr bevorsteht.

Das dämliche Grinsen ihres Nachbarn geht ihr auf die Nerven. Gereizt betrachtet sie ihre schmalen blaugeäderten Hände mit den abgebissenen Fingernägeln. Wenn er nicht sofort zu grinsen aufhört, wird mein Bier in seiner blöden Fresse landen, denkt sie. In diesem Moment reicht ihr der Barkeeper den Drink, den sie nicht bezahlen kann.

*

Ein gut gekleideter Mann in den besten Jahren nähert sich der Bar aus einer anderen Richtung. Hübsche, ebenmäßige Züge, elegant gestutzter Schnurrbart, glatt rasiertes Kinn, eher klein gewachsen und zart gebaut. Das von Natur aus lockige Haar trägt er modisch frisiert. Obwohl er vor kurzem die vierzig überschritten hat, wirkt er jugendlich, frisch und dynamisch.

Ihr Anruf hat ihn total überrascht. Woher hat sie meine Nummer, was macht sie in New York?, hat er sich gefragt. Am Telefon hat sie nicht gesagt, was sie von ihm wolle. Trotzdem hat er nach kurzem Zögern eingewilligt, sie zu treffen.

Wie viele Jahre haben wir uns nicht gesehen, nichts voneinander gehört? Er rechnet schnell nach. Sieben Jahre waren wir verheiratet und seit sieben Jahren sind wir nun getrennt. Tja, dieses verflixte siebte Jahr, denkt er belustigt.

Die Scheidung war für ihn problemlos verlaufen. Sie bekam das mit Hypotheken belastete Haus, er den Wagen. Unterhalt musste er keinen bezahlen, da sie damals im Gastgewerbe mehr verdiente als er mit den Versicherungspolicen, die er vorwiegend älteren Damen andrehte.

Eine ganz gewöhnliche Geschichte – ihre Geschichte.

Er trägt ihr nichts nach. Nicht sie allein hat ihn aus dieser Kleinstadt im Mittleren Westen vertrieben. Ein geschiedener Mann erschien dem Boss nicht mehr vertrauenswürdig genug. Auch seine Freunde und Nachbarn gaben eher ihm die Schuld am Scheitern seiner Ehe. Heute ist er froh, diesem kleinbürgerlichen Milieu entkommen zu sein.

In New York City fand er einen Job bei einem Immobilienmakler. Kein schlechter Verdienst. Immerhin reicht es für einen Wagen, eine kleine Wohnung in Brooklyn und für die Frauen. Er hält sich nach wie vor für unwiderstehlich und wechselt seine Freundinnen fast so oft wie seine Unterwäsche.

Selbstgefällig betritt er die romantische Bar. Er ist überzeugt, dass seine geschiedene Frau von diesem Etablissement schwer beeindruckt sein wird. Solche Lokale hat es in Iowa nicht gegeben.

Er erkennt sie nicht sofort. An ihr sind die Jahre nicht spurlos vorübergegangen. Dünn ist sie geworden. Außerdem sieht sie krank aus. Neben ihr wirkt er unverschämt frisch und rosig.

Er hofft, dass ihm ein „Whisky on the rocks" über den ersten Schock hinweghelfen wird.

Sie starren einander schweigend an.

Eitler, ekelhafter Womanizer, fällt sie ihr Urteil über den Mann, den sie einst geliebt hat.

Eine versoffene, rasch alternde Frau, urteilt er, auch nicht gerade nett, über sie. Manche Frauen verkraften eine Scheidung eben nie. Aber das hätte sie sich früher überlegen müssen. Er empfindet nicht das geringste Mitleid, hofft nur, dass ihn keiner seiner Bekannten mit dieser verbrauchten Schlampe sieht. Bestenfalls könnte er behaupten, dass sie eine Verwandte vom Land sei.

Sie will Geld, das spürt er. Doch er braucht seine schwer verdienten Dollar selbst. New York City ist ein teures Pflaster und sein Maklerjob auch nicht gerade ein Honiglecken.

Nach der Scheidung hatte er sich aus dem Staub gemacht und es ihr überlassen, die Kredite abzuzahlen. Was sie natürlich nicht schaffte. Aber das war allein ihre Schuld. Warum hat sie ihn auch wegen dieser harmlosen Bettgeschichte gleich hinauswerfen müssen? Hat die Kleine nicht Peggy geheißen? Erstaunlicherweise erinnert er sich noch an ihren Namen. Bei dem Gedanken an das süße Ding lächelt er versonnen.

Sie ahnt, dass dieses Lächeln nicht ihr gilt. Doch das ist ihr egal. Er hat sich kein bisschen verändert, denkt sie.

Erinnerungen tauchen auf. Sie verscheucht sie sogleich. Die Vergangenheit interessiert sie schon lange nicht mehr.

Sie verließ die kleine Stadt im Mittleren Westen,
kurz nachdem das Haus versteigert worden war, und
ging in den Süden, lebte in Kalifornien, Arizona und
zuletzt in New Mexiko. Jahrelang zog sie von einer
Stadt in die andere, ohne irgendwo sesshaft zu werden.

„Wie geht es dir", fragt er, weil er Schweigen nicht
erträgt.

Sie antwortet mit einem zynischen Grinsen. Damit
ist auch dieses Thema beendet.

Er wird ihr keinen Job verschaffen. Nicht einmal
den kleinen Finger wird er für sie rühren, das ist ihr
inzwischen klar geworden.

Sie wird schon merken, dass sie mit mir nicht rechnen kann. Weder werde ich ihr eine Wohnung besorgen noch ihr Geld borgen, denkt er.

Sie hätte sich dieses Wiedersehen ersparen können. Aber sie kennt außer ihm niemanden in New York.

Der Gedanke, dass er zumindest ihre Drinks bezahlen muss, bereitet ihr eine gewisse Genugtuung. Sie bestellt noch einen „Rusty Nail". Er war immer schon ein
verdammter Geizhals. „Sparsam und fleißig, der ide-
ale Schwiegersohn", klingen ihr plötzlich wieder die
Worte ihrer Eltern in den Ohren.

Ungeduldig wartet er, bis sie ihr Glas ausgetrunken hat. Sie lässt sich absichtlich Zeit, amüsiert sich
über seine Nervosität.

Er bemüht sich ihren Blicken auszuweichen. Von
ihren schönen grünen Augen hat er auch später noch
manchmal geträumt. Verquollen und rotumrandet

starren sie jetzt durch ihn hindurch. Frauen sollten eben besser nicht trinken. Er fühlt sich in seinen Vorurteilen voll bestätigt.

Sie verlassen die Bar gemeinsam.

Verstohlen zählt sie die Münzen in ihrer Hosentasche. Es wird nicht einmal für eine zweite Nacht in dieser miesen Lower-East-Side-Absteige reichen.

Als er sich von ihr verabschieden will, bittet sie ihn, sie ein Stück zu begleiten. Sie gibt vor, sich zu fürchten, appelliert an seinen männlichen Beschützerinstinkt. Er fühlt sich geschmeichelt, schlägt sogar vor, ein Taxi zu nehmen.

„Ich glaube nicht, dass uns einer mitnehmen wird, mein Hotel liegt ganz in der Nähe."

Schweigend gehen sie nebeneinander durch die dunklen, wenig befahrenen Straßen, vorbei an niedrigen rotbraunen Backsteinhäusern.

Ein verlassener Park, ein leerstehendes Fabriksgebäude, eingeschlagene Fensterscheiben, aufgebrochene Türen. Sie drängt ihn in den finsteren Eingangsbereich, zieht die 34er aus ihrem Hosenbund und richtet sie auf seine Brust.

„Deine Brieftasche", zischt sie ihm ins Ohr.

Er lächelt verlegen, hält es für einen schlechten Scherz. Ein Blick in ihre müden Augen belehrt ihn eines Besseren.

Sie hat nichts zu verlieren. Der Lauf ihrer Smith & Wesson bohrt sich zwischen seine Rippen.

Zitternd reicht er ihr seine Brieftasche.

Sie wirft einen Blick hinein. Ein, zwei Monate wird sie sich mit seinem Bargeld über Wasser halten können, sie ist nicht sehr anspruchsvoll. Dann fällt ihr Blick auf seine golden glänzende Angeberuhr. „Her damit!"

„Nein, nicht die Uhr", brüllt er und versucht, ihr den Revolver aus der Hand zu schlagen.

Sie drückt ab, verfehlt ihn um Haaresbreite. Entsetzt zuckt er zurück.

Mit einem verächtlichen Grinsen auf den Lippen schickt sie ihren Mann zum zweiten Mal zum Teufel. Dieses Mal für immer.

Grand Hotel

Der Himmel über Istrien war grau. Die Sonne wagte sich kaum hervor. Ein Mann und eine Frau saßen auf der Hotelterrasse, umgeben von Dattel- und Zwergpalmen, riesigen Agaven, pinkfarbenen Oleandern und violetten Bougainvilleas. Zwei grandiose venezianische Löwen bewachten den geschwungenen Stiegenaufgang zur Terrasse. Rosensträucher säumten den steilen Weg hinunter zum felsigen Strand.

Der alte Hotelkasten strahlte eine morbide Grandezza aus. An der stolzen klassizistischen Fassade mit den hohen Fallfenstern bröckelte stellenweise der Verputz ab, der unter der salzhaltigen Seeluft gelitten hatte. Dennoch besaß das ganze Ambiente Stil.

Er hoffte, sie würde dieses Mal zufrieden sein. Allerdings herrschten in diesem Garten Eden subtropische Temperaturen. Die Luftfeuchtigkeit betrug mindestens achtzig Prozent. Auf seinem langärmeligen Baumwollhemd breiteten sich hässliche dunkle Schweißflecke aus. Nicht nur unter seinen Achseln, sondern auch in Brusthöhe.

„Du schwitzt wie ein Schwein", sagte sie kichernd. „Du solltest unbedingt ein paar Kilo abnehmen."

Mehr als zwei Drinks auf nüchternen Magen vertrug sie nicht. Trotzdem hatte sie gerade einen dritten Daiquiri bestellt.

„Du wolltest ja unbedingt heraußen warten", sagte er.

„Ich setz mich doch nicht schon nachmittags in eine düstere, vollklimatisierte Bar."

Ihre Suite war noch nicht fertig. Der Portier hatte sie gebeten, auf der Terrasse oder in der Bar Platz zu nehmen, und ihnen als Entschuldigung einen Drink auf Kosten des Hauses angeboten.

Sie waren im Grand Hotel in Portorož abgestiegen, obwohl er ihr erklärt hatte, dass man immer das zweitbeste Hotel wählen sollte. So wie man sich niemals von einem Primararzt, sondern, wenn man die Wahl hatte, immer vom ersten Oberarzt operieren lassen sollte, denn der war, im Gegensatz zu seinem Chef, dauernd in Übung. Er wusste, wovon er redete.

Mit Müh und Not hatte er sich das Pfingstwochenende frei nehmen können. Nach einem gemeinsamen Kaffee und zwei doppelten Wodkas hatte sich die neue junge Kollegin aus Deutschland ausnahmsweise bereit erklärt, seinen Wochenenddienst in der Privatklinik, in der er seit vielen Jahren als Chirurg arbeitete, zu übernehmen. Die Neue war nicht nur hilfsbereit, sondern hatte auch tolle Titten und einen festen, runden Arsch. Bei dem Gedanken an die Kleine regte sich plötzlich etwas in seiner Hose. Er stürzte seinen Prosecco in einem Zug hinunter.

„Trink nicht so hastig, Schatz. Die Kohlensäure bekommt dir nicht", sagte die Frau an seiner Seite und griff nach ihrem Glas.

Er ignorierte sie und ging zur Rezeption.

„Ist unser Zimmer endlich so weit?", herrschte er den Portier an.

„Selbstverständlich, mein Herr, aber würden Sie bitte vorher noch den Meldezettel ausfüllen", sagte der Mann mit einem professionell freundlichen Lächeln.

Er trug sich als OA, Dr. med. und Frau ein. Es fiel ihm nach wie vor schwer, diese dumme Kuh als seine Ehefrau auszugeben, obwohl er ihr vor nunmehr schon fast zehn Jahren das Jawort gegeben hatte.

Was für eine Schnapsidee, ausgerechnet zu Pfingsten in den Süden zu fahren! Sie waren schon in aller Herrgottsfrüh aufgebrochen, um nicht in den unvermeidlichen Pfingststau zu geraten. Trotzdem waren sie ab acht Uhr früh dann zwei Stunden auf der Südautobahn gestanden. Ihre ständige Meckerei hatte ihn rasend gemacht. In ihren Augen war er für alles verantwortlich, selbst für die Staus auf dieser Sparautobahn.

Nichts, aber auch gar nichts konnte er ihr recht machen. Die achtstündige Fahrt nach Istrien war ein einziger Horrortrip gewesen. Bei zweiunddreißig Grad im Schatten hatte er weder die Klimaanlage einschalten noch ein Fenster öffnen dürfen. Gleichzeitig hatte sie unentwegt über die schreckliche Hitze gejammert. Er hatte Beklemmungen und Atembeschwerden bekommen.

„Ich bin so schrecklich zugempfindlich, mein Bärli. Du willst bestimmt nicht riskieren wollen, dass dein Mausi die nächsten Tage mit einem steifen Genick herumläuft", klangen ihre Worte noch in seinen Ohren.

Ihr Süßholzgeraspel nervte ihn maßlos. Von seinem Turnus in der Psychiatrie war ihm noch in Erinnerung geblieben, dass dieses liebevolle Getue und die Verwendung von Babysprache meist nichts anderes als Ausdruck vehementer Aggressionen waren.

„Warum hast du auch unbedingt einen schwarzen Wagen kaufen müssen? Es ist doch allgemein bekannt, dass sich dunkle Autos besonders schnell aufheizen. Außerdem ist dieser Jaguar extrem laut. Wahrscheinlich hast du ein Montagsauto erwischt, sonst wärst du ja auch nicht andauernd in der Werkstatt mit ihm", hatte sie dann boshaft hinzugefügt.

Dies wäre ein geeigneter Zeitpunkt gewesen, ihr mitzuteilen, dass er die Scheidung wollte. Er war, wie immer, zu feig gewesen.

Als sie gegen Mittag endlich in dem hübschen alten Badeort angekommen waren, wollte er nur mehr eine erfrischende Dusche und ein großes Bett für sich allein. Doch zuerst musste er noch das Prozedere der Wahl des Zimmers über sich ergehen lassen. Sie war prinzipiell nie mit dem Zimmer zufrieden, das man für sie reserviert hatte. Er rechnete damit, dass sie auch heute wieder das Hotelpersonal zur Verzweiflung bringen würde. Und er würde wie immer schweigen und sich für sie genieren.

*

Das Foyer versprühte den traurigen Charme längst vergangener Epochen. Die Rezeption war seit der Blüte des Hotels Ende des neunzehnten Jahrhunderts bestimmt nicht renoviert, höchstens halbwegs instandgehalten worden.

Das Innere dieses Prunkbaus wirkte trotzdem beeindruckend. Riesige, reich verzierte Kronleuchter ließen die Halle in festlichem Glanz erstrahlen. Allerdings waren die Tapeten im Laufe der Jahre vergilbt und die Polsterung der bequem aussehenden Sitzgarnituren ausgeblichen und zum Teil geflickt. Der neoklassizistische Stuck an der Decke war nur mehr bruchstückhaft vorhanden und die ramponierten Jünglingsstatuen in der Eingangshalle erinnerten ihn an seine frisch amputierten Patienten.

Am Fuß der Treppe, gegenüber der Rezeption, war ein riesiger Spiegel mit einem vergoldeten Rahmen an die Wand geschraubt. Sie blieb davor stehen und sagte mit ihrer schrillen Stimme, die im ganzen Foyer zu hören war: „Dieses Monstrum gehört dringend abgestaubt."

Die marmorne Treppe sah mindestens so gefährlich aus wie der rote Teppich, der nur nachlässig an jeder zweiten Stufe befestigt war. Ein kleiner Stoß ...

Bist du nun völlig durchgeknallt, schalt er sich selbst. Hatte ihn die Erinnerung an den kleinen Flirt mit seiner neuen Kollegin dermaßen aus der Bahn geworfen, dass er sich jetzt schon mit Mordgedanken trug? Außerdem wäre so ein Sturz über die Treppe viel zu banal. Aber waren die einfachsten Lösungen nicht oft die besten? Zumindest aus chirurgischer Sicht?

Während sie mit dem Lift in den vierten Stock fuhren, musterte er seine Frau mit missbilligenden Blicken. Auf seine vorsichtigen Versuche, ihr klarzumachen, dass sie sich für eine Ärztegattin unpassend kleidete, reagierte sie immer sehr empfindlich.

Der Hotelpage starrte sie mit weit aufgerissenen Augen an. Auch wenn ihre Beine noch verhältnismäßig schlank waren, konnte sie sich keine Miniröcke mehr leisten. Die vielen blauen Äderchen und die Cellulitis auf ihren Oberschenkeln waren nun wahrlich kein attraktiver Anblick. Die Goldkettchen um ihre dicken Fesseln und das Tattoo, das seit kurzem den Knöchel ihres linken Beines zierte, wirkten ebenso lächerlich wie die großen Löcher, die ihre Ohrläppchen ausleierten.

Vor ihrer Abreise hatte sie sich eine Schlange um den Oberarm tätowieren lassen. Zum Glück bedeckte heute der Ärmel ihres zu tief ausgeschnittenen T-Shirts diese hässliche Viper. Die zahlreichen Ringe auf ihren grobknochigen Fingern waren leider nicht zu übersehen. Lauter billiger, meist versilberter Modeschmuck. Zur Hochzeit hatte er ihr einen Diamantring geschenkt. Den trug sie so gut wie nie. Der Stein war ihr zu klein, der Ring zu unauffällig. Understatement war nicht ihres. Der schöne Schein schon eher. Hauptsache, es glitzerte und funkelte alles an ihr!

Aber er wagte es schon lange nicht mehr, sie wegen ihres schlechten Geschmacks zu kritisieren. Er fürchtete sich vor ihrem ordinären Mundwerk. Wenn sie in Rage geriet, konnte sie sehr vulgär werden. In Gesellschaft bemühte sie sich, zumindest halbwegs Hochdeutsch zu sprechen. Doch ihr breiter Wiener Dialekt schlug immer wieder durch.

Scham und Reue überkamen ihn, wenn er daran dachte, dass er wegen dieser Vorstadttussi vor zehn Jahren seine erste Frau und die Kinder verlassen hatte. Sie war damals Anfang dreißig gewesen und noch ziemlich knackig. Vor allem hatte sie seiner während der langen Ehejahre eingeschlafenen Libido zu neuen Höhenflügen verholfen. Obwohl sie dreizehn Jahre jünger war, hatte sie viel mehr Erfahrung gehabt als er. Ein paar Bemerkungen über seinen großen, dicken Schwanz und seine unbeschreibliche Ausdauer im Bett und schon war er ihr verfallen.

Er schimpfte sich selbst einen Idioten. Das große Glück im Bett hatte nur bis kurz nach seiner Scheidung angehalten. Bald danach begann sie ihn mit ihren ewig gleichen Verführungsversuchen zu langweilen. Allerdings hatte sie es zu diesem Zeitpunkt bereits geschafft, ihn vor den Traualtar zu schleppen.

Als er sie letzten Herbst auf ihr Drängen hin zu einem Chirurgenkongress nach Hamburg mitgenommen hatte, war ihm bewusst geworden, dass er sie unbedingt loswerden musste. Natürlich waren sie, so wie viele andere seiner Kollegen, in einem Fünf-Sterne-Hotel abgestiegen. Nur das Beste war eben gut genug für sie! Zu später Stunde – sie war gerade auf die Toilette gegangen – empfahl ihm ein deutscher Kollege, der neben ihm an der Theke saß, einen besseren Escort-Service.

„Die haben dich reingelegt, mein Lieber", sagte der Deutsche und klopfte ihm auf die Schulter, „die haben dir eine drittklassige Nutte angedreht, das sieht man doch auf den ersten Blick!"

Er wäre fast vom Hocker gefallen. Als sie von der Toilette zurückkam, komplimentierte er sie auf ihr Zimmer.

Seither bildete er sich ein, dass sich alle Männer grinsend nach ihr umdrehten und zu tuscheln begannen. Wahrscheinlich schätzten sie ihren Preis.

Doch sie würde sich nicht so einfach abschieben lassen. Im Grunde konnte er sich keine zweite Scheidung leisten. Er zahlte bis heute Unterhalt für seine erste Frau und die beiden Kinder.

*

Die beiden Zimmer ihrer Suite besaßen hohe, mit Stuck verzierte Decken. Im Wohnraum gab es einen großen offenen Kamin, davor zwei durchgesessene Fauteuils mit zart geblümter Polsterung und einen Biedermeier-Schreibtisch mit einem strengen viktorianischen Armsessel. Sehr elegant und wenig bequem. Im Schlafzimmer standen ein antik anmutendes Himmelbett und ein schwerer altdeutscher Kleiderschrank. Ein vergoldeter Spiegel und ein überdimensionierter Kristallluster ergänzten das pompöse Interieur.

Sie fand an der Einrichtung nichts auszusetzen. Im Gegenteil, sie schien sogar ein bisschen beeindruckt. „Spürst du diese magische Aura? Als wäre man in einer anderen Welt, in der Welt der wirklich Reichen und Berühmten", sagte sie.

Doch kaum hatte der Page die Suite verlassen, zischte sie ihm ins Ohr: „Der kleine Scheißer hat mir hinter deinem Rücken zugezwinkert."

Er lachte gereizt. Glaubte sie tatsächlich, ihn mit einer solch albernen Bemerkung eifersüchtig machen zu können?

„Der hat sich halt über mein großzügiges Trinkgeld gefreut", sagte er, nur um sie zu ärgern.

Prompt begann sie sich über sein mangelndes Interesse an ihr zu beklagen.

„Früher hättest du es kaum erwarten können, mit mir ins Bett zu hüpfen, oder du hättest mich gleich am Teppich vernascht."

„Ja, früher war alles anders", murmelte er und begann seinen Koffer auszupacken. Seine Anzüge hängte er in den Schrank, die von ihr nachlässig gebügelten Hemden und Unterhosen legte er in das Seitenfach.

„Willst du nicht auch auspacken", fragte er, da sie nach wie vor bei der Tür stand und ihn wütend anstarrte.

„Nimm lieber gleich eine von deinen Wunderpillen, sonst kriegst du nachher wieder keinen hoch", fauchte sie.

Wenn sie sich über seine mangelnde Leidenschaft beklagte, schluckte er Cialis und besorgte es ihr dann lang genug, um sie zum Stöhnen oder gar zum Kreischen zu bringen. Obwohl er den Verdacht nicht loswurde, dass sie ihm, selbst wenn er eine Art Dauererektion hatte, diese multiplen Orgasmen nur vorspielte. Eine Hysterikerin wie sie war bestimmt nicht fähig, sexuelle Höhepunkte zu genießen.

Er ignorierte ihre gehässigen Worte, trat hinaus auf den Balkon ...

„Wir haben einen traumhaften Blick auf die Riviera von Portorož", sagte er. „Willst du nicht schauen, Schatz?"

Er wusste, dass sie freiwillig keinen Fuß auf den Balkon setzen würde.

„Wer weiß, ob der uns beide aushält? Von unten sah er recht baufällig aus. Außerdem ist es mir hier viel zu hoch. Ich wollte doch ein Zimmer im ersten Stock", fing sie wieder zu meckern an.

Er schätzte den Abstand zum Boden auf etwa zwanzig Meter. An sich hoch genug für einen tödlichen Sturz. Doch wenn sie überleben würde, müsste er für den Rest seines Lebens ihren Rollstuhl schieben. Er verwarf also diesen Gedanken gleich wieder.

Morgen war auch noch ein Tag. Vielleicht würde ihm, wenn er endlich mal ausschlafen konnte, eine glorreiche Idee kommen.

Ein gellender Schrei.

Er lief sofort zu ihr.

„Oh nein", kreischte sie. „Hast du so was schon mal gesehen? Ist das nicht fantastisch?" Sie konnte sich gar nicht mehr einkriegen vor Begeisterung über die große Wanne, die auf vergoldeten Löwenpranken thronte.

„Und die Armaturen sind auch aus Gold! Nein, so was hatten wir wirklich noch nie!"

Sie musste sofort ein Bad nehmen. Als sie bis zum Mund mit Schaum bedeckt in der Wanne lag, begann sie ihn herumzukommandieren: „Früher hast du meine Brüste viel zärtlicher gewaschen. Nein, lass das jetzt, wasch mir den Rücken und danach die Haare."

Er blickte sich nach einem Föhn um.

Als könnte sie Gedanken lesen, sagte sie: „Föhnen tu ich mich selber. Patschert, wie du bist, fällt er dir womöglich ins Wasser."

Einfacher wäre es wahrscheinlich, sie im Meer zu ersäufen, dachte er. Sie war eine miserable Schwimmerin. Obwohl er geschickte Hände hatte, behagte ihm jedoch der Gedanke nicht, selbst Hand an sie legen zu müssen.

Beim Abendessen im prunkvollen Speisesaal, dessen rotgoldene Brokatvorhänge teilweise zugezogen waren und der fast vollständig mit Art-déco-Möbeln eingerichtet war, kümmerten sich vier Kellner mehr oder weniger gleichzeitig um ihren Tisch. Außer zwei älteren deutschen Ehepaaren und einem jungen italienischen Pärchen waren sie die einzigen Gäste. Er fühlte sich unwohl, verließ mehrmals den Tisch, um auf der Terrasse eine zu rauchen. Als sie seinen Zigarettenkonsum kritisierte, fauchte er: „Halt bitte endlich mal deinen Mund!"

Verblüfft starrte sie ihn an und schwieg tatsächlich.

Ihr Make-up war, wie immer, übertrieben: hellblauer Lidschatten, tiefschwarz getuschte Wimpern, greller karmesinroter Lippenstift. Und dazu das platinblond gefärbte Haar, das sie neuerdings mit einer schwarzen Strähne auffrischte. Auffälliger geht's nicht, dachte er. Am Hinterkopf hatte sie bereits eine kleine kahle Stelle.

Seine Laune besserte sich auch nach dem ersten Viertel Teran nicht. Außerdem hasste er es, dauernd ungefragt nachgeschenkt zu bekommen. Der Rote schmeckte ihm nicht. Sie hatte auf einem schweren Rotwein bestanden, obwohl sie sich mit Wein überhaupt nicht auskannte. Dort, wo sie herkam, trank man nur Bier oder Brünnerstraßler. Sie hatte einfach die teuerste Flasche bestellt. Er hasste es auch, wenn die verschiedenen Gänge zu schnell hintereinander serviert wurden. Im Gegensatz zu ihr war er ein Genießer. Kaum war er mit der köstlichen Fischsuppe fertig, stand schon der gegrillte Branzino vor ihm.

Ihre stark geröteten Augen funkelten gierig. Er schluckte seinen Groll hinunter, verkniff sich eine Beschwerde, in der Hoffnung, eine Gräte würde ihr im Hals stecken bleiben, und griff nach ihrem Teller, wollte den Fisch für sie filetieren.

„Lass das lieber den Kellner machen", sagte sie spöttisch grinsend. „Bei dir bleiben immer so viele Gräten dran. Du willst doch sicher nicht, dass ich irgendwann mal an so einer blöden Gräte ersticke, mein Schatz."

*

Am nächsten Morgen war der Himmel wieder bedeckt. Sie hatte keine Lust schwimmen zu gehen. „Das Wasser ist viel zu kalt. Der Portier hat behauptet, es hätte zwanzig Grad. Das heißt, du kannst zwei Grad abrechnen."

Nachdem sie sich, anstatt am Zimmer zu frühstücken, wie er es vorgeschlagen hatte, der Schlacht am Frühstücksbuffet ausgesetzt hatten, wollte er sich ein Motorboot ausleihen. Zuerst verhandelte er lang und breit mit dem Portier, dann mit dem rasch herbeigeeilten Cousin des Portiers.

Vor einigen Jahren hatte er das kroatische Küstenpatent in Rijeka gemacht. Zwar war er seither kein einziges Mal mit einem Motorboot gefahren, doch es konnte nicht schwieriger sein als Autofahren.

Er bezahlte einen weit überhöhten Preis für das Boot. Immerhin verzichtete der Besitzer darauf, als Skipper mitzufahren. Für das, was er vorhatte, konnte der Herr Doktor keinen Zeugen gebrauchen.

Das unruhige Meer jagte ihr Angst ein. Auf den Wellen tanzten Schaumkronen. Andererseits fand sie es todschick, mit hundertfünfzig PS unterm Hintern übers Wasser zu rasen. Vor allem imponierte ihr, dass dieses Geschoss angeblich fünfzig Liter Benzin in der Stunde schluckte.

Ziellos glühten sie an der Küste auf und ab, ohne dass sich auch nur eine günstige Gelegenheit für ihn bot, sie über Bord zu stoßen. Er benötigte beide Hände, um die Gewalt über dieses Höllending beizubehalten.

Erst beim Anlegen geriet sie in Schwierigkeiten. Doch vor den Augen der Gäste des Grand Hotel, die ihr misslungenes Anlegemanöver mit spöttischem Grinsen beobachteten, konnte er es sich nicht einmal erlauben, ihr einen kleinen Schreck einzujagen.

Am Sonntag bestand der Besitzer des Motorbootes darauf, sie nach dem Mittagessen auf einen kleinen Badeausflug zu einem einsamen Strand mitzunehmen. Er verlangte keinen Cent, betonte, sie wären heute seine Gäste.

„Wahrscheinlich hat er ein schlechtes Gewissen wegen der unverschämten Leihgebühr, die er mir gestern abgeknöpft hat", sagte der Doktor leise.

Eigentlich hatte er keine Lust, sich einen ganzen Nachmittag lang ihre Lobeshymnen auf den tollen Kapitän anzuhören. Es war ihm nicht entgangen, dass sie diesen stark behaarten Kerl, der seiner Meinung nach mehr Ähnlichkeit mit einem Gorilla als mit einem menschlichen Wesen hatte, attraktiv fand.

Als ihm der Slowene anbot, wieder das Steuer zu übernehmen, willigte er ein und gab sogleich Vollgas.

Das schnittige Boot teilte die Wellenberge. Die Gischt spritzte über Bord. Erst als er sich einmal nach seiner kreischenden Frau, die neben dem Kapitän im

Heck des Bootes saß, umblickte, kapierte er, dass es noch einen anderen Grund für diese großzügige Einladung gegeben hatte. Der Gorilla hatte anscheinend an seiner holden Angetrauten Gefallen gefunden. Hastig zog er seine Hand von ihrer nackten Brust zurück, als er dem Blick des Doktors begegnete.

Natürlich musste sie sich diesem Neandertaler „oben ohne" und nur mit einem String-Tanga bekleidet präsentieren. Ihre großen, aber etwas schlaffen Brüste hüpften bei jeder Welle auf und ab und ihr lautes Lachen übertönte selbst das Gedröhne des Motors.

In der einsamen Badebucht lagen bereits sechs Motorboote vor Anker. Sie machten sofort wieder kehrt und fuhren wie auch am vorigen Tag ziellos die Küste entlang. Er blieb am Steuer und drehte sich kein einziges Mal mehr um.

Am Abend lud er den Bootsbesitzer zum Essen ein. Dieser winkte allerdings ab. „Gegessen wird zu Hause bei Mama", sagte er augenzwinkernd. „Ich komme aber gern nachher noch zu euch auf einen Drink ins Hotel."

Während des Dinners, das sie wieder fast allein in dem großen Speisesaal einnahmen und das wieder genauso schnell serviert wurde wie am Samstag, fragte sie ihn, ob der Slowene mit „Mama" seine Mutter oder seine Ehefrau gemeint hatte.

„Er trägt keinen Ehering, das heißt, er wohnt anscheinend noch bei seiner Mama."

„Aber das hat doch nichts zu bedeuten. Du trägst ja auch nie deinen Ring."

„Weil er mich bei der Arbeit stört", sagte er. „Aber Slowenen sind sehr fromm. Wenn sie verheiratet sind, tragen sie auch brav einen Ring."

Zwar war er nicht eifersüchtig, aber ihre Schwärmerei für diesen Einheimischen störte ihn trotzdem.

„Das Motorboot hat er sich bestimmt mit dem Schwarzgeld, das er als Pfuscher in Wien am Bau verdient hat, gekauft", flüsterte er seiner Frau zu, als sich ihr Gast, der nach dem Dinner zu ihnen dazugestoßen war, wegen eines dringenden Telefonates kurz von ihrem Tisch entfernte.

„Na und? Du bist doch nur neidisch", sagte sie und flirtete dann erst recht mit dem Bootsbesitzer. Eine halbe Stunde später saß sie auf seinem Schoß.

Der Doktor mimte den stillen Trinker. Im Grunde wäre er froh gewesen, sie diesem Kerl überlassen zu können. Leider kannte er seine Angetraute viel zu gut. Auch wenn sie sich oft wie ein Flittchen benahm, war sie im Grunde doch eine treue Seele. Sie holte sich nur Appetit bei anderen Männern. In den Genuss ihrer Leidenschaft würde er dann kommen. Doch von Genuss konnte längst keine Rede mehr sein. Jeder eheliche Geschlechtsverkehr war inzwischen eine Qual für ihn. Nach diesem alkoholgetränkten Abend würde er es wahrscheinlich nicht einmal mit Hilfe seiner Pillen schaffen, sie zu befriedigen.

Als der Barkeeper sie um zwei Uhr morgens höflich bat, die letzte Runde zu bestellen, verabschiedete sich der Slowene wortreich von ihnen. Lallend protestierte sie gegen seinen Aufbruch, schlang ihre Arme um ihn und presste ihre Lippen auf seinen Mund.

Der Doktor ließ das schmusende Paar stehen und wankte ins Foyer. Kaum hatte er den Lift erreicht, hakte sie sich bei ihm unter. Mit Müh und Not schafften sie es gemeinsam, den Knopf für das vierte Stockwerk zu drücken. Als sich das altertümliche Ding endlich in Bewegung setzte, machte sie sich am Reißverschluss seiner Hose zu schaffen. Er war so betrunken, dass er sie einfach gewähren ließ.

In ihrer Suite angekommen, nötigte sie ihn, mit ihr noch einen letzten Whisky zu trinken.

Was dann passierte, nahm er nicht mehr ganz bewusst wahr: Seine Frau saß auf ihm, bewegte sich heftig auf und ab, klammerte sich an ihn, umschlang seinen Hals mit ihren langen, kräftigen Fingern, drückte zuerst sanft, dann immer fester auf seine Kehle.

„Ich habe ihn nur ein bisschen gewürgt. Er hatte das gern. Ein Liebesspiel, verstehen Sie? Es war ein schrecklicher Unfall. Mein Mann hat zu viel getrunken, zu viel geraucht ... plötzlich hat er keine Luft mehr bekommen und sein Herz hat wie wild gepocht", wird sie später unter vielen Tränen der slowenischen Kriminalpolizei erzählen.

Penthesilea oder
Katzen haben sieben Leben

Ich war in meinem siebten Leben angelangt, als sie nach Ikaria zurückkehrte. Keiner wusste, wie alt sie war. Mitte siebzig oder gar schon achtzig? Aber sie war gut in Form, schwamm täglich bei Sonnenuntergang eine Stunde im Hafenbecken. Ihre Haut war faltig, ihr Haar grau und kurz geschnitten. Die Delle auf ihrer linken Schläfe war deutlich sichtbar. Abgesehen davon war ihr Gesicht ebenmäßig wie das einer griechischen Göttin. Am schönsten fand ich aber ihre großen, fast schwarzen Augen.

Sie war nach wie vor *die* Fremde, die 1965 auf die Insel gekommen und 1973 wieder verschwunden war. Mit einem Gefangenentransport und mit einer Kugel im Kopf, abgefeuert aus dem Revolver eines faschistischen Polizisten. Genauer gesagt streifte die Kugel nur ihre Stirn. Trotzdem war sie seit damals nicht mehr ganz richtig im Kopf, behaupteten die Leute.

Sie hatte ihre Heimatstadt Thessaloniki wegen terroristischer Aktivitäten verlassen müssen. Angeblich war sie Mitglied einer linken Jugendorganisation gewesen und hatte Flugblätter gegen die Machtübernahme des Militärs in Griechenland verteilt.

Der alte, ziemlich schrullige Doktor nahm sie 1965, als sie halbverhungert und fast verdurstet mit einem lecken Ruderboot auf Ikaria gestrandet war, bei sich auf und verhalf ihr zu einer neuen Identität. Sie führte ihm den Haushalt und teilte jahrelang das Bett mit ihm.

Ich war damals nicht gerade begeistert von seiner Nächstenliebe. Aber ich muss zugeben, dass die Fremde sehr hübsch war. Allerdings konnte ich sie von Anfang an nicht leiden.

Die Antipathie war gegenseitig. Sie mochte keine Katzen, behandelte uns wie lästiges Ungeziefer. Auf mich war sie richtig eifersüchtig, denn ich war eindeutig der Liebling des Doktors. An den langen stürmischen Winterabenden saß er gern vor dem Kamin im großen Salon und las in seinen dicken Büchern. Er nahm mich dann oft auf seinen Schoß und kraulte zärtlich meinen Nacken. Wenn er in seine Lektüre vertieft war, zwickte sie mich manchmal in den Schwanz oder schlug mit einer zusammengerollten Zeitung nach mir. Um mich zu rächen, legte ich ihr fast jeden Morgen eine tote Maus vor die Tür. Ich wusste, wie sehr sie sich vor diesen niedlichen kleinen Viechern ekelte. Der Doktor lachte sie immer aus, wenn sie kreischend zurück ins Haus rannte und ihn bat, diese scheußlichen Kadaver von der Fußmatte zu entfernen.

Als er starb, hinterließ er ihr seine Villa. Doch kurz nach seinem Tod wurde sie verhaftet. Sie hatte den Wagen eines faschistischen Offiziers mit einem Molotow-Cocktail in die Luft gejagt. Ein Toter und zwei Schwerverletzte. Das Feuerwerk war fantastisch. Ich kann es bezeugen, ich habe dieses Spektakel mitangesehen und seither großen Respekt vor ihr.

*

„Du bist auch noch hier", sagte sie bei ihrer Rückkehr statt einer Begrüßung und versuchte sogleich, mich zu verscheuchen. Aber sie war nicht mehr so schnell wie früher. Geschickt wich ich ihr aus und legte mich in einem Sicherheitsabstand von ein paar Metern auf die Mauer, die das Grundstück begrenzte. Merkwürdigerweise wirkte sie nicht besonders überrascht, mich hier anzutreffen. Immerhin waren seit unserer letzten Begegnung fast fünfzig Jahre vergangen.

Die Villa war mittlerweile ein Schandfleck in dem hübschen Fischerdorf. Seit die Touristen auch diese abgeschiedene Insel entdeckt hatten, bemühte sich die Verwaltung, die Dörfer am Meer herauszuputzen. Das „Katzenhaus", wie die Inselbewohner die verwahrloste Villa im Hafen nannten, konnten sie nicht abreißen, da es offiziell ja der Fremden gehörte. Die Fenster waren längst nicht mehr dicht und die Eingangstür war morsch, ließ sich nicht mehr ordentlich schließen, was gut für unsereins war. Die steile Stiege, die außen in den ersten Stock hinaufführte, war abgetreten. Das Schlimmste war aber angeblich der Gestank, den wir verbreiteten. Inzwischen hausten mindestens fünfzehn Katzen in dem alten Gemäuer. Ich duldete allerdings keine Kater in meinem Revier. Ich war die Königin, die absolute Herrscherin, und keine machte mir diese Position streitig. Kurz nach Ankunft der Fremden tauchte jedoch ein riesiger roter Kater im Hafen auf. Die Leute nannten ihn Achill, weil er so stattlich war. Jede Nacht, wenn ich mein Revier inspizierte, passte er mich ab. Ich entkam ihm oft nur knapp. Mir blieb nichts anderes übrig, als meine zwölf engsten Gefährtinnen auf meine nächtlichen Streifzüge mitzunehmen. Das schadete natürlich meinem Image. Ich merkte es an den Blicken der anderen.

An einem frühen Morgen, kurz nach Sonnenaufgang, erwischte Achill mich doch allein. Dieser eingebildete Kater wagte es tatsächlich, unsere Terrasse zu betreten. Als ich mich weigerte, ihm gefügig zu sein, fiel er über mich her. Doch ich gab mich ihm nicht kampflos hin.

Sein Gejaule rief die Fremde auf den Plan. Wut blitzte in ihren schönen, aber müden Augen auf. Sie packte den Besen und schlug nach dem Kater. Obwohl sie ihn verfehlte, ergriff dieser Feigling sofort die Flucht.

Die Fremde nahm mich auf den Arm, trug mich ins Haus und verarztete meine Wunden ebenso professionell wie früher der Doktor meine kleineren Blessuren.

Von nun an durfte ich bei ihr in der Villa in den schönen hohen Räumen im ersten Stock bleiben. Tagelang ließ sie mich nicht hinaus. Sie versorgte mich mit allem, was ich brauchte, und sprach sogar mit mir.

„Ich habe vor allem das Meer vermisst", sagte sie. „Das ist mir nicht während der langen Überfahrt mit der Fähre bewusst geworden, sondern erst, als ich die große Flügeltür im ersten Stock der Villa aufgemacht habe und hinaus auf die Terrasse getreten bin. Unzählige Nächte habe ich vom Rauschen des Meeres in der Nacht und dem Gesang der Wellen, die vor unserem Haus am kleinen Strand versanden, geträumt."

Sie erzählte mir, dass sie fünf Jahre in einem Gefängnis in Athen eingesperrt war und die restliche Zeit in den USA gelebt hatte. Nun war sie freiwillig auf die Insel zurückgekehrt. „Ich habe so schreckliches Heimweh gehabt. Die Vorstellung, in der Fremde zu sterben, hat mich ganz krank gemacht", sagte sie.

Na, na, wer wird denn auf dieser Insel, die bekannt ist für ihre zahlreichen Hundertjährigen, jetzt schon ans Sterben denken, hätte ich ihr gern gesagt.

Ich muss meiner neuen Herrin zugutehalten, dass sie plötzlich nicht nur zu mir netter war, sondern auch zu meinen Gefährtinnen. Zwar verbannte sie meine Freundinnen aus dem Haus, fütterte sie aber täglich.

Die alten medizinischen Geräte und die restliche Einrichtung der Ordination verkaufte sie an den neuen Doktor im Dorf. Er war ein Freund des reaktionären Bürgermeisters und ein Geizhals. Sie erzählte mir, dass der neue Arzt durch und durch korrupt sei und keinen ohne „Kuvert" behandelte. Er zahlte ihr viel zu wenig für die alten Geräte, die noch halbwegs in Takt waren, behauptete, die gleichen Geräte bei eBay fast umsonst zu kriegen.

Die früheren Privatgemächer des verstorbenen Doktors im ersten Stock hielt sie in Ordnung. Sie staubte sogar regelmäßig seine vielen Bücher ab. Diese Zimmer durfte, außer ihr, nur ich betreten.

Die Villa war fast leer. Die meisten antiken Möbel verkaufte sie im Laufe der Jahre. Nur ein Bett, einen Tisch, zwei Stühle und die Bücher behielt sie. Auch die schönen Gemälde an den Wänden des Salons landeten in Versteigerungshäusern in Athen. Von diesen Erträgen lebten wir eine Weile recht gut.

Mein Feind, der große rote Kater, ließ sich erst nach ein paar Tagen wieder im Hafen blicken. Er verbrachte die ganze Nacht herzzerreißend jaulend vor der Villa. Ich ließ mich nicht erweichen. Seit meiner Kastration hasste ich nun einmal alle Kater.

Bei den letzten Kommunalwahlen siegte die konservative Partei. Der neue Bürgermeister war Hotelier und Vorsitzender des Tourismusverbandes und der Sohn eines Angehörigen der ehemaligen Militärjunta. Sein Vater war einer der Faschisten gewesen, die meine Herrin damals ins Gefängnis gesteckt hatten.

Als eine Art Wiedergutmachung bot der neue Bürgermeister ihr ein zinsenloses Darlehen für die Renovierung der alten Villa an, was gleichbedeutend war mit einem Geschenk. Denn sie würde dieses Darlehen niemals zurückzahlen können.

Sie lehnte ab. Genauso wie sie alle seine Angebote, ihr das Haus und vor allem den Grund abzukaufen, zurückwies. Es war ihr Haus. Und es war das erste Haus im Hafen!

Die schönen Fresken in der Wohnung im ersten Stock waren völlig vergilbt und der abgetretene Parkettboden knarrte bei jedem ihrer Schritte. Nur ich konnte in diesen prächtigen, herrschaftlichen Zimmern lautlos herumtapsen. Die Räume waren groß und luftig und wunderschön, vor allem verglichen mit ihrer Zelle in Athen und ihren ärmlichen Behausungen in den Vereinigten Staaten, sagte sie zu mir.

Ich wusste nicht, warum sie mich neuerdings mochte und so bevorzugt behandelte.

Als ich eines Abends auf der großen Terrasse den Sonnenuntergang und den Blick aufs Meer und die Berge im Hinterland genoss, nahm sie mich auf die Arme und liebkoste mich sogar. „Meine kleine Penthesilea", flüsterte sie. „Du bist ja noch schöner als früher."

Ich bin nicht eitel, aber mir ist durchaus bewusst, dass ich ein Prachtexemplar bin. Gut gebaut, nicht fett, groß und schlank und geschmeidig. Und mein schwarzes Fell passt wunderbar zu meinen giftig grünen Augen. Den Namen der Amazonenkönigin verpasste mir einst der Doktor. Und ich habe in allen meinen bisherigen Leben nur auf diesen Namen gehört.

Als mich britische Aussteiger, die sich in den achtziger Jahren auf der Insel niederließen, in meinem dritten Leben „Pussycat" tauften, flippte ich aus und terrorisierte meine neuen Herren Tag und Nacht. Das schwule Pärchen war ein ideales Opfer. Je kapriziöser ich mich aufführte, desto mehr verwöhnten sie mich mit köstlichen Würsten und weniger köstlichen Pasteten. Ich überfraß mich damals ständig und starb an Herzverfettung. Diesen Fehler machte ich in meinen nächsten Leben nicht mehr.

Als ein paar Jahre nach der englischen Invasion durch die beiden schwulen Briten die Deutschen und Österreicher unsere Insel zum zweiten Mal überfielen, organsierten diese alternativen Touristen Impfpässe und sonstige Dokumente für mich. Doch bis nach Mitteleuropa bin ich trotzdem nie gekommen. Ich schaffte es immer, diesen wohlmeinenden Menschen aus dem Norden, die sich auf unseren schönen Stränden nackt herumtrieben, gerade noch rechtzeitig zu entwischen.

Meine neue alte Herrin verwöhnte mich keineswegs und wollte mich auch nicht ins Ausland verfrachten. Sobald ich wieder genesen war, gab sie mir täglich nur mehr ein Schälchen Schafsmilch und forderte mich gleich nach diesem kargen Frühstück auf, gefälligst auf Mäusejagd zu gehen. Manchmal erwischte ich auch kleine Vögel, die es sich in den Büschen hinter dem Haus bequem machten. Doch dann schimpfte sie jedes Mal mit mir. Ich wagte es im Übrigen auch nicht mehr, ihr tote Mäuse auf den Fußabstreifer vor der Tür zu legen.

Sie hatte sich verändert, war einerseits freundlicher geworden, anderseits härter. Ich denke, das lag an ihren fürchterlichen Kopfschmerzen. Sie litt ständig unter Migräne und war meistens bis mittags schlecht gelaunt, aber am späten Nachmittag, wenn sie schon ein paar griechische Kaffee intus hatte, lockte sie mich oft im Schatten des Olivenbaums auf der Terrasse auf ihren Schoß und streichelte mich liebevoller, als der Doktor es je vermochte. Wenn ich zwischen ihrem weichen Bauch und ihren schlaffen Brüsten zu liegen kam, fühlte ich mich total geborgen und schnurrte behaglich.

Meistens stand sie erst am späten Vormittag auf. Deswegen bekam ich meine Schafsmilch auch immer ziemlich spät. Aber so blieb ich wenigstens schlank. Abends wurde sie oft redselig und erzählte mir Anekdoten aus ihrem ereignisreichen Leben.

Ein Fischer auf unserer Insel war unglücklich in sie verliebt gewesen. Doch sie war dem alten Doktor treu geblieben. Ich erinnerte mich sogar an diesen längst verstorbenen Fischer. Seit sie zurückgekehrt war, versorgten die wenigen Fischer, die es auf der Insel noch gab, sie mit den Resten ihres Fangs.

Sie teilte die Fische, vor allem die Köpfe und Gräten, mit uns Katzen. Mittlerweile hatte sie uns allen Namen gegeben. Sie unterhielt sich nur mit uns. Mit den menschlichen Bewohnern der Insel redete sie kaum ein Wort.

Der rechte Bürgermeister und seine Kumpane versuchten zuerst, ihr die Villa und das Grundstück mit schönen Worten und allerlei Versprechungen abzuluchsen. Als sie kapierten, dass sie ihr Zuhause niemals verkaufen würde, griffen sie zu härteren Maßnahmen. Die Baumaschinen ließen die Mauern unserer Villa erzittern und die Waldbrände auf dem Hügel hinter unserem Haus raubten nicht nur ihr den Atem, sondern auch mir. Ich bekam Asthma und war auf ihre Hilfe angewiesen.

Sie gab nicht klein bei, sondern begann auf der verbrannten Erde hinter dem Haus Tomaten, Zucchini und anderes Grünzeug zu pflanzen.

Sobald wir uns von den Feuersbrünsten erholt hatten, machte sie sich daran, auch im Keller der Villa Ordnung zu schaffen. Ich durfte ihr dabei helfen, verscheuchte die Mäuse für sie und öffnete auch einige der uralten Kisten. Eines Tages wurde ich fündig. Ich entdeckte eine Schachtel mit kleinen Stäbchen, an denen farbige Schnürchen befestigt waren. Verspielt, wie ich nun einmal bin, blödelte ich eine Weile mit den Stangen herum, betatschte sie, warf sie in die Luft und fing sie geschickt wieder auf. Mit dieser Nummer könnte ich glatt in einem Zirkus auftreten, dachte ich, als sie einen Schrei ausstieß, der mir durch alle Knochen fuhr. Doch es war kein Angstschrei, sondern eher ein Schrei der Begeisterung. So weit konnte ich ihre lautstarken Ausbrüche bereits interpretieren.

Sie nahm mir die Stangen weg, legte sie zurück in die Schachtel und lächelte mich liebevoll an. Es war ein falsches Grinsen. Das weiß ich jetzt.

Nach dem Fund der Stäbchen machte sie es sich zur Gewohnheit, tagsüber zu schlafen und nachts wach zu sein, so wie ich und die anderen Katzen. Auch in den abgelegenen Bergdörfern der Insel machten die Leute die Nacht zum Tage. Das hatten sie sich während der vielen Piratenüberfälle in den vergangenen Jahrhunderten angewöhnt und während all der Jahre, als sie unter der Herrschaft der deutschen Faschisten und danach unter dem Joch der griechischen Militärjunta litten, beibehalten.

Eines schönen Abends begann meine Herrin, mich zu dressieren wie einen dummen Hund. Bald konnte ich mich auf Kommando anschleichen und sogar apportieren. Was macht man nicht alles in seinem letzten Leben?

Am 25. März, dem griechischen Nationalfeiertag, dem Tag, als 1821 der Freiheitskampf der Griechen gegen die türkische Besatzungsmacht begann, steckte sie eine der Dynamitstangen in mein Maul.

Ich schaute sie traurig an, ahnte ich doch, was mir bevorstand. Mit dieser Aktion würde sie meinem siebten Leben ein heroisches Ende bereiten. Trotzdem tat ich, was sie von mir verlangte. Schließlich stand ich in ihrer Schuld.

Mit dem Dynamit in meinem Maul rannte ich hinunter zu der Motoryacht des Bürgermeisters, die nur ein paar Meter entfernt von unserem Haus an der Mole vor Anker lag.

Am Meer wird es nie ganz dunkel. Der Mond badete im Hafenbecken, ließ die ganze Bucht in silbernem Glanz erstrahlen. Katzen sehen aber sowieso in der Nacht sehr gut. Ich brauchte den Mondschein nicht, hätte meinen Weg auch ohne ihn gefunden.

Auf der Yacht brannten Kerzen. Der Bürgermeister hatte die Honoratioren der Insel, unter anderem auch den jungen korrupten Doktor und seine hübsche Frau, zu einem romantischen Candle-Light-Dinner eingeladen.

„Lass die Lunte der Dynamitstange auf eine brennende Kerze fallen", hatte sie mir eingeschärft. „Danach musst du rennen, so schnell du kannst, mein Schätzchen!"

Ich führte ihren Befehl aus, betete zu Hephaistos, dem Gott des Feuers, und rannte um mein Leben.

Als die Motoryacht samt Bürgermeister und seinen Gästen in die Luft flog, wurde ich von der Hitzewelle erfasst und über Bord geschleudert. Leider landete ich im Wasser und nicht auf der Kaimauer. Tapfer kämpfte ich mich an Land. Katzen hassen Wasser. Ich kraulte um mein Leben. Mein Fell war ein bisschen zerzaust, und ich bildete mir ein, nach Verbranntem zu stinken, als ich auf den Kiesstrand torkelte. Tropfnass, aber hoch erhobenen Hauptes stolzierte ich die Stufen hinauf zum Eingang der Villa, vorbei an Achill, der mir ängstlich auswich.

Sie hatte nicht mit meiner Rückkehr gerechnet. Ihren erstaunten Blick werde ich wohl bis an mein Lebensende nicht vergessen. Aber ich las nicht nur Verblüffung, sondern auch Hochachtung in den schönen dunklen Augen dieser gefährlichen alten Frau.

Siesta

Kein Badeort, kein Sandstrand, nur ein kleines Fischerdorf an der Costa Brava, in dem ein paar Kutter vor Anker liegen. Auf der Kaimauer sitzen alte Männer und flicken ihre Netze. Es riecht nach Salz und Fisch.

Sie öffnet das Fenster und schaut auf das Meer. Die schwerfällige, graublaue Masse jagt ihr Angst ein. Mit dem Meer verbindet sich oft der Gedanke an den Tod. Doch der Tod ist überall, auch in der Sonne und im gleißenden Licht.

Ein Felsen versperrt die Sicht auf den Sandstrand in der nächsten Bucht. Ein schmaler steiler Weg führt über die Klippen dorthin. Die Vorstellung, den Strand mit all den sonnenhungrigen Touristen aus den Hotelburgen drüben teilen zu müssen, lässt sie erschaudern. Ihr Blick bleibt auf den Dächern der Nachbarhäuser hängen. Unzählige Fernsehantennen entlarven die trügerische Idylle.

Sie schließt das Fenster und geht zum Bett, auf dem ein Mann liegt. Er liegt auf dem Bauch, ist nackt und hat das Leintuch um seine Lenden geschlungen. Sein Arm hängt über die Bettkante, das Gesicht hat er im Polster vergraben. Er sieht aus wie ein Toter. Nur sein leiser, gleichmäßiger Atem verrät, dass er schläft.

Auch sie sehnt sich nach Schlaf, einem langen, tiefen Schlaf. Seit sie vor drei Tagen in diesem angeblich sehr romantischen Ferienort angekommen sind, hat sie kaum ein Auge zugetan. Schlafprobleme sind nichts Neues für sie. Auch zuhause hat sie ohne Tabletten schon lange keine Nacht mehr durchgeschlafen.

Das Messingbett nimmt fast die Hälfte des Raumes ein. Sie setzt sich auf den Rand des Bettes, ängstlich darauf bedacht, den Mann nicht zu wecken, presst die Hände an die Schläfen und vergräbt die Finger in den Haaren.

Das schäbige Hotel bietet keinerlei Komfort. Dusche und Klo befinden sich am anderen Ende des Ganges. An der Außenmauer bröckelt der Verputz ab, ein paar morsche Holzpfähle stützen den kleinen Balkon.

Alle Hotelzimmer sehen gleich aus. Auch ihre früheren Zimmer sind steril und nur notdürftig eingerichtet gewesen. Sie haben sich noch nie ein anständiges Hotel leisten können.

Diese Reise ist seine Idee gewesen. Eine Woche Urlaub an der Costa Brava, ein Sonderangebot einer Supermarktkette. Sie verreist nicht gerne. Sind nicht auch alle Orte gleich, so wie die Menschen, die in ihnen leben?

Die Hitze treibt ihr den Schweiß auf die Stirn. Das billige Sommerkleid klebt an ihrem Körper und unter den Achseln machen sich dunkle Flecken breit. Auch ihre Handflächen sind feucht, und ihre Fingernägel haben dunkle Ränder.

Durch das Fliegengitter dringen vereinzelt Sonnenstrahlen. Die Luft ist abgestanden. Sie öffnet das Fenster wieder und versucht vergeblich die hölzernen Jalousien herunterzulassen. Sie lassen sich nicht mehr ganz schließen. Im Zimmer wird es zwar etwas dunkler, aber nicht kühler.

Angeblich ist an der Costa Brava seit Monaten kein Regen mehr gefallen. Erbarmungslose Sonne, tagein, tagaus. Selbst im verdunkelten Zimmer erahnt sie das Licht, dieses mörderische, schonungslose Licht.

Ihr Kopf ist dumpf und schwer. Sie lehnt die Stirn gegen das kühle Messinggestell. Die Haare hängen ihr ins Gesicht. Sie sucht in ihrem Koffer vergeblich nach einer Spange, streicht sich die Haare aus der Stirn und flechtet sie zu einem Zopf.

Das verblichene Muster des Teppichs übt eine eigenartige Faszination auf sie aus. Die blassrosa Ornamente dürften ursprünglich einmal rot gewesen sein. Sie zählt die Reihen, verzählt sich und beginnt von neuem.

Ein großer, rotbrauner Fleck am Rand erregt ihre Aufmerksamkeit. Blut oder verschütteter Rotwein? Sie bückt sich und streicht mit den Fingern sanft, beinahe vorsichtig über die raue, dunkle Stelle.

Die Madonna mit dem Kind im Arm blickt sie vorwurfsvoll an. Sie dreht sich um, versucht ihren Blicken auszuweichen. Aber an der Wand gegenüber hängt das nun erwachsene Kind noch einmal, dieses Mal am Kreuz, und schaut sie ebenfalls misstrauisch an.

Sie fühlt sich allein, allein neben dem Mann, der ihr im Laufe der Jahre gleichgültig geworden ist. Sie betrachtet ihn teilnahmslos, stellt nüchtern fest, dass er um die Mitte schon Speck ansetzt, dass sein Haar bereits schütter und an den Schläfen grau zu werden beginnt. Aber seine Schultern sind noch kräftig wie die Schultern eines jungen Mannes. Ihr Blick wandert von seinem leicht geröteten Nacken über seinen fleischigen Rücken zu seinen stämmigen und stark behaarten Beinen.

Er ist kein schlechter Mann. Aber er erscheint ihr fremd, so fremd wie das Zimmer und das Bett, in dem er schläft. Und doch ist ihr jede Stelle, jede Regung seines Körpers vertraut.

Sie streckt die Hand nach ihm aus, da ergreift sie plötzlich der Gedanke an den Schmerz, den sie ihm zufügen wird. Sie zieht die Hand wieder zurück und legt sie in ihren Schoß. Er dreht sich um, wälzt sich unruhig im Schlaf, bleibt schließlich auf dem Rücken liegen. Sein Schnarchen stört die Stille in dem geschlossenen Raum.

Sie müsste nur das zweite Kissen unter seinem Arm wegziehen, es auf sein Gesicht drücken, und er würde aufhören zu schnarchen. Sogleich verwirft sie diesen mörderischen Gedanken wieder, dreht ihm den Rücken zu und schließt die Augen.

Die Vergangenheit scheint nicht wert, erinnert zu werden, die Zukunft zu trostlos, um von ihr zu träumen. Die Hitze trübt das Gedächtnis und lähmt die Sehnsucht. Sie droht in einen Abgrund der Gleichgültigkeit zu versinken.

Die Stille empfindet sie nun als bedrückend. Auch von draußen dringen kaum Geräusche an ihr Ohr. Die Straßen sind wie leergefegt. Die Fremden liegen am Strand und die Einheimischen suchen vor der Mittagshitze Schutz hinter den dicken, weiß gestrichenen Mauern.

Sie zieht ihr Kleid aus, hängt es in den Schrank. Die Kastentür knarrt. Sie fürchtet, den Schlafenden zu wecken. Sie ist froh, dass er schläft. Wäre er wach, müsste sie sich mit ihm beschäftigen.

Nur mit dem Unterhemd bekleidet fühlt sie sich wohler. Die Träger rutschen über ihre schmalen, abfallenden Schultern, entblößen ihre kleinen, ausgemergelten Brüste und ihren mageren, knochigen Rücken. Sie schiebt die Träger hinauf, doch sie rutschen immer wieder.

Ihre Zehennägel sind eingerissen, die Füße rau und geschwollen. Sie streift die Sandalen ab und legt ihre Füße hoch. Regungslos, den Blick starr auf die geschlossenen Jalousien gerichtet, verharrt sie lange Zeit in dieser Stellung.

Sie langweilt sich nicht. Langweilen kann man sich nur, wenn es noch Hoffnung, Hoffnung welcher Art auch immer, gibt. Sie malt sich aus, wie es wäre, ins Wasser zu gehen. Die gleichförmigen Bewegungen der Wellen würden das Letzte sein, was sie spüren würde ...

Trotz des engmaschigen Gitters hat sich eine Fliege ins Zimmer verirrt. Ihre Versuche, sie zu erwischen, scheitern. Sie steht noch einmal auf, befeuchtet ihre Hände, dann legt sie sich wieder hin und wartet. Als sich die Fliege auf ihrem nackten Schenkel niederlässt, schlägt sie zu. Dieses Mal trifft sie.

Ruhelos geht sie dann im Zimmer auf und ab. Die ziellose Wanderung ermüdet sie bald. Im halbblinden Spiegel über dem Waschbecken entdeckt sie ihr Gesicht. Sie blickt, ohne eine Miene zu verziehen, in ihre eigenen Augen. Ihr Kopf bewegt sich im Takt einer unhörbaren Musik. Die Unvollendete. Sie beginnt leise zu lachen. Es ist ein trauriges Lachen.

Auf einem vergilbten Blatt Papier, das mit einem Tixo-Streifen an der Wand befestigt ist, steht auf Spanisch, Englisch und Deutsch, dass man das Leitungswasser nicht trinken soll. Dennoch füllt sie den Zahnputzbecher und spült die restlichen Schlaftabletten aus der angebrochenen Packung hinunter. Das lauwarme Wasser schmeckt scheußlich und sieht mehr als verdächtig aus. Weiße Flusen schwimmen in der milchig trüben Flüssigkeit.

Ihr knurrender Magen macht ihr bewusst, dass sie seit dem Morgen nichts mehr gegessen hat. Aber sie verspürt keinen Appetit, sehnt sich nur nach einer Zigarette. Ihr Päckchen ist leer. In den Taschen seiner Jacke, die ordentlich über der Stuhllehne hängt, findet sie noch eine Zigarette. Sie raucht seine letzte Zigarette und blickt lange dem Rauch nach.

Graue Flecken überziehen die hellgelben Wände. Über dem Waschbecken blättert die Farbe ab, und durch den dünnen Anstrich schimmern buntgemusterte Tapeten.

Sie hat Durst. Auf einem wackeligen Tischchen neben dem Bett steht eine Flasche Brandy. Sie öffnet die Balkontür und tritt mit der Flasche unterm Arm hinaus auf den baufälligen Mauervorsprung. Während sie trinkt, schaut sie hinunter aufs Wasser.

Das Meer ist jetzt unruhig. Schaumkronen tanzen auf den Wellen, und die Gischt spritzt über die Kaimauer. Sie steht lange draußen und stellt sich vor, wie sie allein auf diesem tosenden Wasser treibt.

Ihr Zimmer befindet sich im dritten Stock. Vorsichtig beugt sie sich über das rostige Geländer des Balkons. Auch da unten liegt die Unendlichkeit, das Nichts. Ein Sturz in die gähnende Leere, ins immerwährende Schweigen?

Sie kehrt zurück ins Zimmer und setzt sich wieder zu dem schlafenden Mann aufs Bett, rutscht näher zu ihm hinüber. Fast berühren ihre Arme seinen nackten Rücken.

Ihr Gesicht und ihr Hals sind schweißbedeckt. Die Hitze ist nach wie vor unerträglich. Selbst den Fliegen ist es zu heiß, träge kleben sie draußen am Gitter. Sie taucht Nacken und Hände unter das laufende Wasser und fühlt sich für einen Augenblick erfrischt. Dieses angenehme Gefühl hält jedoch nicht lange an.

Die Zeit scheint stillzustehen. Nur das Ticken des Reiseweckers erinnert daran, dass es eine Zeit gibt. Da sie nicht wissen will, wie spät es ist, bringt sie die Uhr zum Schweigen und streckt sich ebenfalls auf dem Bett aus, verschränkt die Arme im Nacken.

Sie kann ihre Augen kaum mehr offenhalten. In ihrem Kopf dreht sich alles. Sie gibt dem Brandy die Schuld und nimmt noch einen großen Schluck.

Die rissige Decke über ihr droht sich zu senken. Sie verfolgt die Risse von ihrem Ursprung bis zum Ende und versucht, sich auf das Tropfen des Wasserhahns zu konzentrieren. Diese Eintönigkeit, dieses Licht. Sie hält das Schweigen nicht mehr länger aus und sagt mit leiser Stimme, dass sie nicht mehr leben will und sich das Leben nehmen wird.

Er hört sie nicht, kann sie nicht hören, weil er tief und fest schläft. Umsonst wartet sie sehnsüchtig auf eine Reaktion. Nicht einmal ein unwilliges Stöhnen gibt er von sich.

Lachen und Kindergeschrei beenden die bedrückende Stille. Die Siesta ist vorüber. Quietschende Autoreifen, schrille, kreischende Stimmen, nervtötende Musik. Eviva España ... Die Spanier sind ein lautes Volk.

Sie will aufstehen, schafft es aber nicht mehr, das Bett zu verlassen.

Als jemand die Jalousien öffnet, wirft sie einen letzten Blick hinaus. Die Sonne verschwindet gerade hinter den Häusern, die Fernsehantennen werfen lange Schatten über die Dächer. Das Meer scheint sich beruhigt zu haben. Sie bildet sich ein, nur mehr leises, monotones Rauschen zu hören. Bald wird die Nacht kommen. Keine Sonne mehr, kein Licht.

Eine vertraute Stimme fragt, ob sie auch so gut geschlafen hätte. Sie hört ihn nicht mehr, sieht sein Lächeln nicht mehr, spürt seine Umarmung nicht mehr. Sie ist eingeschlafen und wird nie mehr aufwachen.

Belinda

Eine riesige Plakatwand versperrte die Sicht auf die Tankstelle am Rande der Wüste Mojave.

An der weiß gestrichenen Wellblechbaracke stand in Großbuchstaben „BAR". Ein unzufriedener Gast hatte ein einladendes „Fuck off" hinzugefügt. Der Gestank in der Hütte war unerträglich. Es gab kein Fenster. Selbst wenn Clair nachts die Tür offenließ, wehte keine frische Brise herein, sondern Schlangen und Kakerlaken trafen sich in der Bar zu einem Stelldichein.

Der graue Steinboden war mit Sand bedeckt. Hinter einem Vorhang versteckte sich ein Stahlrohrbett mit einer ausgeleierten Sprungfedermatratze und an den Wänden hingen vergilbte Werbeplakate von Marlboro und Lucky Strike. Ein großer Eiskasten aus den Anfängen der Kühlschrankproduktion nahm fast ein Viertel des Lokals ein. Auf der Theke türmten sich die schmutzigen Gläser und im Frühstückskaffee schwammen tote Fliegen. Überquellende Müllsäcke und Dutzende leere Flaschen ergänzten das karge Interieur.

Obwohl es die letzte Tankstelle vor dem Death Valley war, hielt hier nur selten ein Wagen. Clair kümmerte sich nicht ums Geschäft. Oft gab es nicht einmal Benzin. Nur ein paar alte Stammkunden, Truck-Driver, die seit Jahren dieselbe Route fuhren, waren ihr treu geblieben.

Bei der Tankstelle wuchsen noch kümmerliche Sträucher am Straßenrand, dahinter begann das Nichts, die Unendlichkeit aus Sand und Stein. Die Straße verlor sich in fiebrigen Wellen, flimmernde Spiegelbilder tauchten am Horizont auf, Umrisse schroffer Felsen, die sogleich wieder im Dunst der glühenden Sonne verschwanden. Heiße Winde peitschten den Sand auf und errichteten verschwommene, den Bergen täuschend ähnliche Gebilde. Die Luft zitterte und die graugelben Dünen drohten sogleich wieder einzustürzen. Sandstürme wüteten das ganze Jahr, sie überfluteten die Straßen und zerstörten jeden Rest von Leben.

Nachmittags stellte Clair immer einen Tisch und einen Schaukelstuhl vor die Tür. Ihre Siesta war ihr heilig. Sie genoss diese Stunden, in denen sie sich, meist ungestört, dem Müßiggang hingeben konnte.

Wenn die Sonne unterging, verwandelte sich die Wüste in ein Flammenmeer. Das Dach der Wellblechbaracke schimmerte dann silbern, selbst die alten Ölfässer umfing ein geheimnisvoller Glanz und die Plakatwand warf gespenstische Schatten. Die Dunkelheit kam schnell, ohne Vorwarnung.

Im Death Valley kühlte es auch in der Nacht nicht ab. Da ihr die Luft in der Hütte zu stickig war, blieb Clair oft im Freien und legte sich mit einer Whiskyflasche im Arm unter die Werbetafel, die der Abendwind in sanftes Schwingen versetzte. Das monotone Quietschen über ihr und die vertrauten Geräusche der Wüste, die nur hin und wieder durch einen vorbeirasenden Truck unterbrochen wurden, schläferten sie ein.

Ihre Freundin Belinda verbrachte die Nächte ebenfalls draußen. Sie war nicht ängstlich. Kein Wunder, so wie sie gebaut war, brauchte sie sich vor nichts und niemandem zu fürchten.

Clair hatte sich an die Einsamkeit gewöhnt. Die Gesellschaft ihrer Freundin genügte ihr vollkommen. Belinda interessierte sich allerdings genauso wenig für Tankstelle und Bar wie sie. Deshalb hatte Clair ihre Anstrengungen in den letzten Jahren auch mehr und mehr in den Schrotthandel gesteckt. Hinter der Hütte türmten sich die rostigen Autowracks. Erbarmungslos brannte die Sonne auf die verchromten Stoßstangen der ausrangierten Wagen. In der Mittagszeit konnte man sich auf dem heißen Blech ein Spiegelei braten.

Einmal in der Woche machte sich Clair in aller Herrgottsfrüh, noch vor Sonnenaufgang, auf die Suche nach gestrandeten Fahrzeugen. Aus Erfahrung wusste sie, dass sich die meisten Unfälle nachts ereigneten. Zuerst nahm sie sich immer den Highway vor. Vor allem die Telegrafenmasten erwiesen sich manchmal als ergiebig. Wurde sie nicht fündig, bog sie auf eine der Nebenstraßen ab. Diese Sandpisten konnte man eigentlich nicht als Straßen bezeichnen. Tiefe Schlaglöcher und spitze Steine machten das unwegsame Gelände zu einem idealen Revier. Selten kehrte Clair ohne Beute nach Hause zurück.

Wenn es Verletzte gab, sorgte sie dafür, dass sie keinen Arzt mehr brauchten. Aber bei dem wahnsinnigen Tempo, das die meist zugekifften oder besoffenen Fahrer vor allem in der Nacht hinlegten, fand sie ohnehin nur selten Überlebende. Wenn sie Pech hatte und der Fahrer mit einem Schock davongekommen war, spielte sie die freundliche Samariterin, nahm ihn ein Stück mit und setzte den armen Teufel dann mitten im Tal des Todes aus. Auf die Sonne war Verlass. Temperaturen um die fünfzig Grad waren tagsüber keine Seltenheit. So mancher Raser fand also sein letztes weiches Bett im heißen Wüstensand.

In letzter Zeit hielt sie sich jedoch vom Death Valley eher fern. Zu viele Touristen trieben sich bereits in den frühen Morgenstunden bei Dante's View oder am Zabriskie Point und Badwater Basin herum.

*

An diesem Morgen war Clair das Glück in der Nähe der ehemaligen Goldgräberstadt „Queen City" besonders hold: zwei völlig demolierte Wagen, zwei Tote. In dieser Geisterstadt war um diese Uhrzeit noch nichts los. Sie nahm die schwer beschädigten Fahrzeuge gleich an Ort und Stelle auseinander und lud nur die brauchbaren Teile auf ihren Pick-up. Die Leichen der jungen Männer platzierte sie vor dem Bottlehouse, das ein Goldgräber namens Kelly aus fünfzigtausend Bier- und Schnapsflaschen errichtet hatte.

Ihre Sammelleidenschaft war inzwischen in eine Art sportlichen Wettkampf ausgeartet. Sie musste schneller sein als die Leute von den nächstgelegenen Werkstätten und meistens war sie schneller. Das Geschäft lohnte sich, die Wüste war ein treuer Partner. Clair konnte sich hundertprozentig darauf verlassen, dass sie für Nachschub sorgte.

Am Ende des Monats belud sie ihren Pick-up und einen zusätzlichen Anhänger mit den Wrackteilen und schaffte sie in eine der größeren Städte, die sie sonst eher mied. Städte bedeuteten Menschen, lästige, lärmende Menschen. Wenn sie mit den Schrotthändlern in Baker oder Barstow ihre Geschäfte abwickelte, deckte sie sich auch gleich in einem Supermarkt mit den notwendigsten Sachen ein. Viel benötigte sie ohnehin nicht, weder Belinda noch sie waren sehr anspruchsvoll. Diverse TV-Dinners, praktisch verpackt in Alufolie, einige Sechserpackungen Bier, ein paar Flaschen Whisky und viel, viel Eis. Hin und wieder füllte sie auch ihre

Kanister mit frischem Wasser. Ihr Wassertank war jedoch selten leer. Sie hielt nicht viel vom Waschen und ging mit dem kostbaren Nass sehr sparsam um.

Die vielen Jahre in der Wüste hatten nicht nur in Clairs Gesicht Spuren hinterlassen. Auch ihr Körper schien nur mehr aus Haut und Knochen zu bestehen und ihre welke Haut erinnerte an gegerbtes Leder. Obwohl sie immer einen Strohhut trug, hatte die Sonne ihr ehemals dunkelbraunes Haar gebleicht. Clair war früh gealtert, obwohl gerade erst vierzig, sah sie aus wie eine Sechzigjährige. Aber sie war zäh. Bei Temperaturen, die andere Leute an den Rand eines Kollapses brachten, begann sie sich erst richtig wohl zu fühlen. Sie schwitzte so gut wie nie. Und ihre langärmeligen Hemden wechselte sie oft wochenlang nicht. Das Gleiche galt für ihre Unterwäsche.

Ihre Stammkunden betrachteten sie als guten Kumpel. Sie konnte locker mit ihnen mithalten, was das Trinken betraf, und hatte schon so manchen beim Pokern um ein hübsches Sümmchen erleichtert.

Clair interessierte sich nicht besonders für Männer. Hin und wieder erbarmte sie sich eines einsamen Reisenden und verdiente sich auf diese Weise ein paar Dollar dazu. Wenn sie gut gelaunt war, verschwand sie auch mit einem treuen Kunden für fünf Minuten hinter dem löchrigen Vorhang und besorgte es ihm auf den ausgeleierten Sprungfedern umsonst. Aber das kam nur alle heiligen Zeiten einmal vor. Lieber blieb sie allein, allein mit ihrer Freundin Belinda, die ihr nie auf die Nerven fiel.

Nach all den Jahren ihrer Freundschaft hatten sich die beiden Frauen nicht mehr viel zu sagen, aber sie verstanden einander auch ohne Worte ausgezeichnet. Belinda bekam sowieso alles mit, was sich auf der entlegenen Tankstelle abspielte, wozu also noch darüber reden?

Clair verglich ihre Beziehung zu Belinda gern mit einer Ehe, und zwar mit einer gut funktionierenden Ehe. Belinda meckerte nie, beklagte sich nie und hatte an ihrer Freundin nie etwas auszusetzen. Sogar für ihre kleinen Betrügereien beim Pokern zeigte sie Verständnis. Und wenn sich Clair schon vor dem Frühstück einen Drink genehmigte, zwinkerte ihr Belinda belustigt zu, obwohl sie selbst keinen Alkohol trank.

Genaugenommen hatten die beiden Frauen nicht viel gemeinsam. Belinda teilte weder die Spielleidenschaft ihrer Freundin noch konnte sie sich für kaputte Autos begeistern. Auch in ihrem Wesen waren sie grundverschieden. Clair, bekannt für ihre schlechte Laune, die sich nur unter Alkoholeinfluss etwas besserte, gab sich meist mürrisch und unfreundlich, vor allem Fremden gegenüber, während Belinda immer ein verführerisches Lächeln auf ihren vollen Lippen hatte und alle Leute mit ihren großen braunen Augen begeistert anstrahlte.

Clair missfiel die herzliche Art ihrer Freundin. Sie warf ihr vor, viel zu nett und zu wenig wählerisch zu sein. Aber Belinda zeigte weiterhin, großzügig, wie sie nun einmal war, was sie zu bieten hatte, und sie hatte einiges zu bieten.

Clair hätte es lieber gesehen, wenn ihre schöne Freundin mit ihren Reizen weniger freizügig umgegangen wäre. Schweren Herzens gestand sie sich ein, dass sie eifersüchtig war. Eifersüchtig, weil sie ihre Bewunderung für Belinda mit all diesen vulgären Typen vom Highway teilen musste. Ihre Freundin pflegte tatsächlich jedem dahergelaufenen Kerl völlig ungeniert ihre prallen Brüste und ihre prächtigen Schenkel zu präsentieren. Da sie aber Belinda nicht gut den ganzen Tag lang in der kleinen Hütte einsperren konnte, blieb Clair nichts anderes übrig, als zu hoffen, dass sie Belindas Bewunderer demnächst als Opfer eines Unfalls wiedersehen würde. Hielten diese geilen Idioten unvorsichtigerweise an Clairs Tankstelle, so half sie dem Schicksal gern ein bisschen nach. Ein kurzer Blick unter die Motorhaube, ein paar Handgriffe, und der Schmalspurcasanova wickelte sich entweder um den nächsten Telegrafenmast oder sein hübscher Schlitten ging spätestens am Zabriskie Point in die Luft.

Clair hielt sich für Zerberus höchstpersönlich, nicht nur wegen Belinda, sie bewachte auch das Tal des Todes. Jeder musste sie passieren, bevor er sich in diese unmenschliche Gegend wagte. Sie war der Vorposten, die letzte Warnung. Im Laufe der vielen Jahre hatte sie gelernt, die Wüste zu respektieren. Sie verstand ihre Sprache und kannte ihre Launen.

Stundenlang saß sie im Schatten der großen Reklametafel, beobachtete den Verkehr und schloss manchmal mit Belinda Wetten ab, ob es dieser oder jener Wagen schaffen würde. Clair besaß einen guten Blick für Autos und erkannte oft an der Fahrweise, ob einer durchkommen oder demnächst ihre Sammlung bereichern würde. Dieses Spiel wurde ihr nie langweilig. Auch Belinda schien es Spaß zu machen, obwohl sie sich nie darüber äußerte. Ihre letzte Wette hatte eine rote Corvette mit offenem Verdeck betroffen.

„Zwei George Washington, dass dieser Pimp höchstens bis Amargosa kommt? Selbst wenn die Scheiß-Maschine durchhält, seine Glatze hält keine fünfzig Grad im Schatten aus. Ich tippe auf Gehirnschlag."

Belinda widersprach zwar nicht, aber Clair schloss aus ihrem Gesichtsausdruck, dass sie die Wette annahm.

Die Corvette liebkoste drei Kilometer nach der Tankstelle einen Riesenkaktus. Der Glatzkopf am Steuer hatte sich mit einem verzerrten Lächeln auf den ausgetrockneten Lippen für immer verabschiedet.

*

Feucht und schwül brach der Tag an. Der Sand, gestern noch wie Asche, schien frisch gereinigt durch die Nacht. Clair kehrte von ihrem erfolgreichen Streifzug zurück und verabschiedete sich von der Wüste mit einem respektvollen Hupen.

Als sie sich ihrer Tankstelle näherte, erblickte sie einen fremden Truck und zwei Männer, die sich an der überdimensionalen Plakatwand zu schaffen machten. Einer stand oben auf dem Gerüst, der andere reichte ihm das Werkzeug.

Clair trat auf die Bremse, würgte den Motor ab und schnappte sich ihr Gewehr, das immer griffbereit auf dem Beifahrersitz lag. Sie lud durch und sprang aus dem Wagen.

Langsam, die Flinte im Anschlag, näherte sie sich der Reklametafel. Die Mündung ihres Gewehrs zielte auf den Mann am Gerüst.

„Lasst eure dreckigen Pfoten von ihr!"

Die Arbeiter schenkten ihr keinerlei Beachtung.

„Wenn ihr mein Baby nicht in Ruhe lasst, knall ich euch ab."

Der Mann in luftiger Höhe hatte nur ein mitleidiges Lächeln für sie übrig, der andere rief: „Damn bitch!"

Ein Warnschuss, der verdammt knapp an seinem rechten Ohrläppchen vorbeizischte, überzeugte ihn schließlich doch. Beide Männer beeilten sich, einen möglichst großen Abstand zwischen sich und diese Verrückte zu bringen.

„Wir kommen wieder, darauf kannst du Gift nehmen", schrie der Fahrer, als er sich sicher aufgehoben in der Kabine seines Trucks wähnte. Der Beifahrer zeigte ihr den Stinkefinger. Von einer Frau ließen sich zwei Kerle wie sie nicht so ohne Weiteres in die Flucht jagen.

Clair durchlöcherte die Brems- und Rücklichter ihres Wagens mit vier gezielten Schüssen. Dann kümmerte sie sich um ihre Freundin.

Belinda lächelte sie dankbar an. Doch ihr Lächeln kam Clair heute weniger strahlend vor. Dieser Entführungsversuch musste auch ihr einen gehörigen Schreck eingejagt haben.

Die hübsche Blondine mit dem nichtssagenden Puppengesicht lag faul in einem bunt gestreiften Liegestuhl. Ihr üppiger Körper füllte fast die gesamte Plakatfläche der Wäschefirma Belinda. Hinter der Schönen tobte, verschwommen und unscharf, die Brandung. Die Dame war halbnackt und bot sich in verführerischer Pose dar. Ihre berauschenden Schenkel waren aufreizend gespreizt und ihr stattlicher Busen wurde nur notdürftig von einem zarten Büstenhalter aus hauchdünner Spitze bedeckt. Auch ihr winziges Höschen zeigte mehr her, als erlaubt war. Mit einer Hand versuchte sie, ihre Blöße zu bedecken, aber selbst diese verschämte Geste wirkte obszön. Ihre Lippen waren leicht geöffnet, einladend war auch ihr Blick.

Clair zitterte vor Empörung und benötigte eine halbe Flasche Whisky, um sich zu beruhigen.

Sie konnte ihrer Freundin den Vorwurf nicht ersparen, mit ihrer koketten Art diesen Angriff geradezu herausgefordert zu haben. Insgeheim verfluchte sie auch ihre eigene Gutmütigkeit. Sie hätte die beiden Kerle nicht laufen lassen dürfen, obwohl dann andere, vielleicht noch gefährlichere gekommen wären. Sie war sich sicher, dass sie immer wieder kommen und versuchen würden, ihr Belinda wegzunehmen.

Mit geladenem Gewehr marschierte sie vor der Plakatwand auf und ab und zerbrach sich den Kopf darüber, wie sie Belinda in Zukunft vor solchen Attacken schützen könnte. Und während dieses Patrouillengangs kam ihr dann die rettende Idee.

Seltsame Geräusche tönten durch die sternenklare Nacht, es hörte sich an wie das Schnarchen einer ganzen Kompanie.

Am nächsten Morgen war die Reklametafel verschwunden. Das nackte Gerüst schaukelte einsam im Wind.

Belindas edle Körperteile schmückten nun die kleine Bar. Ihr hübsches Gesicht ließ den hässlichen alten Eiskasten in neuem Glanz erstrahlen. Marlboro und Lucky Strike hatten ihren ausladenden Hüften weichen müssen, mit ihren langen wohlgeformten Beinen hatte Clair die kleine Schlafnische austapeziert, und die gewaltigen Brüste ihrer Freundin baumelten jetzt über der Theke.

Ich wusste, dass ich ihn töten würde. Und ich musste es heute tun. Unser Kurzurlaub in der schönen Schweiz neigte sich dem Ende zu.

Als wir vor einer Woche im Wellness-und-Spa-Hotel Beatus am Thuner See ankamen, beschloss ich, ihm eine letzte Chance zu geben. Er hat sie nicht genützt, obwohl er fast sieben Tage lang Zeit gehabt hat. Gott hat nicht länger gebraucht, um die Welt zu erschaffen, inklusive dieses herrlichen Fleckchens Erde hier im Berner Oberland.

Der Blick von meinem Bett auf die majestätischen Berggipfel, die sich im glasklaren Wasser des Sees spiegelten, war fantastisch. Die bewaldeten Hügel am gegenüberliegenden Ufer verfärbten sich bereits rotbraun. In einem Baum vor unserem Fenster saßen kleine Vögel und begrüßten freudig erregt den herrlichen Morgen.

Auch ich war erregt, aber nicht freudig. Die fünfzehn besten Jahre meines Lebens hatte ich mit diesem egoistischen, herrschsüchtigen Besserwisser neben mir vergeudet.

Er lag auf der Seite, war nackt und bot keinen sehr appetitlichen Anblick. Streckte mir seinen dicken Bauch entgegen und blies mir seinen stinkenden Atem ins Gesicht. Sein Schnarchen machte mich wütend. Wie oft hatte ich ihm schon zu einer Schnarchtherapie geraten?

Ich bräuchte nur meinen Polster auf sein Gesicht zu drücken. Aber wie lange würde es dauern, bis er erstickte? Würde er nicht vorher wild um sich schlagen? Er war viel kräftiger als ich. Das bekam ich immer schmerzhaft zu spüren, wenn er nach dem ehelichen

Beischlaf minutenlang keuchend auf mir lag und ich es nicht schaffte, ihn von mir runterzuwälzen. Zum Glück kam das nur alle heiligen Zeiten vor. Heute ist quasi wieder so ein heiliger Tag, dachte ich und bei diesem Gedanken malte ich mir sogleich aus, wie er seinen letzten Seufzer von sich geben würde. Seinen allerletzten.

Ich konnte nicht mehr nachvollziehen, warum ich ihn vor nunmehr fünfzehn Jahren unbedingt haben wollte. Warum überließ ich es nicht seiner Frau, mit ihm alt zu werden? Ihr war die Scheidung von diesem Langweiler gut bekommen. Sie blühte richtig auf, kaum dass sie ihn los war, sah blendend aus für ihre sechzig Jahre, legte eine tolle Karriere als Galeristin hin und ließ sich von einem jungen Maler nach dem anderen hofieren und verwöhnen, während ich an der Seite ihres Ex-Mannes frigid wurde. Ich hatte nicht einmal die Chance, meinen Ehemann zu betrügen. Er ließ sein „Goldkind", so nannte er mich oft neckisch, keine Sekunde aus den Augen.

Kaum waren wir verheiratet, hörte er zu arbeiten auf. Ich war also nun seit fünfzehn Jahren mit einem Pensionisten verheiratet, den nichts anderes interessierte als Fressen und Saufen. Entschuldigen Sie bitte meine ordinäre Ausdrucksweise. Mein Mann war ein echter Wiener und die essen und trinken eben gern.

Leider konnte ich mich nicht einfach von ihm scheiden lassen. Er war immerhin so schlau gewesen, einen Ehevertrag zu machen. Alles, was er vor unserer Ehe an Vermögen angehäuft hatte, würde bei einer Scheidung ihm gehören und das wäre praktisch alles. Ich würde vor dem Nichts stehen, und das mit knapp vierzig. Ich bin fast dreißig Jahre jünger als mein Mann. Nur im Falle seines Ablebens wäre ich erbberechtigt. Ich blöde Kuh hatte damals vor lauter Verliebtheit nichts gegen die Gütertrennung einzuwenden.

Ja, auch wenn Sie es mir nicht glauben werden, ich hatte ihn nicht wegen seines Vermögens geheiratet, auch wenn ich seine Großzügigkeit anfangs durchaus zu schätzen wusste.

Er hatte in Immobilien investiert und war rechtzeitig vor der geplatzten Blase ausgestiegen.

Dass ich unter einem Vaterkomplex litt, brauchte mir kein Analytiker zu erklären. Aber es war an der Zeit, mich zu emanzipieren. Selbst wenn das bedeutete, dass ich einen Vatermord begehen musste.

Mein Mann war ein Stubenhocker, fand es am schönsten zu Hause in unserer Villa in einem Vorort von Wien. Ich langweilte mich in dieser Kleinstadt-Idylle zu Tode.

Mit dem Wellness-Aufenthalt im Hotel Beatus überraschte ich ihn zu unserem Hochzeitstag. Ich hatte im Internet gelesen, dass dieses Hotel heuer fünfzigjähriges Jubiläum feierte und spezielle Angebote für verliebte Paare offerierte. Verliebt waren wir zwar schon lange nicht mehr, aber ein Paar leider noch immer.

Seit unserer Ankunft hatte er die Hotelanlage kein einziges Mal verlassen. Er schien sich hier genauso wohlzufühlen wie zu Hause, während ich von Tag zu Tag gereizter und verzweifelter wurde.

Als ich meinen Bikini anzog und in den Bademantel schlüpfte – ich schwamm jeden Morgen vor dem Frühstück ein paar Längen im Hallenbad –, verfluchte ich diesen Faulpelz, weil er sich die ganze Woche lang geweigert hatte, mit mir den Niesen zu besteigen.

Die Einheimischen schrieben diesem pyramidenförmigen Berg geheimnisvolle Kräfte zu. Vielleicht hätte ich dort oben die nötige Kraft getankt, um meinen Vorsatz endlich realisieren zu können? Ein Bergunfall? Wie passend für die Schweiz. Schlecht ausgerüstete Touristen im Nebel auf den schroffen Gipfeln herumirrend ... Ein falscher Tritt, ein kleiner Stoß und schon wäre er im Thuner See gelandet oder zumindest knapp daneben.

Aber leider konnte ich meinen Mann nicht einmal dazu bewegen, mit der Seilbahn auf das Niederhorn zu fahren. Er litt unter Höhenangst, bestieg keine Berge und schon gar keine Gondel. Warum waren wir dann überhaupt ins Berner Oberland gefahren?

Als ich vorschlug, wenigstens mit dem Eiger-Express von Grindelwald zum Eiger-Gletscher und von dort weiter zum Jungfraujoch, dem höchstgelegenen Bahnhof Europas, zu fahren, erklärte er mich für verrückt.

Gestern reichte es mir endgültig. Wir waren die Letzten im Solbad des Hotels. Er war den ganzen Nachmittag wie ein fetter toter Karpfen auf dem Rücken gelegen und hatte sich von dem warmen Wasser besprudeln lassen.

Ich konnte mich nicht länger beherrschen, tauchte seinen Kopf unter und hätte es bestimmt geschafft, ihn mit meinen kräftigen Schenkeln, die ich um seinen Hals geschlungen hatte, so lange festzuhalten, bis sich seine Lungen mit Wasser gefüllt hätten. Doch in diesem Moment kam der Bademeister ins Freie. Ich ließ meinen Mann wieder auftauchen. Umarmte und küsste ihn stürmisch. Fast hätten ihn dann meine Küsse ins Jenseits befördert. Er schnaufte schwer, als er das Becken verließ.

Der Bademeister war ein freundlicher junger Mann. Ich war froh, ihm diese kleine Schweinerei erspart zu haben. Stellen Sie sich vor, was dieser Mann hätte mitmachen müssen, wenn einer der Gäste im Solbad ertrunken wäre.

Ich überlegte, ein Ruderboot zu mieten, meinen Alten mitten am See über Bord zu schubsen und dann mit dem Ruder zu erschlagen, verwarf diese blöde Idee aber gleich wieder. Nicht nur die anderen Hotelgäste, auch sämtliche Anrainer am Thuner See hätten diesen Mord live und gratis mitansehen können.

Vielleicht sollte ich mir eine weniger martialische Tötungsart einfallen lassen? Es gibt doch so viele Möglichkeiten, unauffällig zu morden.

Anfangs wollte ich dem charmanten Hoteldirektor und seinem jungen, netten Team keine Scherereien bereiten. Nicht auszudenken, was ein Mord für das Hotel Beatus bedeuten würde! Aber darauf konnte ich nun leider keine Rücksicht mehr nehmen. Mir lief die Zeit davon. Nur mehr vierundzwanzig Stunden bis zu unserer Abreise. Ich musste es hier tun, denn zu Hause würde der Verdacht erst recht auf mich fallen. Und wer weiß, wann ich ihn wieder dazu überreden konnte, mit mir zu verreisen.

Nach dem Schwimmen beschloss ich, zuerst einmal zu frühstücken. Mit leerem Magen lässt es sich nicht gut morden.

Mein Mann hielt sich an diesem Morgen bei dem grandiosen Buffet merklich zurück, füllte seinen Teller nicht wahllos mit Wurst, Schinken und Käse, stopfte auch keine Eier mit Speck und Würstchen in sich hinein. Er klagte über Magenschmerzen. Ich tippte auf Herzschmerzen, als er auf eine Stelle unter seiner linken Brust deutete. Insgeheim frohlockte ich, als ich ihm mit besorgter Miene doch ein klitzekleines Würstchen und eine Eierspeise vom Buffet mitbrachte.

„Ein Spaziergang in der frischen Luft wird dir guttun", sagte ich, nicht ohne Hintergedanken. Als ich gestern joggen war, hatte ich eine einsame Stelle am Seeufer, mitten im Wald, entdeckt. Das eiskalte Wasser würde ihm höchstwahrscheinlich den Garaus bereiten.

Er weigerte sich jedoch spazieren zu gehen, wollte sich wieder hinlegen.

Da wir unser Tête-à-Têteli-Package noch nicht voll ausgenutzt hatten, erlaubte er mir, mich allein im Spa verwöhnen zu lassen. Allerdings erst, nachdem ich ihn daran erinnerte, dass heute unser Hochzeitstag war. Geschenk hatte er keines für mich. Nicht einmal Blumen, obwohl es im Hotel eine Floristin gab, die wunderschöne Sträuße und Gestecke zusammenstellte.

Mein erster Vormittag ohne meinen überflüssigen Ehemann im Vitalità-und-Beauty-Center des Hotels war himmlisch. Ich ließ mich von einem Masseur mit begnadeten Händen verwöhnen. Der Mensch braucht zwanzig Minuten Kuscheleinheiten pro Tag, um glücklich zu sein, hatte ich vor kurzem in einer Frauenzeitschrift gelesen. Mir genügte es, fünfundzwanzig Minuten lang ordentlich durchgeknetet zu werden. Anschließend genoss ich allein das im Paket inkludierte Rasul de Luxe für zwei und eine exquisite CleopatraPackung als Krönung des Ganzen. Fast hätte ich auf meinen Plan vergessen. Aber nur fast.

Am frühen Nachmittag trafen wir uns auf der Terrasse der Orangerie-Piano-Bar. Mein Ehemann schien wieder wohlauf und bester Laune zu sein. Ich aß nur einen Nüssli-Salat. Er holte alles nach, was er beim Frühstück verpasst hatte, bestellte eine Rahmsuppe vom Kürbis, ein Tartar vom Schweizer Rind und trank eine Flasche Weißwein fast allein. Ich nippte nur an meinem Glas. Danach war er so erschöpft, dass er sich unbedingt wieder hinlegen musste.

Verdrossen ging ich nach dem Lunch allein in der gepflegten Parkanlage des Hotels spazieren. Trotz all der rotgoldenen Farbenpracht konnte ich an nichts anderes als Mord und Totschlag denken.

Ich setzte mich schließlich in das Hotelcafé und dachte unter einer Palme auf der Terrasse neben dem Solbad ernsthaft darüber nach, wie ich meinen Mann endgültig loswerden könnte. Selbst das mediterrane Flair und die entspannte, lockere Atmosphäre hier unten konnten meine finsteren Gedanken nicht vertreiben. Ich trank Unmengen von Tee, stopfte zwei Tortenstücke in mich hinein und hätte beinahe den großartigen Sonnenuntergang versäumt, weil ich nur böse vor mich hinstarrte. Doch das fantastische Alpenglühen brachte mich dann auf eine glorreiche Idee.

Ich ging hinauf in unsere Mönch-Suite. Nomen est omen, dachte ich, da mich mein Mann, seit wir hier waren, kein einziges Mal angerührt hatte.

Er schlief nicht, sondern sah fern, schaute sich eine idiotische Sportsendung an.

„Liebster, magst du nicht mit mir in die Sauna gehen", fragte ich. „Es würde dir guttun", fügte ich lächelnd hinzu. Als wir uns kennen lernten, war er ganz wild auf gemeinsame Saunabesuche gewesen.

Er zögerte, sah mich unsicher an.

„Ausnahmsweise, heute ist doch unser Hochzeitstag", säuselte ich zuckersüß.

Als er seinen schweren Körper endlich vom Bett wälzte und den weißen Bademantel überzog, war ich mit meiner Geduld am Ende.

Obwohl ich persönlich die Zen-Sauna bevorzugte, lotste ich ihn in die finnische Sauna. Ich hatte meine

Gründe. Das finnische Blockhaus war für meine Zwecke beinahe ideal. Außerdem war dort keine Menschenseele außer uns. Bereits nach dem ersten Aufguss schwitzte er erbärmlich. Ich hielt die Hitze locker aus, gab aber vor, sie nicht länger zu ertragen, stachelte damit seinen Ehrgeiz oder männlichen Stolz oder was auch immer an. Jedenfalls blieb er allein in der Kabine hocken.

Den hölzernen Schöpfer nahm ich mit. Als ich damit gerade die Tür von außen blockieren wollte, tauchten zwei ältere Damen auf. Sie schauten mich irritiert an und brachen dann in mädchenhaftes Gekicher aus.

„Wänn'zen so richtig schwitze lah?", fragte eine der Frauen und zwinkerte mir verständnisvoll zu.

Verlegen lächelnd legte ich den Schöpfer weg, öffnete die Tür und sagte zu meinem Mann: „Es genügt, mein Schatz. Lassen wir jetzt die Damen rein."

Den beiden lustigen Witwen wünschte ich die Pest an den Hals.

Der Countdown begann beim festlichen Diner bei Kerzenlicht, das ebenfalls in unserem Tête-à-Têteli-Package inkludiert war. Wenn ich es in den nächsten Stunden nicht schaffen werde, ihn zu töten, werde ich es niemals schaffen, dachte ich deprimiert.

Obwohl wir jeden Abend vorzüglich gespeist hatten, übertraf sich der Küchenchef an diesem Abend selbst. Der Hirschschinken mit sautierten Eierschwämmli schmeckte zart und würzig zugleich. Obwohl ich Kokosmilch nicht mochte, ließ ich auch keinen Löffel des köstlichen Kokos-Spinatrahmsüppchens übrig.

Natürlich begann mein Mann beim nächsten Gang zu meckern. „Essen diese Schweizer jetzt schon Papier", fragte er so laut, dass ihn jeder in dem festlich geschmückten Speisesaal hören konnte. Der Chef du Service eilte sofort herbei und erklärte diesem

Neandertaler an meiner Seite, dass der Wolfsbarsch in dem Pergamentpapier gegart worden war.

Mein Mann hatte mir mit seinem unmöglichen Benehmen wieder einmal den Appetit verdorben. Ich unterstellte ihm, es mit Absicht getan zu haben, denn er bediente sich dann bei dem großartigen Simmentaler Rindsentrecote an weißer Portweinsauce ganz unverschämt von meinem Teller. Angefressen überließ ich ihm auch meinen Nachtisch, ein köstlich aussehendes Vermicelle-Törtchen mit eingelegten Zwetschgen.

Da er nach dieser Völlerei unbedingt einen Cognac zur Verdauung brauchte, gingen wir noch in die Piano-Bar. Ich bestellte eine Flasche Three Tree. Mir war aufgefallen, dass er sich beim Essen mit dem Alkohol zurückgehalten hatte. Bestimmt hatte er jetzt Nachholbedarf.

Plötzlich legte er seine Pillendose neben sein Glas und schenkte mir einen anzüglichen Blick, als er eine blaue Pille aus dem Döschen nahm und mit dem Cognac hinunterspülte. Ich wusste, was dieser Blick bedeutete. Eine schier endlose Plackerei mit hundertzwanzig Kilo auf mir.

Verzweifelt sah ich auf die Uhr. In knapp dreißig Minuten war er so weit. Wir würden in unsere Suite gehen und er würde sich so gar nicht mönchisch auf mich legen, denn eine andere Stellung hatte er schon seit Jahren nicht mehr im Repertoire.

„Ich komme gleich", sagte er augenzwinkernd und ging Richtung Toiletten.

Jetzt oder nie, dachte ich und bestellte bei dem feschen Barkeeper zwei Kaffee.

Ängstlich sah ich mich um. Wir waren zu dieser späten Stunde fast die einzigen Gäste in der Bar. Die anderen beiden Pärchen tanzten eng umschlungen. Der

Klavierspieler verabschiedete sich gerade mit „As time goes by". Rasch nahm ich eine zweite blaue Pille aus der kleinen Dose, zerstampfte sie mit einem Teelöffel und schüttete das Pulver in die Tasse meines Mannes. Ich war gerade mit dem Umrühren fertig, als er von der Toilette zurückkam.

„Ich habe uns eine kleine Stärkung bestellt", sagte ich kokett und nahm einen Schluck von meinem Kaffee.

„Du denkst wirklich an alles, Liebling", sagte er und griff ebenfalls nach seiner Tasse.

„Aber vielleicht sollte ich jetzt keinen Kaffee mehr trinken. Mein schwaches Herz, du weißt."

„Ach komm, du bist nicht krank. Das bisschen Herzverfettung ist doch nicht so schlimm."

Er war ein Sturschädel, ließ sich nicht von mir überreden, seinen Kaffee zu trinken.

Frustriert folgte ich ihm hinauf in unsere Suite und verschwand gleich im Bad. Ich hoffte, er würde einschlafen, während ich mich sorgfältig abschminkte und ausgiebig Zähne putzte.

Meine Hoffnung war vergeblich. Mit hochrotem Gesicht und rot geäderten Augen empfing er mich im Bett und stürzte sich sogleich auf mich.

Ich war nicht bereit, aber das hat ihn noch nie gekümmert. Unermüdlich rein, raus, rein, raus ... Ich bekam kaum mehr Luft, fürchtete, mein letztes Stündchen hätte geschlagen.

Er missverstand mein verzweifeltes Stöhnen, schien hocherfreut. Als es endlich vorbei war, fühlte ich mich halbtot und er sich höchst lebendig.

„Wie war ich?", fragte er stolz.

„Atemberaubend", sagte ich, kehrte ihm den Rücken zu und schlief gleich ein. Wahrscheinlich dank der wunderbaren Massage heute vormittags.

Als ich am nächsten Morgen erwachte, lag mein Mann regungslos neben mir. Er war sehr blass und schnarchte nicht, obwohl er auf dem Rücken lag und sein Mund offenstand.

Zögernd legte ich zwei Finger auf seinen Hals. Kein Pulsschlag.

Ich sprang auf, holte meinen kleinen Kosmetikspiegel und hielt ihn an seinen Mund. Der Spiegel beschlug nicht.

Nun war guter Rat teuer. Ich konnte doch nicht einfach verschwinden und es dem Zimmermädchen überlassen, die nackte Leiche zu finden. Womöglich würde die Arme noch verdächtigt werden, ihn verführt zu haben. Nein, das konnte ich nicht zulassen!

Ich griff nach dem Telefonhörer, rief den kompetenten und zuvorkommenden Chef der Rezeption an. Er war mir schon öfters behilflich gewesen. Bestimmt würde er mir auch jetzt helfen, die nötigen Schritte einzuleiten, um meinen Mann fachgerecht entsorgen zu lassen.

Jackpot

„Faites vos jeux", rief der Croupier.

Ihr Schul-Französisch reichte aus, um zu verstehen, was dieser Satz bedeutete. Ja, sie würde ihr Spiel machen. Sie hatte Jetons im Wert von zweitausend Euro eingewechselt. Die zehnfache Summe befand sich noch in einem Kuvert in ihrer Handtasche. Sie war gespannt, wie lange sie brauchen würde, um alles zu verlieren.

Spontaneität zählte nicht zu ihren Stärken, dennoch hatte sie erst gestern entschieden, den Tag vor ihrer Scheidung in Monte Carlo zu verbringen. Eine Schnapsidee vielleicht, aber besser, als sich schlaflos im Bett zu wälzen und Tränen wegen eines Mannes zu vergießen, der keine einzige Träne wert war.

Der Flieger aus Wien war pünktlich in Nizza gelandet. Sie hatte sogar Zeit für ein Sandwich in einem Flughafen-Bistro gehabt. Der Bus nach Monaco fuhr direkt vor der Ankunftshalle ab.

„Genießen Sie Spannung und Ambiente im Casino de Monte Carlo", empfahl eine Reklametafel an der Bushaltestelle.

Sie war gewillt, beides zu genießen, obwohl sie keine Spielerin war, keine Ahnung von Poker und Black Jack hatte. Als ihr Sohn klein war, hatte sie allerdings viele verregnete Sonntagnachmittage mit ihm bei einem Roulette-Spiel verbracht. Bei der Erinnerung an diese Nachmittage lächelte sie versonnen.

Sie hatte noch nie ein Casino von innen gesehen. Allerdings war sie im Kurpark von Baden gleich hinter dem Casino entjungfert worden. Ihr Lächeln verkrampfte sich, als sie daran dachte.

*

Pünktlich um vierzehn Uhr betrat sie das *Casino de Monte Carlo*.

Das prachtvolle Belle-Époque-Gebäude hatte sie bereits von außen eingeschüchtert.

Beim Anblick der achtundzwanzig ionischen Säulen und der kunstvoll gravierten Glasdecke in dem mit Marmor ausgekleideten Atrium blieb ihr vor Staunen der Mund offen stehen. Hier hatte sich früher das erste *Casino de Monte Carlo* befunden, heute diente der prunkvolle Saal als Lobby.

Sie warf nur einen kurzen Blick in den *Salon Renaissance*, in dem alte und moderne Spielautomaten ausgestellt waren, und ging gleich weiter in den *Salle Europe*. Riesige Lüster aus böhmischem Glas hingen von der ebenfalls gläsernen Decke. Fasziniert sah sie hinauf zu den Bullaugen, durch die man Spieler und Angestellte im Auge behalten konnte.

Die Anzahl der Säle verwirrte sie. Es gab *Salons Ordinaires*, *Salons Privés* und *Salons Super Privés* für die Super-Reichen.

Sie landete schließlich im *Salon Rose*, der früher den Rauchern vorbehalten war. Heute befand sich in dem ehemaligen Raucher-Saal ein Restaurant. Die einzigen Raucherinnen, die sie zu Gesicht bekam, waren *Les Fumeuses*, üppige Zigarillos rauchende Damen, mit denen ein italienischer Künstler die Decke geschmückt hatte. Als sie zurück in den *Salle Europe* ging, fühlte sie sich von den Blicken der selbstbewussten Damen verfolgt.

In ihrem pinkfarbenen Etui-Kleid und dem kurzen schwarzen Jäckchen kam sie sich in diesen noblen Hallen ziemlich deplatziert vor. Und von den unterschiedlichen Roulettetischen fühlte sie sich total überfordert. Nur French Roulette kam ihr bekannt vor.

Eine alte Dame im Rollstuhl und zwei ältere Herren leisteten ihr um diese frühe Stunde am Roulettetisch Gesellschaft. Hinter der Frau im Rollstuhl stand ein bärtiger junger Mann, der nicht spielte. Offensichtlich fühlte er sich in seinem Anzug unwohl. Vielleicht ein Pfleger? Meistens setzte er für die alte Dame, da ihre arthritischen Finger so stark zitterten, dass die Jetons öfters am Boden landeten.

Der Junge erinnerte sie an ihren siebzehnjährigen Sohn. Er war genauso groß und schlaksig wie dieser und sah genauso missmutig und gelangweilt aus.

Ein Blick in ihren kleinen Handspiegel. Die tiefe Falte auf ihrer Stirn und ihre müden Augen behagten ihr nicht. Rasch klappte sie den Spiegel zu und zählte die Jetons, die sich vor ihr türmten. Im Kopfrechnen war sie schon in der Schule die Schnellste gewesen. Sie hatte bisher nichts verloren. Im Gegenteil, ihr Gewinn betrug bereits über tausend Euro.

Mit einem süffisanten Lächeln setzte sie zwei Hunderter-Jetons auf Zero.

Das Geräusch der rollenden Kugel schmerzte sie. Fast war sie versucht, sich die Ohren zuzuhalten. Doch das würde nicht viel bringen, da sie seit kurzem unter einem Tinnitus litt. Sie brauchte keinen Arzt zu konsultieren, um diese Diagnose bestätigt zu bekommen.

Schließlich war sie zwanzig Jahre lang mit einem Apotheker verheiratet gewesen.

*

Kennengelernt hatte sie ihren späteren Mann in Baden bei Wien. Im Schatten der hohen Bäume des Kurparks küsste er sie zum ersten Mal. Dort rauchten sie auch ihre ersten Joints und schliefen ihre ersten Räusche auf dem Rasen aus. Und dort hatten sie sich zum ersten Mal geliebt. Eine schnelle Nummer auf einer Parkbank.

Sie war in Baden aufgewachsen und studierte damals im ersten Semester Wirtschaftspädagogik an der WU in Wien. Er machte als Pharmaziestudent ein Praktikum in einer Badener Apotheke. Einen Herbst lang trafen sie sich fast täglich im Kurpark, rauchten, tranken billigen Wein, schmusten auf einer Bank und verbrachten den Rest der Nacht auf Clubbings. Eine kurze, leidenschaftliche Affäre. Dabei hätte sie es bewenden lassen sollen.

Jahre später, als er bereits die Apotheke seiner Eltern in Wien übernommen hatte, war sie ihm wieder begegnet. Sie wurde schwanger, brach ihr Studium kurz vor der Diplomprüfung ab und spielte jahrelang Ehefrau und Finanzberaterin für ihn. Bis er sie, vor nunmehr einem Jahr, gegen eine junge pharmazeutische Angestellte aus dem Osten Deutschlands eintauschte.

Morgen war ihr Scheidungstermin. Alles würde friedlich, in gegenseitigem Einvernehmen, verlaufen. So wie er es sich gewünscht hatte.

Gestern hatte sie das gemeinsame Konto abgeräumt und ihn auch um die zwölftausend Euro Schwarzgeld, die er zur Überbrückung auf einem Profitkonto geparkt hatte, erleichtert. Er würde es sicher erst nach der Scheidung bemerken. Um die finanziellen Angelegenheiten hatte immer sie sich gekümmert. Schließlich war sie im Rechnen sehr begabt. Sie hatte vor, sein Taschengeld – als das bezeichnete er seine steuerfreien Nebeneinkünfte schelmisch – am Spieltisch zu riskieren. Entweder würde sie alles verlieren, was ihrer zukünftigen finanziellen Situation als geschiedene Frau auch nicht wirklich schaden würde, oder eben einen kleinen, unerwarteten Gewinn einheimsen.

*

Zero hatte ihr Glück gebracht. Als ihr der Croupier eine Menge bunter Jetons zuschob, lächelte sie ihn freundlich an.

Der Croupier war ein gutaussehender Mann. Groß, dunkelhaarig, melancholischer Blick und einige Jahre jünger als sie.

Er lächelte zurück. Doch dieses Lächeln galt nicht ihr. Eine junge Rotblonde hatte sich neben sie gesetzt und strahlte den hübschen Croupier herausfordernd an.

Sie ignorierte fortan sowohl den Croupier als auch die Rotblonde und konzentrierte sich auf das Spiel. Dieses Mal setzte sie auf Rot und eine Vierer-Zahlenkombination, in der sich das Datum ihrer Scheidung befand. Die Sieben und die Acht.

Als sie erneut gewann, behielt sie ihr Pokerface bei.

*

Seit ihr Mann ihr mitgeteilt hatte, dass er sie loswerden wolle, um seine fünfzehn Jahre jüngere pharmazeutische Angestellte aus Potsdam zu ehelichen, hatte sie zehn Kilo abgenommen. Ihre Figur war wieder halbwegs intakt. Allerdings nicht ihr Busen, der bestand längst keinen Bleistifttest mehr. Außerdem sah sie nach der Diät um mindestens zehn Jahre älter aus, hatte zumindest ihr Mann bei einem ihrer hässlichen Streitgespräche behauptet. Seither befand sich ihr Selbstbewusstsein im Keller.

Als sie ein paar Jetons, dieses Mal wahllos, auf den Tisch warf, streifte der Arm eines Fremden ihre Schulter. Sie drehte sich um.

Hinter ihr stand ein grauhaariger Herr mit weißen Schläfen und auffallend hellen, blauen Augen. Sie schätzte ihn auf Mitte fünfzig.

„Entschuldigen Sie bitte. Darf ich?", fragte er auf Deutsch, als er seine Jetons zu ihren legte.

„Bitte, bitte", murmelte sie ein wenig verwirrt.

Der Deutsche nahm zu ihrer Rechten Platz und verwickelte sie in eine harmlose Plauderei.

„Sind Sie Französin? Sie strahlen dieses besondere *savoir-vivre* aus, das nur den Franzosen eigen ist."

Unwirsch schüttelte sie den Kopf.

„*Rien ne va plus*", sagte der Croupier, bevor sie dazu gekommen war, auf ihre Lieblingszahl zu setzen.

Sie schenkte ihre Aufmerksamkeit wieder dem Spiel, setzte Jetons im Wert von fünfhundert Euro auf ihre Lieblingszahl, die Achtundzwanzig. Und verlor. Der charmante Fremde verlor mit ihr.

„Er bringt ihnen kein Glück, mein Kind", krächzte ihr die alte Dame im Rollstuhl auf Französisch ins Ohr, als der junge Mann sie knapp hinter ihr vorbeischob.

Die Alte hatte Recht. In der nächsten halben Stunde schwanden die Jeton-Häufchen vor ihr rasch dahin. Gleichzeitig schwoll das unangenehme Dröhnen in ihren Ohren an. Sie raffte ihre letzten Jetons zusammen, murmelte: „Ich komme gleich zurück", ging zur

Kasse und wechselte noch ein paar große Scheine aus ihrer Handtasche ein.

Ihre Finger streiften das Springermesser, das sie heute früh, als sie das ungeliebte Jausenbrot in den Rucksack ihres Sohnes stecken wollte, entdeckt hatte. Sie hatte das Messer an sich genommen und achtlos in ihre Umhängetasche geworfen.

Was wollte er bloß in der Schule damit? Und wie war sie damit durch die Sicherheitskontrolle am Flughafen gekommen?

Sie beschloss, sich später Gedanken darüber zu machen. Momentan hatte sie eine andere wichtige Entscheidung zu treffen. Sollte sie zum selben Tisch zurückkehren oder ihr Glück an einem der anderen Tische versuchen?

Sie entschied sich wieder für den Croupier mit dem freundlichen Gesicht und den traurigen Augen. Leider war nur mehr ihr alter Platz neben dem Mann mit den weißen Schläfen frei. Hatte er diesen Platz extra für sie freigehalten?

Ihr Nachbar begrüßte ihre Rückkehr mit einem erfreuten „Schön, dass Sie zurückkommen. Unser Croupier wird gleich Pause machen. Aber der Blonde ist auch nicht übel.". Er deutete auf einen ebenfalls gutaussehenden jungen Mann, der bisher das Geschehen am Tisch von einem erhöhten Stuhl aus beobachtet hatte.

„Ich hoffe, Sie machen ab jetzt Ihr eigenes Spiel", sagte sie zu dem Deutschen.

Er schien zu verstehen, setzte nicht mehr jedes Mal auf die gleichen Zahlenkombinationen wie sie. Und sogleich war ihr das Glück wieder hold.

Misstrauisch musterte sie ihn von der Seite.

Er lächelte unentwegt, auch wenn er verlor. Außerdem wirkte er unkonzentriert. Schien er einen Gewinn nicht nötig zu haben? Wollte er sich einfach nur die Zeit vertreiben?

Sein schönes Profil faszinierte sie, sein Lächeln und seine strahlend blauen Augen bezauberten sie. Sogleich schimpfte sie sich eine Idiotin und widmete sich dem nächsten Spiel.

Der Deutsche war geschmackvoll gekleidet, blaue Hose, weißes Hemd, dunkelblaues Jackett. Sein linkes Handgelenk zierte eine teure Fliegeruhr.

Ehering trug er keinen, was natürlich nichts zu sagen hatte. Aber sie bildete sich ein, den Männern anzusehen, ob sie verheiratet waren oder nicht. Ihre Blicke verrieten sie. Sah einer verstohlen nach links oder gar zu Boden, wenn er eine Frau ansprach, dann war er garantiert in guten Händen. Außerdem verhielten sich verheiratete Männer immer gleich, wenn sie eine Frau anmachten. Entweder entschuldigten sie sich wortreich und verlegen oder sie gaben sich betont forsch und präpotent.

„Heute ist nicht mein Tag", sagte er achselzuckend. „Vielleicht sollte man nicht mit leerem Magen spielen? Haben Sie Lust, mir drüben im *Hotel de Paris* Gesellschaft zu leisten? Angeblich haben sie dort einen ausgezeichneten Koch."

Sie schüttelte energisch den Kopf. „Ich habe schon gegessen."

„Wenigstens ein kleiner Drink an der Bar? Sie können mich nicht pausenlos verlieren lassen." Er sagte es fast flehentlich, der ironische Unterton war jedoch nicht zu überhören.

„Nein danke, ich trinke nicht."

Will er mich vom Spielen abhalten? Hat ihn mir jemand von der Security auf den Hals gehetzt? Vielleicht haben sie Angst, dass ich die Bank sprengen werde? Sie bildete sich ein, dass sie auch der neue Croupier seltsam ansah. Er lächelte nie, wenn sie ihre Gewinne einstreifte.

Ihr Mann hatte oft behauptet, sie wäre paranoid. Vielleicht war etwas dran an dieser Diagnose? Sie nahm sich vor, trotzdem vorsichtig zu sein.

Vor der Rotblonden zu ihrer Linken häuften sich inzwischen auch die Jetons. Die junge Frau besaß eine gewisse Ähnlichkeit mit der Freundin ihres Mannes. Klein, zierlich, hübsche, nicht sehr ausdrucksvolle Gesichtszüge. Meist starrte sie nur blöde grinsend auf die rollende Kugel.

*

Das Casino hatte sich mittlerweile gefüllt. An allen Tischen wurde nun gespielt. Die dezente Beleuchtung schmeichelte den vor Angst und Gier verzerrten Gesichtern, ließ sie weicher, friedlicher aussehen.

Sie fühlte sich nicht mehr wohl und beschloss bald Schluss zu machen. Man durfte sein Glück nicht überstrapazieren.

Zum letzten Mal setzte sie ein kleines Vermögen auf die Acht.

Am 8.8.2006 hatte sie ihre große Liebe geheiratet, den Mann, der jetzt wegen einer kleinen, rotblonden Tussi ihr Leben zerstörte.

Als die Kugel zwischen der Sieben und der Acht hin und her zu pendeln begann, wurde sie nervös und begann an ihren Fingernägeln zu kauen.

Alle ihre Mitspieler und die Voyeure, die sich inzwischen um ihren Tisch geschart hatten, starrten genauso gebannt auf die kleine Kugel wie sie.

Ein leises Raunen ging durch den Raum, als ihr der Croupier einen riesigen Haufen Jetons zuschob.

Sie leerte das Plastikgeld in ihre Handtasche, ließ ein angemessenes Trinkgeld, wie sie hoffte, am Tisch liegen und ging zur Kasse.

Ihr Vermögen hatte sich wundersamerweise um das Fünffache vermehrt. Zusammen mit dem restlichen Geld in ihrer Handtasche besaß sie nun mindestens zweihunderttausend Euro. Da sollte doch einer behaupten, dass diese abergläubischen volkstümlichen Sprüche nicht ernst zu nehmen waren. Glück im Spiel, Pech in der Liebe!

Ihr von der Midlife-Crisis gepeinigter Mann würde jedenfalls keinen Cent von ihrem Gewinn zu sehen bekommen. Eine Weltreise auf einem Luxus-Liner, vielleicht sogar auf der Queen Mary II, war angesagt. Vorher würde sie sich einigen Schönheits-OPs unterziehen. Ihre Brüste bedurften dringend einer Anhebung und ihrem Gesicht würde sie eine Generalüberholung gönnen.

Sie ließ sich ihren Gewinn in bar auszahlen, stopfte die Geldbündel in ihre große Umhängetasche, die nun fast nicht mehr zuging. Plötzlich berührten ihre Finger wieder das Springmesser. Sie nahm es heraus und steckte es in ihre Jackentasche.

Schön langsam wurde ihr bewusst, dass sie eine wohlhabende Frau war. Auf einmal war ihr doch nach einem Drink zumute. Auch ihr Magen knurrte schon die längste Zeit.

*

Sie ging in das Restaurant im *Pink Room*, ließ sich von einem Kellner an einen Tisch vor einer hohen französischen Tür bringen und genoss den Blick auf die beleuchteten Palmen. Bildete sie sich nur ein, dass ihr die Zigarillo-Ladies dieses Mal freundlich zulächelten?

Sparsam, wie sie nun einmal war, bestellte sie nur einen Caesar Salad und ein Glas Weißwein.

Kaum hatte ihr die freundliche Bedienung das Gewünschte serviert, betrat der Deutsche das Restaurant.

Das Lokal war halbleer. Trotzdem tat er so, als würde er sich nach einem freien Platz umsehen. Als er sie erblickte, steuerte er geradewegs auf ihren Tisch zu und fragte, ob er sich zu ihr setzen dürfe.

Während sie noch überlegte, ob sie seine Gesellschaft wünschte, nahm er ihr gegenüber Platz.

Sie überließ es ihm, die Konversation in Gang zu bringen.

Er schien ein gebildeter und weltgewandter Mann zu sein. Schon nach wenigen Minuten gelang es ihm, sie in ein interessantes Gespräch über Spielsucht zu verwickeln. Als er eine Flasche Champagner bestellte, sagte sie nicht nein.

Nach dem zweiten Glas fragte sie ihn geradeheraus, ob er verheiratet wäre. Verheiratete Männer waren für sie schlicht und einfach tabu. Daran würde sich auch nach der Scheidung von ihrem Mann nichts ändern.

Er verneinte, sagte, er sei geschieden, seit vielen Jahren, und er hätte es kein zweites Mal gewagt, in den Stand der Ehe zu treten.

Anscheinend war er wohlhabend, obwohl er nicht mit seinem Vermögen protzte. Gerade seine Bescheidenheit, sein Understatement, gefiel ihr. Er hatte heute Nachmittag ein paar Tausender verspielt. Der Verlust schien ihn aber nicht sonderlich zu stören. Er spiele nur, wenn er geschäftlich unterwegs sei, behauptete er.

Sie war gewillt, ihm zu glauben.

Allerdings musste sie den letzten Flieger nach Wien erreichen. Vor dem Scheidungsrichter sollte sie pünktlich und ausgeschlafen erscheinen. Also verabschiedete sie sich nach dem Essen von ihrem netten neuen

Bekannten. Er reichte ihr eine elegante champagnerfarbene Visitenkarte, auf der nur ein Name und eine Telefonnummer standen. Sie registrierte, dass er ein kleines „von" vor seinem Nachnamen hatte.

Als er sich anbot, sie zum Taxi zu begleiten, lehnte sie dankend ab. Sie wollte mit dem Bus fahren, da sie genügend Zeit bis zu ihrem Abflug hatte. Wozu unnötig Geld hinauswerfen?

Bevor sie das Casino verließ, ging sie sicherheitshalber auf die Toilette.

*

Der Eingangsbereich des Casinos war gut ausgeleuchtet, die Schlange der wartenden Taxis nicht sehr lang.

Die kleine Grünanlage vor dem prächtigen Gebäude wirkte sehr gepflegt. Palmen, Oleander und andere mediterrane Gewächse, ein perfekter Rasen sowie ordentlich in Reih und Glied angelegte Rabatten mit blühenden Blumen. Sie bevorzugte wilde Gärten.

Die Luft war mild. Sie spazierte zu der Busstation, bei der sie angekommen war.

Als es zu nieseln begann, überlegte sie umzukehren und doch ein Taxi zu nehmen.

Die teuren Designerläden hatten bereits geschlossen. Aus den Bars und Cafés drangen laute Stimmen, aber die Straßen waren fast menschenleer.

Riesige Betonklötze ragten in den dunklen Abendhimmel. Das Häusermeer wirkte unheimlich, fast bedrohlich. Bürokomplexe und Apartmenthäuser lagen völlig im Dunkeln. Lauter Briefkastenfirmen und Pseudo-Wohnsitze von Steuerhinterziehern aus aller Welt, dachte sie und schritt schneller aus.

Vor einer Tiefgarage blieb sie kurz stehen, um zu verschnaufen.

Plötzlich schloss sich eine Hand um ihren Mund und jemand drehte ihr den rechten Arm auf den Rücken.

Sie trug ihre schwere Umhängetasche wie ein Briefträger um die Brust. Der Angreifer musste sie mit einer Hand loslassen, um an ihre Tasche zu kommen. Er brauchte sogar seine zweite Hand, um sie ihr über den Kopf zu ziehen.

Sie hatte keine Zeit, sich über ihre Gelassenheit und ihren klaren Kopf zu wundern. Als er ihren Arm losließ und nach der Tasche griff, drehte sie sich blitzschnell um.

Auf diese Reaktion war er offensichtlich nicht gefasst.

Sie erschrak, als sie in seine kalten hellblauen Augen sah, begann jedoch nicht zu schreien, versuchte auch nicht, zu flüchten, sondern stieß ihm die Klinge des Springermessers in die Kehle. Ein schneller Schnitt nach rechts und das Blut spritzte in hohem Bogen aus seinem Hals. Obwohl sie sich duckte, bekamen ihre Haare ein paar Spritzer ab.

Als er schwer keuchend in der Einfahrt der Tiefgarage zu Boden sank, vernahm sie ein anderes irritierendes Geräusch hinter sich. Sie sah sich um.

Die Rotblonde, die am Roulettetisch neben ihr gesessen hatte, stand knapp hinter ihr und starrte sie entsetzt an. Sonst war weit und breit keine Menschenseele zu sehen.

„Verschwinde und halt den Mund", fauchte sie.

Die Kleine rührte sich nicht von der Stelle.

Sie fuchtelte mit der Klinge des Springermessers vor dem hübschen Gesicht der jungen Frau herum.

Paranoid oder nicht, sie war inzwischen überzeugt, dass es sich bei der Rotblonden um die Komplizin des Deutschen handelte.

Keine Zeugen, fiel ihr gerade noch rechtzeitig ein. Als die junge Frau Anstalten traf, abzuhauen, stach sie ihr die scharfe Klinge in den Rücken.

Bestimmt würden irgendwelche armen Junkies verdächtigt werden, die beiden Casinobesucher ermordet zu haben, doch niemals sie, die Frau eines renommierten Apothekers aus Wien, der das Glück im Casino von Monte Carlo hold gewesen war.

Sicherheitshalber bohrte sie der Rotblonden, die stöhnend auf dem Bauch lag und am Verbluten war, noch einmal das Messer zwischen die Rippen. Dann leerte sie die Portemonnaies ihrer Opfer. Verglichen mit ihrem Gewinn hatte das saubere Pärchen nur Kleingeld zu bieten.

Das Messer warf sie in einen Baucontainer. Ein zweites Mal würde sie nicht riskieren, es durch die Sicherheitskontrolle am Flughafen zu schmuggeln.

Der Traummann

Magistra Magdalena Klein war klinische Psychologin. Die Vorfreude auf ihre Reise nach Opatija ließ ihr die anstrengende Arbeit in der Psychiatrischen Klinik des AKH erträglicher erscheinen. Letzten September war sie auf einer psychiatrischen Tagung in Wien ihrem Traummann begegnet. Dr. Antonin Vuković hatte bei einem Workshop über „narzisstische Persönlichkeits-störungen" aufsehenerregende Diskussionsbeiträge geliefert.

Dieser intelligente, gutaussehende Psychiater aus Kroatien hatte sie vom ersten Augenblick an fasziniert. Dr. Vuković war mittelgroß, schlank, hatte pechschwar-zes, an den Schläfen leicht ergrautes Haar, wundervolle dunkelbraune Augen und einen sehr sinnlichen Mund.

Nach der Tagung brachte sie ihn mit ihrem alten Auto zum Nachtzug nach Rijeka. Als sie sich am Bahn-steig von ihm verabschiedete, umarmte und küsste er sie. Von diesem Kuss zehrte sie die nächsten Wochen lang.

Danach traf fast täglich ein Mail von ihm ein, hin und wieder auch ein SMS, aber er rief nie an. Magdale-na hatte Mühe, seine ausführlichen Mails zu beantwor-ten. Anfangs berichtete ihr Dr. Vuković hauptsächlich von seiner Arbeit im Klinischen Krankenhauszentrum Rijeka, erwähnte, dass er demnächst Primarius der Psy-chiatrischen Abteilung werden würde. Sie konnte es kaum fassen, dass sich dieser hochintelligente Mann ausgerechnet für sie interessierte. Mit ihrem Selbst-wertgefühl war es nicht weit her.

Bald wurde er in seinen seitenlangen Mails persön-licher. Sie erfuhr, dass sein Großvater ein Freund des legendären jugoslawischen Staatspräsidenten Josip

Broz Tito gewesen war. Voller Verehrung sprach er in seinen Mails auch von seinem Vater, einem hohen Militär, beschrieb ihr den General als sehr strengen, aber gerechten Mann. Über seine Mutter äußerte er sich kaum, bemerkte nur, dass sie vor ihrer Eheschließung eine begnadete Schauspielerin gewesen war. Seine Eltern waren nicht mehr am Leben.

Sein Vertrauen ehrte Magdalena. Allerdings wunderte sie sich, dass er so offen zu ihr war.

Als die ersten Mails mit erotischen Anspielungen eintrafen, schwebte sie im siebten Himmel. Antonin drückte sich aus wie ein Dichter, sprach von seiner Sehnsucht, seiner Leidenschaft. Ihre Antworten kamen ihr schrecklich banal vor. Dennoch vertraute auch sie ihm schriftlich ihre intimsten Gedanken an.

In einem späteren Mail erwähnte er, dass seine Frau Saskia, die vor ihrer Ehe als Model gearbeitet hatte, ihn wegen eines anderen Mannes verlassen hatte und mit ihrem Liebhaber in die USA gegangen war. Leider hätte ihre Intelligenz mit ihrer Schönheit nicht konkurrieren können, meinte er.

Magdalena hielt sich weder für schön noch für besonders gescheit. Zwar hatte sie eine gute Figur, verbarg sie aber unter weiter Kleidung. Meistens war sie ungeschminkt und band ihr blondes, halblanges Haar im Nacken zusammen. Auffallend waren nur ihre großen blauen Augen.

Sie war eine Einzelgängerin und ein Workaholic, obwohl ihr das ständige Testen und Diagnostizieren und die vielen Gruppentherapiesitzungen gehörig auf die Nerven gingen. Mit Männern hatte sie nicht viel Erfahrung. Vor nunmehr fast zwanzig Jahren war sie mit ihrer Jugendliebe aus einem Dorf in Niederösterreich nach Wien gezogen, um gemeinsam an der Uni zu studieren. Nach dem Ende des Studiums war er mit ihrer besten Freundin für ein paar Monate nach Thailand abgehauen. Sie hatte sich einen Job gesucht. Danach hatte es noch ein paar One-Night-Stands und ein zweijähriges Verhältnis mit einem verheirateten Psychotherapeuten gegeben. Als ihm seine Frau mit der Scheidung drohte, verließ er Magdalena. Sie machte eine Therapie. Das eine Jahr Psychotherapie brachte aber nicht viel, außer, dass sie seither die Suche nach einem Mann aufgegeben hatte.

Als im November eine Einladung von Antonin eintraf, ihn Anfang Dezember zu besuchen, konnte sie ihr Glück kaum fassen. Obwohl sie nur leicht erkältet war, ließ sie sich am 1. Dezember krankschreiben und fuhr nach Opatija.

*

Die Zugfahrt schien ewig zu dauern. Mit Umsteigen und zweistündiger Wartezeit auf dem hässlichen Bahnhof in Ljubljana brauchte sie über neun Stunden.

Als sie kurz vor ihrer Ankunft aus dem Zugfenster blickte und das Lichtermeer von Opatija vor sich sah – das Meer konnte man mehr erahnen als sehen –, fühlte sie sich zum ersten Mal seit vielen Jahren beinahe glücklich.

Als sie ausstieg, erschrak sie. Der Bahnhof Opatija-Matulji war menschenleer. Dr. Antonin Vuković war nirgends zu sehen.

Sie wollte sich eine Zigarette anzünden, als sie unter dem mit Weinranken bewachsenen Vordach neben dem kleinen Bahnhofsgebäude eine dunkle Gestalt entdeckte. Die Zigarette landete auf den Gleisen.

Antonin kam ihr entgegen, nahm sie in die Arme und küsste sie auf den Mund. Magdalena wünschte sich, dass dieser Kuss niemals enden würde. Plötzlich schob er sie jedoch ein Stück von sich weg.

„Ich habe dir schon in Wien gesagt, dass ich weder Nikotingeschmack noch andere Chemikalien in meinem Mund schätze." Er sagte es scherzhaft.

Verlegen nahm sie ein Taschentuch aus ihrer Handtasche und wischte sich die Schminke vom Gesicht.

Galant hielt er ihr die Tür auf der Beifahrerseite seines silbergrauen Audi quattro auf. Bevor er losfuhr, beugte er sich zu ihr hinüber und küsste sie noch leidenschaftlicher als vorhin.

„Der Wagen ist so gut wie neu, habe ihn erst vor ein paar Wochen gekauft. Ich möchte dir mit ihm ganz Istrien zeigen", sagte er, als er losfuhr.

Die Villa Ostara lag an einem bewaldeten Hang, in der Nähe des Zentrums.

„Ostara war der Name meiner Mutter", erklärte ihr Antonin, als er sich schräg gegenüber vor einem im Dunkeln liegenden Haus einparkte.

„Was für ein schöner Name! Hieß nicht die Göttin des Frühlings so?"

Er schenkte ihr einen anerkennenden Blick.

Seine zweistöckige, in italienischem Stil erbaute Villa war umgeben von einem verwilderten Garten. Die hohen Bäume ließen wahrscheinlich auch tagsüber kaum einen Lichtstrahl in das alte, etwas heruntergekommene Gebäude dringen.

„Möchtest du gleich das Haus besichtigen?", fragte Antonin, wartete ihre Antwort nicht ab, ließ ihren Rollkoffer im Auto liegen und bat sie, ihm zu folgen.

Im Entree der Villa hing ein Luster aus Muranoglas von der hohen Decke. Sowohl der Garderobenschrank als auch die Schuhkommode stammten wahrscheinlich aus dem 19. Jahrhundert. Die Wände zierten alte Fotos von Opatija, damals Abbazia genannt.

Die Tür links neben dem Eingang stand einen Spalt offen. Magdalena warf einen Blick in das Zimmer. Verrostete Gartenmöbel, kaputte Sonnenschirme und anderes Gerümpel.

„Der Abstellraum. Hier muss ich endlich mal Ordnung schaffen", sagte Antonin, machte schnell die Tür zu und zeigte ihr das gegenüberliegende, sehr geräumige Bad.

Über den Klodeckel war eine weiße Spitzendecke gebreitet. Darauf standen mehrere Kaffeetassen und daneben ein Teller, auf dem Besteck lag. In der Badewanne befanden sich Töpfe und Pfannen. Die Ablagefläche neben dem Waschbecken war vollgeräumt mit Putzmitteln und Insektiziden. Sogar eine Packung Rattengift befand sich darunter. Magdalena schaute Antonin fragend an.

„Dieses Bad wird nicht benützt", erklärte er ihr. „Ich wasche hier nur das Geschirr. Oben im anderen Badezimmer gibt es manchmal kein warmes Wasser."

Sie folgte ihm hinauf in die Beletage.

Der riesige Salon mit einem gut erhaltenen Fresko an der Decke und einer hübschen altrosafarbenen Blümchentapete raubte ihr beinahe den Atem. Sie kam sich vor wie in einem venezianischen Palazzo.

Die Möbel waren fast alle antik. Eine mit königsblauem Stoff überzogene Chaiselongue, ein zarter Schreibtisch mit gedrechselten Beinchen vor einem der hohen Fenster, eine Biedermeierkommode, eine Glasvitrine voller Nippes, daneben ein zweiter doppeltüriger Vitrinenschrank, in dem ein Teeservice aus chinesischem Porzellan und böhmische Kristallgläser aufbewahrt wurden. Die Fensterbretter waren vollgestellt mit mehr oder weniger geschmackvollen Vasen.

In der Mitte des Raumes stand ein großer, schwerer Esstisch, umgeben von acht mit dunkelrotem Samt gepolsterten Stühlen, die nicht zu dem derben Nussholztisch passten. Vor dem offenen Kamin gab es eine Sitzlandschaft in tabakbraunem Leder. Wertvolle Art-déco-Lampen und alte Orientteppiche ergänzten das Interieur. Die Wände waren übersät mit Gemälden, dazwischen hingen zahlreiche Fotos. Auf einigen der Bilder erkannte Magdalena Antonin in den verschiedensten Lebensjahren. Seine traurigen Blicke auf all den Fotos rührten sie.

In einer finsteren Ecke entdeckte sie einen Glastisch, auf dem eine Kaffeemaschine, ein Wasserkocher und eine Camping-Gasplatte standen.

Das stilistische Durcheinander irritierte sie. In diesem mindestens siebzig Quadratmeter großen Salon passte kein Möbelstück zum anderen.

Antonin schien ihre Verwunderung bemerkt zu haben, sie aber falsch zu deuten.

„Diese Antiquitäten stammen alle von meinen Eltern", sagte er stolz, schob die schweren bordeauxroten Brokatvorhänge beiseite und öffnete die Balkontür. „Hier draußen kannst du rauchen, wenn es unbedingt sein muss. Wegen deiner Bronchitis solltest du das Rauchen lieber unterlassen. Hör auf deinen Arzt", witzelte er. „Und pass auf, wohin du trittst, denn der Balkon wird gerade saniert."

Sie warf einen ängstlichen Blick auf die verwitterten Holzlatten, mit denen er eingerüstet war.

Hinter dem Salon befand sich die Bibliothek, daneben ein schmales, spartanisch eingerichtetes Zimmer mit einem schwarzen Jugendstilschreibtisch. Davor stand ein bequemer Bürostuhl, dahinter befand sich eine schmale, altmodische Couch. „Das Gästezimmer", vermutete sie zuerst, dann erblickte sie einen Laptop auf dem Schreibtisch und daneben Notizblock und Schreibwerkzeug in Reih und Glied.

„Hier arbeite ich", sagte er.

Unwillkürlich musste sie an das Chaos auf ihrem Schreibtisch zuhause denken. Prompt schämte sie sich ein bisschen.

Im zweiten Stock gab es drei Schlafzimmer und eine kleine Toilette mit Dusche.

Er öffnete die Tür des mittleren Raumes. „Voilà, das ist dein Reich. Es war das Zimmer meiner Mutter. Rechts war das Schlafzimmer meines Vaters. Links befand sich früher mein Kinderzimmer, später diente es Saskia als Ankleideraum."

Mitten in dem geräumigen, sehr feminin eingerichteten Zimmer stand ein schmales weißes Himmelbett, höchstens einen Meter zwanzig breit, also kaum für zwei Personen geeignet. Alle anderen Möbel waren ebenfalls aus weißem Schleiflack. Auf der Ablage eines altmodischen Ankleidespiegels standen einige fast leere Parfümfläschchen und Flacons. Sie fragte sich, ob diese von seiner Mutter oder von seiner Ex-Frau stammten. An den Wänden hingen Fotos einer attraktiven Frau. Auf den meisten Bildern trug sie Abendkleidung oder Theaterkostüme.

„Meine Mutter", sagte er mit belegter Stimme. „Sie war viele Jahre jünger als mein Vater und ist erst Anfang vierzig mit mir schwanger geworden."

Magdalena ging auf die vierzig zu. Ihren Kinderwunsch hatte sie längst aufgegeben.

Sie betrachtete sich in dem riesigen Ankleidespiegel. Ihr Gesicht wirkte verzerrt, fast aufgedunsen und war voller roter Flecken. Schnell wandte sie den Blick von ihrem Spiegelbild ab.

„Den Elektrostrahler dreh bitte höchstens auf die mittlere Stufe und schalte ihn, wenn du dich hinlegst, unbedingt ab, außer du möchtest das ganze Haus abbrennen", scherzte er.

„Und wo schläfst du?"

„Unten in meinem Arbeitszimmer. Oft kommen mir nachts die besten Ideen. – Keine Angst, ich werde dich schon öfter besuchen." Lächelnd küsste er sie.

Enttäuscht, dass sie nachts nicht das Bett miteinander teilen würden, fragte sie, ob sie die anderen beiden Räume sehen dürfe.

„Da gibt es nicht viel zu sehen."

„Und wo ist die Küche?"

„Ich brauche keine Küche. Der Campingkocher und die Kaffeemaschine unten im Salon genügen mir vollkommen." Seine Stimme klang leicht gereizt.

„Hast du keinen Kühlschrank?"

„Wozu? Ich trinke keine Milch, verwende keine Butter ..."

„Hast du eine Laktoseunverträglichkeit?"

„Nein, aber Milchprodukte sind ungesund."

Sie war leicht schockiert über seinen spartanischen Lebensstil und fragte sich, wie lange sie es wohl in diesem kalten, unfreundlichen Haus aushalten würde. Obwohl sie nach wie vor ihre dicke Daunenjacke anhatte, fror sie erbärmlich.

„Richte dich erst einmal ein. Wir sehen uns in einer halben Stunde unten im Salon."

„Mein Koffer?"

„Den bringe ich dir gleich."

Als er mit ihrem Koffer zurückkam, schaute er ihr tief in die Augen. Sie wusste seine Blicke richtig zu deuten. Sekunden später entledigten sich beide ihrer Kleidung.

Antonin war heuer fünfzig geworden, also zwölf Jahre älter als sie. Doch sein Körper sah aus wie der Körper eines jungen Mannes. Sie streichelte seine glatte, unbehaarte Haut, seine Brust, seinen flachen, festen Bauch und seine muskulösen Oberschenkel.

Er schob ihre Hände weg. „Lass mich dich verwöhnen", flüsterte er.

Magdalena versuchte, sich zu entspannen, seine Zärtlichkeiten zu genießen. Als sich sein Mund ihrer Scham näherte, bekam sie es mit der Angst zu tun, dass sie nach dieser langen Zugfahrt nicht mehr allzu frisch riechen würde. Schnell richtete sie sich auf, umfasste sein Glied und flehte ihn an, in sie einzudringen.

„Ich halte es nicht mehr länger aus", stöhnte sie, als sie seinen fragenden Blick bemerkte.

Seine Leidenschaft war animierend und überwältigte sie regelrecht. Sie trieben einander fast zur Raserei. Erschöpft sanken sie danach beide aufs Bett. Sie wollte sich an ihn kuscheln. Er wand sich wortlos aus ihrer Umarmung, sprang auf und eilte ins Bad. Er kam nicht mehr zurück.

Sein abweisendes Verhalten nach diesem aufregenden Liebesakt verunsicherte sie sehr. Offensichtlich schätzte er die körperliche Nähe nach dem Sex nicht. Sie fürchtete aber vor allem, er wäre von ihr sexuell enttäuscht gewesen.

Leicht benommen wankte sie auf die Toilette. Es gab kein Klopapier, sondern nur grobes, in kleine Stücke gerissenes Zeitungspapier.

Nachdem sie geduscht hatte, begann sie ihren Koffer auszupacken. Außer unten im Vorzimmer hatte sie im ganzen Haus keinen einzigen Schrank gesehen. Sie wusste nicht, wohin sie ihre Sachen hängen sollte. Die Schubladen der Kommode neben ihrem Bett waren voller Bettwäsche und Handtücher.

Frustriert legte sie all ihre frisch gebügelten Sachen zurück in den Koffer.

Den Rest des Abends verbrachte sie mit Antonin im Salon. Mittlerweile hatte sie ihm in Gedanken eine Zwangsstörung attestiert. Sie amüsierte sich eher über diese Diagnose, als dass es sie störte, hatte sie ja auch selbst einige psychische Probleme. Der Psyche mit Essen etwas Gutes zu tun, war aktuell definitiv keine Option, denn Antonin servierte ihr nur pappiges Brot mit fadem Käse und als Nachtisch in Zellophan verpackte, mit Schokolade gefüllte Croissants, die nach nichts schmeckten.

Sie fand jedoch bald eine Erklärung für dieses klägliche Nachtmahl. Antonin schien eben ein richtiger Wissenschaftler zu sein, den nichts anderes interessierte als seine Arbeit. Sie würde ihm schon beibringen, wie man sich vernünftig ernährte und vor allem gut aß.

Nach dem Essen wünschte er ihr eine gute Nacht und ließ sie allein zu Bett gehen.

Magdalena konnte nicht einschlafen, obwohl sie nach der langen Zugfahrt und dem fantastischen Sex todmüde war. Zunächst irritierte sie die ungewohnte Stille. Als sie auf einmal seltsame Geräusche vernahm, ein leises Scharren, Kratzen und Pfeifen, stand sie wieder auf und machte das Licht an. Sie konnte nicht erkennen, woher die Geräusche kamen, vom Dach oder von den Zimmern nebenan?

Sie sehnte sich nach einer Zigarette. Die letzte hatte sie um drei Uhr nachmittags am Bahnhof von Ljubljana geraucht. Das war acht Stunden her.

Sie warf ihre Daunenjacke über ihr neues Nachthemd und tastete sich die dunkle Stiege hinunter in
den ersten Stock, um am Balkon eine zu rauchen.

Im Salon brannte schwaches Licht. Antonin lag auf
der Ledercouch vor dem mittlerweile geheizten Kamin und las.

„Was ist los?", fragte er mit hochgezogenen Brauen.

Sie setzte sich zu ihm.

„Halte mich bitte nicht für kindisch, aber ich habe
Angst, höre andauernd eigenartige Geräusche."

„Das sind nur die Siebenschläfer unterm Dach. Vor
denen brauchst du dich nicht zu fürchten, mein Schatz",
sagte er lächelnd.

„Gibt es Ratten im Haus? Mir ekelt vor Ratten."

„Vielleicht im Keller, aber sicher nicht bei dir oben
im zweiten Stock."

Er streichelte ihre Brüste, die sich deutlich unter
dem seidenen champagnerfarbenen Nachthemd mit
den Spaghettiträgern abmalten. Seine geschickten Finger brachten sie bald zum Stöhnen. Als sie nach seinem besten Stück griff, schüttelte er lachend den Kopf.
„Genug für heute, geh wieder ins Bett."

*

Die Wetter-App auf ihrem Handy versprach für mittags Sonnenschein und achtzehn Grad. Nach dem
Frühstück, das aus Kaffee und Schokocroissants bestand, fragte sie Antonin, ob er mit ihr am berühmten Lungomare, dem Kaiser-Franz-Josef-Weg, der
zwölf Kilometer entlang der Küste – von Volosko
über Opatija bis Lovran – führte, spazieren gehen
würde.

„Später vielleicht. Ich arbeite momentan an einem Vortrag, den ich im Jänner an der Uniklinik in Rijeka halten werde."

Sie erkundigte sich nach dem Weg zum Hotel Miramar. Ihre Chefin hatte ihr nach einem Kurzurlaub dort von diesem Wellnesshotel vorgeschwärmt.

„Ein Saunabesuch würde meinen Bronchien bestimmt guttun", sagte sie.

„Ekelt dir nicht vor all diesen fremden nackten Körpern?"

Magdalena war leicht schockiert über seine Worte, verzichtete jedoch auf einen Saunabesuch.

Allein in ihrem Zimmer begann sie sich bald zu langweilen. Sie überlegte, sich ein Buch aus seiner Bibliothek zu borgen. In den Regalen hatte sie viele deutschsprachige Bücher gesehen. Aber ihre innere Unruhe war zu groß, sie würde keine Zeile behalten können.

Magdalena beschloss, ohne Antonin zu stören, den Rest des Hauses zu inspizieren.

Die Türen der beiden anderen Zimmer im zweiten Stock waren verschlossen. Zuerst sah sie auf dem Türstock des einen Zimmers nach. Prompt wurde sie fündig. Beinahe geräuschlos drehte sich der Schlüssel im Schloss.

Fast hätte sie laut aufgeschrien, als sie den Raum betrat und in die strengen, kalten Augen eines stattlichen Mannes blickte.

An der Wand gegenüber der Tür hing das lebensgroße Bildnis eines älteren Herrn. Seine Uniformjacke war mit zahlreichen Orden dekoriert. In seinem Gürtel steckte eine Pistole, in seiner Rechten hatte er einen Säbel, auf dem sich rote Spuren befanden, die wohl das Blut seiner Gegner darstellen sollten.

Erst jetzt bemerkte sie die schreckliche Unordnung in dem großen, mit Antiquitäten völlig überladenen Raum. Auf dem Bett stapelten sich Unmengen von Büchern, der altdeutsche Schreibtisch war übersät mit Kleinzeug: silbernen Zigarettenetuis, Zigarettenspitzen, Tabakdosen, Brieföffnern, Dolchen, Medaillons, Orden und Anstecknadeln ... Als sie nach einem der Medaillons griff, um sich das Bild darin näher anzusehen, erschrak sie und legte es wieder zurück. Hier hatte alles seine Ordnung, sowohl die Bücherstapel auf dem Bett als auch das vermeintliche Chaos auf dem Schreibtisch.

Da sie für das Ankleidezimmer keinen Schlüssel fand, verzichtete sie darauf, es in Augenschein zu nehmen, und schlich auf Zehenspitzen hinunter ins Erdgeschoß.

Die ehemaligen Dienstbotenräume waren nicht abgeschlossen. Der eine Raum war, ähnlich wie das Zimmer links vom Eingang, vollgeräumt mit altem Zeug. An den Wänden lehnten oder hingen Gewehre, Pistolen, Säbel, Degen und unzählige präparierte Jagdtrophäen, hauptsächlich Wildschweinköpfe sowie Geweihe von Rehböcken, Gämsen und Hirschen. Ein ausgestopfter Bär in einer Ecke ließ sie erschaudern. Die Luft war abgestanden, roch nach Putzmitteln und anderen Chemikalien.

Das andere Zimmer im Erdgeschoß war fast leer. Außer zwei Küchenkredenzen standen dort nur eine große Abwasch und ein desolater Herd, aus dem einige Kabel hervorquollen.

Neugierig öffnete sie eine der Kredenzen.

Thunfisch- und Sardinenkonserven, alte, verstaubte Marmeladengläser sowie jede Menge in Zellophan verpackte Croissants.

Hier bewahrt er also seine Lebensmittelvorräte auf, dachte sie, schnappte sich eine Fischkonserve und schlich mit ihrem Schatz hinauf in ihr Zimmer. Die Sardinen schmeckten ranzig.

Sie wollte endlich eine rauchen. Anstatt auf den Balkon zu gehen, verließ sie das Haus, rauchte im Garten und dämpfte den Tschick in einem Pflanzentrog, in dem ein Oleander vor sich hin gammelte, aus.

Auf einmal stand Antonin hinter ihr.

„Du musst nicht heimlich rauchen. Ich hasse solch kindisches Getue! Ich weiß, wie schwer es ist, damit aufzuhören, habe selbst jahrelang geraucht. Auch meine Eltern haben geraucht. Es erfordert einen ungeheuren Willen und große Disziplin, von diesem Laster loszukommen."

„Es tut mir leid", murmelte sie.

„Du musst dich nicht entschuldigen, putz dir lieber die Zähne, mein Schatz. Ich warte im Salon auf dich."

Sie lief hinauf ins Bad, putzte sich brav die Zähne.

„Gehen wir heute Abend essen?", fragte sie, als sie ihm danach im Salon Gesellschaft leistete.

Er zögerte, meinte, die Preise in den Restaurants von Opatija wären unverschämt hoch. Sie könnten doch gemeinsam kochen, das wäre viel netter.

„Dann sollten wir etwas einkaufen. Du hast fast keine Lebensmittel im Haus."

„Ich hasse Einkaufen."

„Das kann ich erledigen. Ohne richtigen Herd werde ich aber nicht groß aufkochen können", sagte sie.

„Eine Pasta lässt sich sehr wohl auf der Camping-Gasplatte zubereiten", behielt er das letzte Wort.

*

Nach Sonnenuntergang wird der Ortskern von Opatija in vollem Glanz erstrahlen, dachte Magdalena, als sie allein in die Stadt hinunterging. Die Hauptstraße war mit Weihnachtsbeleuchtung geschmückt, auch alle Geschäfte und Lokale waren mit Lichterketten dekoriert. Magdalena hoffte, Antonin wenigstens zu einem Abendspaziergang überreden zu können.

Im Konzum kaufte sie außer Klopapier eine Packung Spaghetti, eine Flasche Olivenöl, Balsamico-Essig und eingeschweißten Parmesan. In der kleinen Markthalle nebenan erstand sie, kurz bevor diese zusperrte, ein Häuptel Kochsalat, Kartoffel, Zitronen und Petersilie. Zuletzt kaufte sie am Fischmarkt im hinteren Teil der Halle eine Dorade.

Als sie nach ihrer Rückkehr ihre Einkäufe auf dem großen Esstisch ausbreitete, musterte er sie mit missbilligenden Blicken.

„Wer soll das alles essen? Außerdem hast du dir eine alte Dorade andrehen lassen. Schau her!" Er deutete auf das tote Tier. „Einen frischen Fisch erkennt man an den Augen, sie müssen feucht und glasklar sein, die Pupillen prall und nach außen gewölbt. Diese Fischaugen sind trüb und eingefallen."

„Das wusste ich nicht", murmelte sie beschämt.

„Die Haut sollte weich und feucht sein, einen seidigen Glanz aufweisen", fuhr er fort. „Und die Kiemen müssen leuchtend rot sein. Du hast bestimmt auch keine Fingerdruckprobe gemacht. Hier, drück mal in der Mitte fest drauf."

Obwohl sie sich ein bisschen lächerlich vorkam, presste sie ihre Finger auf den Bauch des Fisches.

„Siehst du die Delle, die zurückgeblieben ist? Das ist eindeutig ein Beweis dafür, dass der Fisch nicht mehr genießbar ist. Du wolltest mich wohl vergiften?", scherzte er.

„Mein Gott, das tu... tut mir schreck... lich leid ...", stotterte sie.

Lächelnd nahm er sie in die Arme und hielt ihr einen kurzen medizinischen Vortrag: „Mit einer Fischvergiftung ist nicht zu spaßen. Bauchschmerzen, Durchfall und Erbrechen sind noch die harmlosesten Folgen. Es kann sogar zu Muskelkrämpfen und Lähmungen kommen."

Den Tränen nahe, teilte sie ihm mit, dass sie für heute Abend einen Tisch im Hotel Miramar bestellen möchte. „Ich würde dich gerne einladen, als kleines Dankeschön für alles", sagte sie leise.

Antonin zog seine dichten dunklen Brauen hoch, ließ sich aber gnädig dazu herab, mit ihr abends in dieses elegante Hotel essen zu gehen.

Sie bestellte sofort einen Tisch.

Wesentlich besser gelaunt nahm sie dann eine Dusche. Obwohl nur lauwarmes Wasser ankam, wusch sie sich auch die Haare.

Antonin hatte behauptet, keinen Föhn zu besitzen. Mittlerweile glaubte sie ihm nicht mehr alles. Sie lief hinunter in das unbenützte Badezimmer, durchsuchte dort sämtliche Schränke und Kommoden. Schließlich wurde sie fündig. Sie föhnte sich gleich unten die Haare. Der Föhn funktionierte nicht lange, sondern verursachte einen Kurzschluss.

Als das Licht nach einer Weile wieder anging, kam Antonin wütend in das große Badezimmer gestürzt und riss ihr den Föhn aus der Hand.

„Ich habe dir gesagt, dass du die elektrischen Leitungen nicht unnötig strapazieren sollst. Außerdem wird dieses Bad nicht benützt!"

Als er die Badezimmertür hinter sich zuschlug, brach sie in Tränen aus.

Sie räumte das saubere Geschirr vom Klodeckel weg, setzte sich auf die angeblich noch nie benützte

Toilette, machte hinein. Eine kindische Trotzreaktion, das war ihr bewusst. Danach fühlte sie sich besser.

Als sie eine Stunde später in den Salon kam und sich für ihre Unachtsamkeit mit dem Föhn entschuldigte, murmelte er etwas, das nach einer Entschuldigung klang, zog sie an sich, griff ihr unter den engen schwarzen Rock, den sie extra für den heutigen Abend ausgewählt hatte, riss ihr Strumpfhose und Slip vom Leib und nahm sie am Esstisch von hinten. Er tat ihr weh.

Nachdem er gekommen war, ließ er sie halbnackt auf dem Tisch liegen und verschwand.

Zuerst versuchte sie, seine Grobheit damit zu entschuldigen, dass er eben nach wie vor böse auf sie war. Plötzlich wurde jedoch auch sie wütend. Sie hatte die Nase voll von ihm und seinen Launen, ging in ihr Zimmer und beschloss, noch heute Abend ins Hotel Miramar zu übersiedeln.

Auf einmal stand Antonin in ihrem Zimmer. Mit schuldbewusstem Blick näherte er sich ihr, streckte seine Arme nach ihr aus. „Verzeih mir bitte. Ich weiß nicht, was in mich gefahren ist. Du machst mich verrückt. Ich ... ich lie...be dich ...“, stammelte er schluchzend.

Es dauerte eine Weile, bis es ihr gelungen war, ihn zu trösten.

Obwohl sie mit seinem Audi hinunter ins Hotel Miramar fuhren, kamen sie viel zu spät. Zum Glück hatte man einen Tisch im Wintergarten für sie freigehalten.

Ihr freundlicher Ober war etwa in Antonins Alter. Die beiden Männer schienen sich zu kennen. Antonin war dieses Zusammentreffen sichtlich unangenehm.

Der Ober benahm sich sehr formell, sprach Antonin mit „Herr Doktor“ an, als er ihm den Wein empfahl. Bedient wurden sie den Rest des Abends allerdings von einer Kellnerin.

Magdalena fragte Antonin, ob er den Ober näher kenne.

„Wir sind zusammen in die Volksschule gegangen. – Warum fragst du? Interessierst du dich etwa für das Personal hier?"

„Nein, nein ... verzeih, ich hab ... nur gedacht ..."

„Beruhige dich, mein Liebling. Ich habe es nicht ernst gemeint." Er tätschelte ihre Hand, lächelte sie verführerisch an und streichelte ihre Knie.

Das Dinner in dem hellerleuchteten Hotel am Meer verlief ohne weiteren unerfreulichen Zwischenfall. Angesichts des exzeptionellen Fischbuffets vergaß Magdalena auf den blöden Streit und den brutalen Sex. Noch nie hatte sie so viele verschiedenartig zubereitete Fische und Meeresfrüchte gesehen: Jakobsmuscheln, Thunfisch- und Lachs-Carpaccio, Muscheln in wunderbar würziger Sauce, gebackene Tintenfischringe, Oktopussalat, Scampi in köstlicher selbstgemachter Cocktailsauce, gegrillte Garnelen und andere Meerestiere ...

Antonin langte beim Buffet ebenfalls kräftig zu, bediente sich gleich zweimal bei den köstlichen überbackenen Jakobsmuscheln. Er hatte eine Flasche Malvasia bestellt und benahm sich während des Essens sehr charmant und aufmerksam, holte ihr sogar Salat vom Buffet.

Aus der Habsburg-Bar im Untergeschoß erklang Tanzmusik herauf in den Speisesaal.

Sie hätte gerne mit Antonin getanzt. Die Band spielte Walzer, Tango und Foxtrott. Magdalena hatte einen kleinen Schwips, begann mitzusummen. Doch Antonin drängte nach dem Kaffee zum Aufbruch. Er sei zwar ein guter Tänzer, fühle sich aber unter all diesen Touristen hier nicht wohl, außerdem hasse er Schlagermusik, sagte er und verlangte die Rechnung.

Nachdem sie bezahlt hatte, sprang er auf und eilte durch den festlich geschmückten mediterranen Hotelgarten hinauf zur Straße, wo er den Wagen stehengelassen hatte. Keuchend lief Magdalena hinter ihm her.

In dieser Nacht schlief er nicht mit ihr. Er sagte, er fühle sich nicht wohl, sei nicht mehr daran gewöhnt, abends so viel zu essen, könne sicher nicht einschlafen.

Sofort bekam sie Schuldgefühle, weil sie ihn zu diesem wunderbaren Abendessen überredet hatte, tröstete sich aber rasch mit der Lektüre eines Buches über Abbazia, das sie in Antonins Bibliothek entdeckt hatte.

Abbazia, wie Opatija um 1900 hieß, war einer der wichtigsten Kurorte der k. u. k. Monarchie gewesen. Nicht nur die zum Hotel Miramar gehörige Villa Neptun, in der sie gespeist hatten, auch viele andere Hotels und Villen hatten den österreich-ungarischen Adel und reiche Großbürger aus Wien, ja sogar viele europäische Majestäten vor allem in den Wintermonaten beherbergt. Berühmte Wiener Ärzte, wie zum Beispiel Theodor Billroth, schickten ihre hochherrschaftlichen Patienten hierher an die Adria und behandelten sie meist erfolgreich vor Ort.

Den Rest der Nacht schlief sie, trotz ihrer Schuldgefühle und ihres vollen Magens, tief und fest.

*

Antonin hatte ihr für den nächsten Tag einen Ausflug entlang der Küste nach Lovran und Mošćenička Draga versprochen.

Sie hatte verschlafen, oder besser gesagt endlich einmal sieben Stunden lang durchgeschlafen, vielleicht dank des exzellenten kroatischen Weins gestern Abend.

Als sie um neun Uhr zum Frühstück im Salon erschien, hatte er den Tisch bereits abgeräumt.

„Aus unserem Ausflug wird leider nichts. Mein Wagen ist heute Nacht gestohlen worden."

„Wie bitte? Das darf doch nicht wahr sein! Hast du die Polizei verständigt?"

„Natürlich. Sie werden mich zurückrufen, falls sie ihn finden."

Er schien sich nicht allzu viel aus dem Verlust seines tollen Wagens zu machen, versuchte vielmehr, sie zu beruhigen. Vielleicht würden sie ja den Autodieb vor der Grenze zu einem der Nachbarländer erwischen. Auf jeden Fall wolle er zu Hause bleiben und auf den Anruf der Polizei warten, sagte er.

Der schnittige Audi stand tatsächlich nicht mehr auf der schmalen Straße vor dem heruntergekommenen Haus schräg gegenüber, als sich Magdalena allein auf den Weg ins Zentrum machte.

Die Kamelienbüsche in den Gärten der zum Teil unbewohnten Villen standen in voller Blüte. Sie knipste eine über dem Zaun hängende Blüte ab, steckte sie in den oberen Knopf ihrer Daunenjacke. Beschwingt schlenderte sie weiter durch das Villenviertel, vorbei an renovierten Hotels und schönen kleinen Geschäften hinunter zum Meer.

Der Lido von Opatija hatte sich in ein Wintermärchen mit Eislaufbahn und Adventmarkt verwandelt. Eine Weile schaute Magdalena den Eisläufern zu. Als ihr kalt wurde, ging sie ins Café Wagner, setzte sich an einen Tisch auf der Terrasse unter den Arkaden, wickelte sich in eine Wolldecke, genoss den Blick aufs Meer, ihren Cappuccino und eine riesige Cremeschnitte.

Auf einmal fühlte sie sich unwohl, bildete sich ein, dass jemand sie beobachtete. Verstohlen drehte sie sich mehrmals um, konnte aber niemanden entdecken. Ihre innere Unruhe wurde schlimmer. Sie brauchte dringend eine Zigarette. Wegen Antonin hatte sie seit ihrer Ankunft in Opatija ja kaum geraucht. Blöderweise hatte sie ihr Päckchen in der Villa vergessen.

Wieder hatte sie das Gefühl, angestarrt zu werden. War ihr Antonin womöglich gefolgt? Obwohl es hieß, Verliebte seien blind, war sie nicht völlig blind für sein neurotisches Verhalten. Er litt eindeutig unter einem schlimmen Kontrollzwang.

Ihr Blick fiel auf einen Kiosk am zubetonierten Strand. Vor dem Kiosk stand der sympathische Ober aus dem Hotel Miramar. Er rauchte, sah nicht zu ihr herüber.

Sie schnappte ihre Handtasche, ging zum Kiosk und begrüßte ihn mit einem freundlichen Lächeln.

Er lächelte zurück.

Sie fragte ihn, welche kroatischen Zigaretten halbwegs nikotinarm seien.

„Probieren Sie die mal", sagte er und bot ihr eine von seinen an.

„Danke!"

Er gab ihr Feuer. „Mein Name ist Luca", sagte er.

„Sie sind mit Antonin in die Schule gegangen?", fragte Magdalena in der Hoffnung, mehr über die Kindheit ihres Geliebten zu erfahren.

„Nur in die Volksschule. Nach dem Tod seiner Mutter hat ihn sein Vater in ein Internat gesteckt."

Magdalena bemühte sich, ihre Verwunderung zu verbergen.

„Ich wusste nicht, dass sie schon so früh gestorben ist. War sie krank?"

Luca antwortete nicht sogleich. „Das sollten Sie vielleicht besser Antonin fragen."

„Ja natürlich, aber Sie haben mich neugierig gemacht."

„Wie gefällt Ihnen Opatija? Sind Sie zum ersten Mal hier?", wechselte er das Thema.

„Entschuldigen Sie bitte, ich muss zurück ins Café, sonst denken die womöglich, ich will die Zeche prellen. Wir sehen uns bestimmt bald wieder. Das Fischbuffet gestern Abend war übrigens sensationell!"

Sie kaufte ein Päckchen Zigaretten und kehrte im Laufschritt zurück an ihren Tisch auf der Terrasse, zog genüsslich an ihrer Zigarette und sah dem Rauch nach, der sich unter den Arkaden nicht so schnell verflüchtigte.

Die roten und weißen Kameliensträucher rund um die Terrasse boten einen fantastischen Kontrast zum Wasser, das von einem wunderbaren Hellblau war, fast von demselben Blau wie der Himmel. Geschützt durch die gegenüberliegenden Inseln Krk und Cres, glich das Meer einem riesigen See.

Auf dem Heimweg kam sie wieder am Konzum vorbei. Sie beschloss, eine Flasche Sekt für den Abend und Minzbonbons, die frischen Atem versprachen, zu kaufen.

An der Kasse stand vor ihr eine alte Frau in der Schlange. Mit ihrem Buckel und ihren ungepflegten krausen grauen Haaren sah sie wie eine Hexe aus.

Die Frau kam ihr bekannt vor. Wohnte sie nicht in dem baufälligen Haus schräg gegenüber von Antonins Villa?

Die Alte deutete ihr, vorzugehen. Magdalena dankte ihr.

Vor dem Geschäft rauchte sie noch eine Zigarette. Als die alte Frau, bepackt mit zwei großen Taschen, herauskam, sprach Magdalena sie an.

„Ich glaube, wir sind Nachbarinnen. Soll ich Ihnen tragen helfen?" Da sie nicht wusste, ob die alte Frau Deutsch verstand, griff sie einfach nach den beiden Einkaufstaschen.

„Hvala", sagte die Alte. „Vielen Dank!", wiederholte sie auf Deutsch und grinste Magdalena an. Ihr fehlten zwei Vorderzähne, ihre Gesichtshaut war voller Altersflecken, außerdem schielte sie ein wenig. Sie hat tatsächlich Ähnlichkeit mit einer Hexe, dachte Magdalena und verkniff sich ein mitleidiges Lächeln.

„Ich heiße Christina."

„Ich bin Magdalena."

Schweigend gingen sie nebeneinander die schmale steile Straße hinauf. Die alte Frau mit dem gekrümmten Rücken war gut zu Fuß. Magdalena kam bald ins Schnaufen, setzte die schweren Taschen kurz ab.

Christina blieb ebenfalls stehen und blickte sie besorgt an.

„Bist du krank?", fragte sie.

Magdalena schüttelte den Kopf. „Nein, nein, ich rauche nur zu viel."

„Du musst aufpassen", sagte Christina. „Villa Ostara ist nicht gut für Frauen! Sie sterben jung."

„Wie bitte?"

Die Alte sprach ganz passabel Deutsch, hatte allerdings einen starken Akzent.

„Ostara war eine schöne, aber sehr arme Frau."

„Sie sprechen von Antonins Mutter?"

Christina nickte, griff sich mit Daumen und Zeigefinger an den Hals, verdrehte dabei die Augen zum Himmel und seufzte.

„Mein Gott, ist sie erwürgt worden?"

Die Alte nickte, sagte jedoch: „Aufgehängt."

„Wie bitte?", schrie Magdalena. „Seine Mutter hat sich erhängt?"

Die alte Frau schielte sie traurig an. „Der General war ein böser Mann", murmelte sie.

Magdalena war dermaßen schockiert, dass sie keine weiteren Fragen mehr stellte, die Einkaufstaschen hochhob und einfach weiterging.

Christina schlurfte schweigend neben ihr her.

Plötzlich kam Magdalena doch noch eine Frage in den Sinn.

„Dr. Vukovićs Auto ist in der Nacht gestohlen worden. Haben Sie zufällig etwas gesehen? Der Wagen stand direkt vor Ihrem Haus."

„Nicht gestohlen. Er hat ihn heute in der Früh zurückgebracht."

Magdalena starrte sie mit offenem Mund an.

„Der Doktor hat kein Auto. War Auto von Autoverleih, unten beim Grand Hotel Palace", bekräftigte die Alte.

Am liebsten hätte Magdalena hysterisch losgelacht. Sie beherrschte sich jedoch, überlegte, was sie nun machen sollte, Antonin mit seinen Lügen konfrontieren oder einfach weiter so tun, als glaubte sie alles, was er sagte?

Beim verrosteten Gartentor gegenüber der Villa Ostara gab sie der Nachbarin ihre Einkaufstaschen zurück und verabschiedete sich rasch.

*

Antonin schien übler Laune zu sein. „Wo warst du so lange?", fragte er, anstatt sie zu begrüßen.

„Spazieren am Meer." Sie war nicht gewillt, sich erneut von ihm einschüchtern zu lassen.

„Ich habe gesehen, wie du mit der alten Christina den Berg heraufgekommen bist. Worüber hast du mit dieser Verrückten geredet? Sie war monatelang in der Psychiatrischen Klinik auf der Insel Rab. Halte dich lieber fern von ihr. Sie ist gefährlich. Paranoide Schizophrenie. Ich nehme an, du weißt, was das bedeutet."

Seine Arroganz machte sie wütend. Sie hatte auf ihrer Station täglich mit paranoiden Schizos zu tun. Bei der alten Nachbarin hatte sie keinerlei Symptome dieser Erkrankung festgestellt. Entweder war sie medikamentös hervorragend eingestellt oder Antonin tischte ihr schon wieder eine Lügengeschichte auf.

„Wir haben über den schrecklichen Selbstmord in deiner Familie geredet", sagte sie und blickte ihn herausfordernd an.

Sein Gesicht wurde eine Spur bleicher, als es ohnehin war.

„Sie hat zu viele Psychopharmaka geschluckt ...", stammelte er.

„Wie bitte?" Hatte Christina nicht behauptet, dass sich seine Mutter erhängt hatte?

„Saskia litt unter einer bipolaren Störung, hat Lithium genommen, wenn nötig auch Antidepressiva. Ich habe sie selbst behandelt, aber sie hat oft eigenmächtig ihre Medikation geändert. Ich konnte nicht Tag und Nacht auf sie aufpassen. Als ich eines Tages von der Klinik nach Hause kam, lag sie mit aufgeschnittenen Pulsadern unten im Badezimmer in der Wanne. Sie lebte noch, als ich sie fand ..."

Er hielt sich die Hände vors Gesicht, stöhnte leise.

Magdalena verstand nun, warum er das geräumige Bad nicht mehr benutzte. Seine Frau war ihm also nicht davongelaufen, sondern hatte sich umgebracht, so wie einst seine Mutter. Antonin tat ihr schrecklich leid.

Im großen Salon war es kalt, ungemütlich und totenstill. Die einzigen Geräusche stammten von Antonin, der sich hin und wieder schnäuzte. Seine Augen waren feucht, sein schöner Mund zitterte leicht, als er in vorwurfsvollem Ton sagte: „Du hast mich mit deiner Erkältung angesteckt."

Seit wann ist eine Bronchitis ansteckend, hätte sie den Herrn Doktor am liebsten gefragt. Doch ihr Mitleid war stärker. Sie wagte es nicht, jetzt auch noch den Selbstmord seiner Mutter anzusprechen, sondern drückte ihn fest an sich.

„Lass mich", schluchzte er, befreite sich aus ihrer Umarmung und lief aus dem Zimmer.

Sie brachte den Sekt hinunter in die ehemalige Küche, legte dann ein paar Holzscheiter in den Kamin im Salon und machte Feuer.

Da Antonin nicht zurückkam, ging sie auf ihr Zimmer, legte sich angezogen auf das Bett seiner Mutter. Oder hatte erst seine Ex-Frau dieses Bett angeschafft? Die Matratze schien ziemlich neu zu sein? Zwei schreckliche Selbstmorde in einer Familie. Die Frauen in der Villa Ostara sterben jung, erinnerte sie sich an Christinas Worte.

Seine Frau Saskia hatte ihn verlassen, war mit ihrem Liebhaber in die USA gegangen – das hatte Antonin ihr in einem Mail geschrieben. Womöglich hatte er sie nicht gehen lassen wollen? Magdalena wagte den nächsten Gedanken nicht zu Ende zu denken. Saskia hatte sich die Pulsadern aufgeschnitten, hatte er behauptet. Wer weiß, ob er die Wahrheit gesagt hatte. Er schien ein notorischer Lügner zu sein. Nannte man diesen Drang zum krampfhaften Lügen und Übertreiben nicht Pseudologia phantastica? Sie versuchte, sich alles in Erinnerung zu rufen, was sie über diese Krankheit einst gelernt hatte. Neigung zur dramatischen Selbstdarstellung, gesteigertes Geltungsbedürfnis, bemüht, immer im Mittelpunkt zu stehen, massive Unsicherheit ... Während sie diese Symptome repetierte wie bei einer Prüfung, vernahm sie wieder merkwürdige Geräusche. Dieses Mal klang es weniger nach einem Scharren und Kratzen. Sie bildete sich ein, Schritte zu hören, die eindeutig von einem der Räume nebenan kamen. Sie lauschte.

In dem verschlossenen Ankleidezimmer seiner Ex-Frau war jemand.

Genug gefürchtet, dachte sie. Vorsichtig öffnete sie ihre Tür.

Im ganzen Haus war es mucksmäuschenstill. Weit und breit war keine Menschenseele zu sehen. Plötzlich wieder Schritte. Jemand schlich die Treppe hinunter. Das konnte nur Antonin sein. Sie wollte nach ihm rufen, ihn fragen, ob er zu ihr gewollt hatte, dann kam ihr eine bessere Idee. Sie hielt den Atem an, wartete eine Weile.

Einer ihrer schwierigen Patienten hatte ihr einmal gezeigt, wie man mit einer Kreditkarte ein einfaches Schloss aufbekam. Es dauerte keine Minute und die Tür des dritten Zimmers sprang auf.

Der Gestank nach Mottenkugeln, der ihr entgegenschlug, raubte ihr beinahe den Atem. In dem Zimmer war es stockfinster. Alle Fensterläden waren geschlossen.

Sie machte das Licht an. Vor Schreck zuckte sie zusammen. Mindestens zwanzig tote Augenpaare starrten ihr entgegen. Die meisten Kleiderpuppen und Puppenköpfe hatten kahle Häupter. Einige zierten jedoch Langhaar- und Kurzhaarperücken in den verschiedensten

Farben. Der Rest dieses riesigen Schrankraums war vollgestopft mit Schuhen, Schals und edlen Gewändern aus Samt und Seide.

War Antonin komplett verrückt? Warum hob er die Klamotten seiner Ex-Frau bis heute auf? Und was hatte er gerade in diesem unheimlichen Zimmer gemacht? Die weichen Stoffe sehnsüchtig an seine Wangen geschmiegt, mit den Händen in ihren Kleidern gewühlt oder sich gar an ihren High Heels aufgegeilt? Mittlerweile traute sie ihm jede Perversion zu.

Schwer beunruhigt ging sie hinunter in den Salon. Ihr Entschluss, so bald wie möglich abzureisen, stand fest.

Antonin lag auf der Ledercouch vor dem Kamin, sah nicht einmal von seiner Lektüre auf, als sie sich der Couch näherte.

„Ich werde morgen mit dem Mittagszug zurück nach Wien fahren", sagte sie.

Er sprang auf, sah sie entgeistert an. „Was ist? Fühlst du dich nicht wohl bei mir? Lass uns miteinander reden, Liebes."

Sie streichelte sein schönes Gesicht. „Ich liebe dich, aber ich habe das Gefühl, wir passen nicht zueinander. Außerdem fürchte ich mich in diesem Haus, in dem so schreckliche Dinge passiert sind."

„Wovon sprichst du?"

„Vom Selbstmord deiner Frau. Inzwischen weiß ich auch, dass sich deine Mutter hier umgebracht hat ..." Sein entsetzter Blick ließ sie verstummen.

„Wir beide leben jetzt, im Hier und Heute, wir lieben uns, vergiss die Vergangenheit", sagte er und küsste sie leidenschaftlich.

Ein heftiger Hustenanfall Magdalenas beendete den langen Kuss. Ihre Bronchitis war schlimmer geworden.

Kein Wunder bei der Kälte und Feuchtigkeit in diesem alten Gemäuer.

„Ich bitte dich, bleib bei mir. Ab sofort werde ich meine Arbeit liegenlassen, mich nur mehr um dich kümmern. Du wirst sehen, mein Liebling, wir werden eine wundervolle Zeit miteinander verbringen."

Er redete auf sie ein, machte ihr die schönsten Komplimente und verführerischsten Versprechen, deutete sogar an, sie heiraten zu wollen, sprach von einem gemeinsamen Kind. Magdalena konnte keinen klaren Gedanken mehr fassen.

Als er sie zu liebkosen begann, wurde sie schwach. Sie ließ sich von ihm verwöhnen, traf aber keinerlei Anstalten, ihn ebenfalls zu befriedigen.

Nachdem sie gekommen war, verließ zur Abwechslung einmal sie ihn.

In ihrem Zimmer war es saukalt. Sie drehte den Elektrostrahler auf die höchste Stufe. Sollte es ruhig einen zweiten Kurzschluss geben, momentan war ihr das völlig egal. Ihr Entschluss, morgen zurück nach Wien zu fahren, war jedoch leicht ins Wanken geraten. Vielleicht hatte Antonin recht und sie musste aufhören, andauernd an die beiden toten Frauen zu denken. Sie legte sich ins Bett und schlief bald ein.

Lautes Klopfen weckte sie zwei Stunden später.

Antonin stand auf der Türschwelle.

„Magst du nicht herunterkommen? Es ist schon achtzehn Uhr vorbei."

„Gib mir bitte ein paar Minuten."

Der große Tisch im Salon war gedeckt mit zwei Desserttellern und zwei bereits eingeschenkten Sektgläsern. In der Mitte des Tisches stand ein Kuchen.

„Überraschung", sagte er und legte ihr einen wunderschönen pastellfarbenen Seidenschal um den Hals.

Sie errötete und stammelte: „Aber es ist doch noch nicht Weihnachten ..."

„Ich feiere, wann ich will", sagte er lächelnd und fütterte sie sogleich mit einem Stück Kuchen.

„Selbst gebacken?", fragte sie, obwohl sie wusste, dass er keinen Herd, geschweige denn ein Backrohr hatte.

„Das würde ich niemals wagen. Meine Mutter hat den besten Weihnachtskuchen der Welt gemacht, leider hat sie mir das Rezept nie verraten. Diesen habe ich heute früh, als du noch geschlafen hast, in der Stadt besorgt."

Als du den Leihwagen zurückgebracht hast, dachte sie. Trotzdem war sie gerührt und fand sogleich eine Entschuldigung für seine Lügerei, was den Wagen betraf. Er hatte ihr halt imponieren wollen. Männer waren manchmal so kindisch, glaubten tatsächlich, ein schnelles, teures Auto würde jede Frau beeindrucken.

Da sie seit der exorbitanten Cremeschnitte im Café Wagner nichts mehr gegessen hatte, langte sie bei dem Weihnachtskuchen kräftig zu. Er schmeckte nach Lebkuchen und ein bisschen nach Mandeln.

Antonin rührte den Kuchen nicht an, griff nach seinem Sektglas und stieß mit ihr an. Als er seine schönen feingliedrigen Hände über ihr Gesicht und ihren Hals wandern ließ und ihren Nacken zu liebkosen begann, vergaß sie wieder einmal auf alles, was bisher passiert war.

Nachdem sie sich auf der Chaiselongue geliebt hatten, wurde ihr übel. Dabei hatte sie nur ein Gläschen Sekt getrunken.

Antonin brachte sie zu Bett, gab ihr ein Medikament gegen Magenbeschwerden und ein Glas Wasser. Dann ließ er sie allein.

Sie spülte die Pille nicht mit dem Wasser hinunter, behielt sie unter der Zunge, wartete, bis er das Zimmer verlassen hatte, und spuckte sie in den kleinen Nachttopf, der unter dem Bett stand. Sie nahm so gut wie nie Medikamente.

In ihrem Kopf drehte sich alles. Völlig wirre Gedanken nahmen von ihr Besitz.

Sie sah den kleinen Antonin versteckt hinter der großen, halb offenstehenden Flügeltür stehen und dabei zusehen, wie sein Vater, der furchteinflößend aussehende General, seine Frau am Kronleuchter des Salons erhängte ...

Der vorhin genüsslich verspeiste Kuchen landete als hässlicher brauner Brei ebenfalls im Nachttopf. Zuletzt kam nur mehr gelblicher Schleim aus ihrem Mund.

Im Dunkeln tastete sie sich mit dem Töpfchen in der Hand über den Gang, bemüht, keinen Lärm zu machen. Prompt stolperte sie über die Holzstatue des heiligen Jakob neben der Toilettentür. Sekunden später ging das Licht am Gang an. Kurz darauf stand Antonin hinter ihr in der Toilette. Sie schaffte es gerade noch, die Spülung zu betätigen.

Er legte den Arm um ihre Schultern und brachte sie zurück in ihr Schlafzimmer. Leise redete er ihr zu, sich wieder hinzulegen. Als er sie zudeckte, sah sie ihm in die Augen. Sein Blick war kalt, er wirkte verärgert. Auf einmal hatte sie wirklich Angst vor ihm.

*

Am nächsten Morgen stand Antonin mit einer Tasse Tee vor ihrem Bett.

„Geht es dir besser, mein armer Schatz?"

„Danke, viel besser. Ich muss gestern irgendetwas Falsches erwischt haben."

„Vielleicht war die Cremeschnitte im Café Wagner, von der du so geschwärmt hast, verdorben?", meinte er.

Wegen ihrer gestrigen Unpässlichkeit empfahl er ihr, nur Tee zu trinken und altes Brot zu essen. Obwohl sie einen Riesenhunger hatte, hielt sie sich an seinen Rat.

Als er sie in den Salon hinunter geleitete, drehte sich alles in ihrem Kopf.

Sie sah eine Frau in einem dunkelblauen Abendkleid von dem prächtigen Luster baumeln. Die weit aufgerissenen Augen der schönen Frau starrten ins grelle Licht, ihre Gliedmaßen zitterten ein wenig, ihr Mund war leicht geöffnet.

Ich halluziniere, dachte Magdalena. „Ich glaube, ein bisschen frische Luft würde mir guttun", sagte sie zu Antonin, der sie besorgt ansah. „Lass uns einen kleinen Spaziergang am Lungomare machen."

Sein Gesicht verdüsterte sich. Eben noch liebevoll und fürsorglich, wirkte er nun verstimmt.

„Du leidest offensichtlich unter einer massiven inneren Unruhe. Agitierte Depression nennen wir Psychiater das. Eigentlich solltest du dir das als Psychologin selbst diagnostizieren können. Dein Bewegungsdrang ist mehr als auffällig. Wovor läufst du bloß davon? Anscheinend leidest du unter irrationalen Ängsten und unter Schlaflosigkeit, bist zumindest in den vergangenen Nächten andauernd im Haus herumgeschlichen. Ich würde dir zumindest Xanor empfehlen oder vielleicht ein Antidepressivum."

So wie deiner Frau, hätte Magdalena am liebsten gesagt. Wieder tauchten schreckliche Bilder vor ihrem inneren Auge auf: Antonin, wie er Saskia mit einer

Überdosis zum Schweigen brachte, sie in die Badewanne legte, ihr die Pulsadern aufschnitt ...

Sie machte sich von ihm los, holte ihre Daunenjacke, die im Vorzimmer hing, und schlug die Haustür hinter sich zu.

Um elf Uhr fünfundfünfzig fuhr ein Zug nach Ljubljana, dort konnte sie in den Schnellzug nach Wien umsteigen, so wie sie es ihm gestern angedroht hatte. Aber sie fühlte sich zu schwach. Allein der Gedanke, sich selbst und ihren schweren Koffer den Berg hinauf zum Bahnhof Matulji zu schleppen, erschien ihr völlig absurd. Sich ein Taxi zu bestellen, kam ihr nicht in den Sinn. In ihrem Kopf drehte sich alles. Ihr war schwindlig, als sie den Hang hinunter Richtung Hotel Miramar torkelte.

Auf halbem Weg begegnete sie der alten Christina. Sie kam von der Sonntagsmesse in der Kapelle Sveti Jakov unten am Meer.

Christina fragte, ob es ihr nicht gutgehe, und schielte dabei auf Magdalenas neuen pastellfarbenen Schal.

Magdalena gestand, dass sie sich hundeelend fühlte.

Die Alte nahm sie am Arm und brachte sie in ihr Haus.

In Christinas überheiztem kleinem Wohnzimmer stank es nach Katzenpisse. Die Polstermöbel waren voller Katzenhaare, doch keines der Tiere ließ sich blicken. Magdalena drehte sich erneut der Magen um.

„Leg dich aufs Sofa!" Christina sah sie lange und forschend an. Da sie schielte, wirkten ihre Blicke beinahe bedrohlich. „Ich bringe dir gleich etwas. Das wird dir helfen."

Magdalena war völlig durcheinander, wusste nicht, vor wem sie sich momentan mehr fürchtete, vor dieser schizophrenen Hexe mit dem irren Blick oder vor dem verrückten Psychiater im Haus gegenüber.

Die Alte kam mit einem kleinen braunen Fläschchen und einem Eimer zurück. „Brechwurzelsirup. Trink das."

Magdalena wehrte Christinas Versuche, ihr den Sirup einzuflößen, mit beiden Händen ab.

Die alte Frau war kräftiger, als sie aussah, zwang sie, das scheußlich schmeckende Zeug hinunterzuschlucken.

Kurz darauf musste sich Magdalena heftig übergeben. Christina half ihr dabei, in den Eimer zu treffen. „Gut so, alles muss raus", murmelte sie.

„Zuerst habe ich gedacht, Antonin ist nur ein harmloser Zwangsneurotiker, aber er leidet unter einer narzisstischen Persönlichkeitsstörung, vielleicht ist er sogar ein Borderliner ...", stammelte Magdalena, nachdem sie sich von der Brechorgie ein bisschen erholt hatte.

„Er ist genauso schlimm wie sein Vater. Du musst sofort zurück nach Österreich", sagte Christina.

„Nicht bevor ich weiß, was in der Villa Ostara tatsächlich passiert ist. Hat Antonin seine Frau ermordet, als sie sich von ihm trennen wollte?"

Die Alte zuckte mit den Schultern. Ein paar Minuten später hielt sie ihr ein Foto vor die Nase. „Du siehst seiner Frau sehr ähnlich."

Die große, schlanke Blondine mit den blauen Augen auf dem Bild besaß tatsächlich eine gewisse Ähnlichkeit mit Magdalena. Außerdem trug sie einen pastellfarbenen Seidenschal um ihren Hals. Antonins großzügiges Geschenk!

Wenigstens wusste sie jetzt, warum er gestern im Ankleidezimmer seiner Ex-Frau gewesen war.

„Wer hat das Foto gemacht?", fragte sie.

„Selfie", sagte Christina grinsend. „Saskia gute Fotografin."

Erst jetzt wurde Magdalena bewusst, dass sie in der Villa Ostara kein einziges Bild von Antonins Ex-Frau gesehen hatte.

Obwohl die Alte sie nicht gehen lassen wollte, bestand Magdalena darauf, in die Villa Ostara zurückzukehren. Diese beiden Selbstmorde ließen ihr keine Ruhe. Sie wollte Antonin unbedingt zur Rede stellen.

Beim Abschied drängte Christina ihr den Rest des Fläschchens mit Brechwurzelsirup auf. Sie war sehr aufgeregt. „Nach jedem Essen ein paar Schluck! Und ja keine Tabletten von ihm! Er kein Doktor mehr ..." Sie suchte offensichtlich nach dem richtigen Wort. „Er selber krank, selber Patient. Wir gemeinsam auf Insel Rab im Spital."

Was schwafelt die Alte da für Unsinn, fragte sich Magdalena. Vielleicht hatte Antonin doch recht gehabt und Christina litt tatsächlich unter Verfolgungswahn. Vor drei Monaten war sie Antonin auf dieser psychiatrischen Tagung in Wien zum ersten Mal begegnet. Nicht nur sie war von seinen brillanten Diskussionsbeiträgen beeindruckt gewesen, selbst ihre an sich überkritische Chefin, die Frau Primaria, hatte ihn für genial gehalten.

Sie verschob die Aussprache mit Antonin auf später, ging nicht hinüber zur Villa Ostara, sondern spazierte zum Meer hinunter, vorbei an dem berühmten Hotel Kvarner, dem ersten von der Südbahngesellschaft im 19. Jahrhundert erbauten Luxushotel in Opatija, und dann den Lungomare entlang bis zum Hotel Miramar.

Zum Glück hatte Luca heute Dienst. Sie wartete draußen unter dem Vordach der Habsburg-Bar, bis er

Zeit für sie hatte, trank einen Cappuccino und rauchte eine Zigarette. Ihr war nach wie vor flau im Magen, aber das konnte auch an der Zigarette liegen.

Als sich Luca endlich zu ihr gesellte, fragte sie ihn geradeheraus, was es mit dem Selbstmord von Antonins Mutter auf sich hatte.

Luca fühlte sich sichtlich unwohl, war jedoch zu höflich, um nicht zu antworten.

„Ich weiß nicht viel darüber, weiß nur, dass sie sich am Kronleuchter im Salon der Villa erhängt hat. Ihr Mann war ein hohes Tier beim Militär. Es gab einen großen Skandal. Die Polizei ermittelte gegen ihn, weil die roten Flecken auf ihrem Hals nicht nur von dem Seil zu stammen schienen. Sie stellten die Ermittlungen wegen Mordes bald wieder ein. Ich war damals ein Kind ...“

„Mord?“ Magdalena schrie so laut, dass sich einige Hotelgäste, die in ihren weißen Bademänteln gerade aus der Sauna kamen und ins Meer sprangen, um sich abzukühlen, nach ihr umdrehten.

Obwohl sie sich selbst bereits ausgemalt hatte, wie Antonins Vater seine Frau umgebracht hatte, und auch Christina solche Andeutungen gemacht hatte, war es noch einmal etwas anderes, bestätigt zu bekommen, dass ihr Verdacht kein Produkt ihrer ausufernden Fantasie gewesen war.

Luca schien peinlich berührt, wollte sich zurückziehen. Magdalena hielt ihn am Ärmel seines Hemdes fest: „Sie müssen mir alles erzählen. Wann haben Sie Dienstschluss?“

„Nach dem Abendessen, circa um zweiundzwanzig Uhr.“

„Wir treffen uns in der Habsburg-Bar. Nein, ich werde lieber hier draußen auf Sie warten. Auf der Terrasse werden wir um diese späte Stunde ungestört sein.“

Luca war deutlich anzumerken, dass er keine Lust hatte, weiter mit ihr über die Familie seines ehemaligen Schulkollegen zu reden. Doch sie sah ihn mit ihren schönen blauen Augen so flehend an, dass er schließlich einwilligte, sie abends zu treffen.

∗

Als sie in die Villa zurückkehrte, empfing Antonin sie mit einem einfachen Essen. Er behandelte sie wie eine Rekonvaleszente und stellte keine Fragen, als er ihr Spaghetti mit Tomatensauce und Parmesan servierte. Zwar lobte sie seine Kochkünste, ließ aber die Hälfte ihrer Pasta stehen.

Der Rotwein, den er ihr kredenzte, schmeckte ausgezeichnet, doch sie hielt sich zurück, trank nur ein halbes Glas. Angeblich stammte der Refosco von dem Weingut seines Onkels. Hatte er überhaupt einen Onkel? Magdalena glaubte ihm kein Wort mehr.

Sie wagte nicht, ihn direkt zu fragen, ob er seinen Job verloren hatte oder suspendiert worden war. Sie fragte ihn nur, ab wann er wieder arbeiten müsse.

„Schon bald. Doch sprechen wir jetzt nicht von meiner Arbeit. Du bist krank und gehörst ins Bett."

Sie widersprach nicht, da ihr nach dem Essen tatsächlich wieder übel geworden war.

Er brachte sie in ihr Zimmer und war die Liebenswürdigkeit und Fürsorglichkeit in Person. Alle Zwistigkeiten schienen vergessen zu sein.

Als er sie endlich alleinließ, fiel ihr das Fläschchen mit dem Brechwurzelsirup ein, das ihr Christina mitgegeben hatte. Sie griff nach ihrer Handtasche, öffnete sie, nahm das Fläschchen heraus und trank es in einem Zug leer.

Kurz danach musste sie sich übergeben. Sie schaffte es nicht mehr, das Bett zu verlassen, erbrach sich auf den weißen Teppich.

Gegen Mitternacht klopfte jemand heftig an die Eingangstür. Magdalena vernahm das Klopfen aus weiter Ferne. Doch auf einmal hörte sie laute Stimmen von unten. War das nicht die Stimme von Luca, dem Oberkellner aus dem Hotel Miramar?

Das faltige Gesicht einer uralten Frau erschien vor ihren halb offenen Augen.

„Christina", seufzte Magdalena erleichtert. Dann schwanden ihr die Sinne.

Epilog

Der vor drei Jahren wegen einer psychischen Erkrankung suspendierte Arzt Dr. Antonin Vuković wurde wegen Mordversuchs an Magistra Magdalena Klein von der kroatischen Kriminalpolizei verhaftet. Spuren von Rattengift hatten sich in dem Erbrochenen neben ihrem Bett befunden. Der zuständige Untersuchungsrichter hatte auch die Exhumierung und Obduktion der sterblichen Überreste von Frau Saskia Vuković, die vor drei Jahren angeblich Selbstmord begangen hatte, angeordnet.

Magdalena Klein überlebte diese fast fatale Affäre, suchte danach nicht mehr ihre Psychotherapeutin auf, sondern fuhr stattdessen zu Ostern ins Hotel Miramar nach Opatija. Hatte nicht schon einst Dr. Sigmund Freud seinen neurotischen Patientinnen einen Kuraufenthalt im damaligen Abbazia empfohlen?

Straße der Männer

Wenn es dunkel wird in der Stadt, wenn sich die kinderreichen Familien in die desolaten Mietskasernen zurückziehen und die Langeweile über die Villen am Meer hereinbricht, wenn die Lichter hinter all den dicht verhangenen Fenstern angehen, dann beginnt das Leben in den engen, schmutzigen Gassen.

Auch ich bin ein Geschöpf der Nacht. Sternenlose Neumondnächte, so wie heute, sind mir am liebsten. Bei Einbruch der Dunkelheit findet mein schwarz lackierter Alfa Spider den Weg in das Viertel um den Alten Hafen von Triest fast allein. Wegen des feuchtkalten Nieselregens musste ich leider das Verdeck schließen.

Die beschlagene Windschutzscheibe taucht die triste Umgebung in einen beinahe undurchsichtigen Schleier. Meine Scheibenwischer werden der paar Tropfen kaum Herr. Die Straßenbeleuchtung lässt zu wünschen übrig, denn nur jede dritte Lampe funktioniert.

Der enge, kurze Rock spannt gehörig über meinen kräftigen Schenkeln. Jedes Mal, wenn ich aufs Gaspedal steige, rutscht er höher. Die schwarzen Strapse schauen bereits keck hervor.

Ich schalte die Heizung ein, trage unter dem Rock nur einen hauchdünnen Tanga aus schwarzer Spitze. Im Sommer verschmelzen meine Beine mit dem heißen Ledersitz. Erhitzt und vollgepumpt mit Adrenalin steige ich dann meist zu fest aufs Gaspedal. Doch auch die Eiseskälte, die das Leder heute Abend ausströmt, bringt meine zarte Haut zum Prickeln.

Mit quietschenden Reifen biege ich in eine schmale Gasse ein. Das Fahrverbotsschild gilt nicht für mich. Es wurde hier nur aufgestellt, um Touristen von den baufälligen und abbruchgefährdeten Häusern fernzuhalten.

Gestank beherrscht die Luft, Kot und Unrat bedecken das Pflaster, das auch mein Pflaster ist. Bei starkem Regen verwandelt sich die Gegend in eine übelriechende Kloake. Ratten und anderes Ungeziefer tummeln sich dann in den finsteren Winkeln, laben sich an den Abfällen, die sich seit Wochen dort auftürmen.

Junge, kräftige Männer mit breiten Schultern und kurzen Beinen lehnen an ihren Vespas, parken sie mitten auf der Straße, schieben sie aber sofort zur Seite, wenn sie meinen Wagen erblicken.

Rauchend, trinkend, lachend, aggressiv in ihrer Gestik, jederzeit bereit, das Lachen einzustellen und zuzuschlagen, hängen sie den ganzen Abend hier herum. Ihre Fäuste sind groß und geübt im Schlagen. Ihre ärmellosen T-Shirts zeigen mehr her, als sie bedecken. Heute Abend tragen sie abgewetzte Lederjacken zu ihren hautengen Jeans, sehen darin aber nicht weniger verführerisch aus.

Die Jungen lassen gern ihre Muskeln spielen, sobald Fremde vorbeikommen. Doch ich bin den jungen Männern in meiner Stadt nicht fremd.

Die alten Männer sind ruhiger, geben sich gelassen unter den Markisen der schäbigen Cafés, schaukeln gemächlich mit ihren Stühlen, schauen stundenlang ins Glas und heben kaum den Blick, wenn ein Fremder vorbeikommt. Sie werden nur heftig in ihren Debatten, die sich immer um die gleichen Themen bewegen: Frauen und Motoren, Sport und Politik.

Frauen befinden sich um diese Stunde kaum mehr allein auf der Straße. Hin und wieder sieht man eine in einem dunklen Hauseingang auf den Knien, redlich bemüht, einem männlichen Wesen oral zu Diensten zu sein. An lauen Sommerabenden verirren sich auch jugendliche Pärchen in den Alten Hafen und versuchen, es auf der Rückbank eines kleinen, unbequemen Wagens miteinander zu treiben. Manchmal dringt auch Stöhnen oder ein spitzer Schrei durch die undichte Toilettentür eines Cafés. Aber diese wenigen Frauen fallen nicht ins Gewicht. Die Straße gehört den Männern.

Nur in den Bars trifft man Frauen, alt und fett gewordene Frauen, stark geschminkt und blond gefärbt. Meist stehen sie hinter der Theke. Prostituierte meiden diese Gegend eher.

Die Straße der Frauen liegt in einem anderen Viertel. Diese Straße wird von den Männern später besucht. Am frühen Abend wollen sie unter sich sein, ungestört trinken, rauchen und diskutieren. Das Abendessen zu Hause bei ihren Frauen und Müttern liegt noch nicht lang genug zurück.

Ich liebe die Straße der Männer, sie besitzt eine geradezu magische Anziehungskraft für mich. Über einen Kilometer lang windet sie sich zwischen den verfallenen Lagerhäusern, aufgelassenen Magazinen und ehemaligen Verwaltungsgebäuden, vorbei an zwielichtigen Bars und heruntergekommenen Cafés.

Ich fahre, wie immer, einmal auf und ab und parke meinen Spider dann am Anfang der Straße, versperre fast die Zufahrt. Nur die Vespas oder Aprilias kommen noch zwischen der Stoßstange meines Wagens und dem früheren Sitz der Hafenbehörde durch. Die Hausmauer des ehemaligen sehr repräsentativen Gebäudes sieht an der Stelle, an der sich die Jungen mit ihren Mopeds und Rollern vorbeizwängen, ziemlich ramponiert aus. Mein Spider hat bisher keine einzige Schramme abbekommen. Sowohl die jungen als auch die alten Männer geben gut acht auf mein hübsches Auto.

Der Spider ist eben kein Spielzeug für verwöhnte junge Damen. Er hat seine Ecken und Kanten, ist ein echtes Geschoß und sehr wendig zugleich.

Die hundert PS unterm Hintern reichen mir völlig, um mich relativ sicher zu fühlen. Außerdem bin ich mit meinem kleinen Alfa all den größeren und stärkeren Wagen, die durch die verwinkelten Gassen von Triest schleichen, haushoch überlegen. Allerdings ist der zierliche Wagen ungeeignet für längere Reisen. Da ich meine Stadt ohnehin nie verlasse, ist es mir egal. Ich lege keinen Wert auf ein bequemes Gefährt. Das Gefühl, schneller zu sein als alle anderen, nicht erwischt, niemals eingeholt zu werden, beruhigt mich. Und das wissen auch die Männer in meiner Straße.

Ich weiß, dass sie jeden Samstag auf mich warten, und mache mich auch jeden Samstag extra für sie schön. Heute trage ich zu meinem knallroten Ledermini ein schwarzes, tiefdekolletiertes, langärmeliges T-Shirt. Die kurze, dünne Lederjacke ist mein einziges Zugeständnis an den Herbst. Ich habe sie nur locker um die Schultern geworfen und rieche manchmal daran. Ich liebe den Geruch von Leder.

Ein breiter, schwarzer Ledergürtel, an dem ein schickes, perlenbesetztes Bauchtäschchen baumelt, in dem ich meine Schminkutensilien und alles andere, was ich in solch einer Nacht benötige, aufbewahre, ergänzt mein schickes Outfit.

Zum Glück ist es kein wirklich kalter Abend. Auch die eisige Bora, die an solch trüben Tagen oft vom Karst herunterfegt, scheint mir wohlgesonnen, hebt sich ihren spektakulären Auftritt für einen anderen Tag auf.

Trotz meiner auffälligen Größe wirke ich beinahe zerbrechlich zwischen all den kräftigen Gestalten, die sich um diese Zeit im Alten Hafen herumtreiben. Wie eine Fee schwebe ich auf meinen hohen Absätzen über das tückische Kopfsteinpflaster, unberührt vom Dreck der Straße promeniere ich auf und ab.

Ich bin gut gewachsen, wie meine Mutter zu sagen pflegte. Gott hab sie selig, diese bigotte Frau! Was würde sie bloß jammern und beten, wenn sie mich heute in meiner vollen Pracht und Herrlichkeit sehen könnte? Sie ist auf ihre alten Tage sehr fromm geworden.

Meine Haare sind lang, reichen mir fast bis zum Po, und sie sind auffallend blond. Platinblond. Mein Gesicht ist, trotz oder gerade wegen kleinerer Schönheitsfehler, angeblich sehr reizvoll. Auf jeden Fall bin ich immer perfekt geschminkt.

Ich genieße die verlangenden Blicke der Jungen, die stummen Bitten der Alten und die anzüglichen Komplimente der wenigen Fremden. Ihre gierigen Münder versprechen die Wonnen einer kurzen Nacht und ihre hungrigen Augen nähren mein Verlangen. Sie werden mich auch heute wieder bis tief in die Nacht hinein verfolgen.

Ich mache dieselbe Runde wie immer, schlendere die Straße mehrmals hinauf und hinunter, bevor ich mich in eine der stockfinsteren Sackgassen begebe.

Die jungen Männer grüßen mich mit respektvollem Nicken, wenn ich an ihnen vorbeispaziere, richten aber nie das Wort an mich, verstummen sogar, schenken mir unsichere Blicke, wenn ich ihre durchtrainierten Körper im Vorbeigehen streife, und sprechen erst weiter, wenn ich mich außer Hörweite befinde. Es scheint, als hätten sie Angst vor meiner schicken Kleidung, meinem teuren Parfüm, meinen seidenen Strümpfen und eleganten Schuhen.

Auch die Alten respektieren mich, schenken mir vielleicht eine Spur weniger Beachtung als die Jungen, wagen es aber ebenfalls nicht, mich anzusprechen. Ich bin tabu für die Männer in meiner Straße.

Heute Abend sind noch weniger Fremde unterwegs als sonst. Das ist mir schon vorhin, als ich die Straße auf und ab gefahren bin, aufgefallen. Zwei, drei Geschäftsleute, die nur für eine Nacht in Triest bleiben. Ich mag die Geschäftsleute viel lieber als die wohlhabenden Touristen aus dem Norden. Diese dekadenten Schwerenöter, die endlich mal was erleben wollen, machen nur Probleme. Geschäftsleute sind anspruchsloser, illusionsloser, schlicht und einfach weniger kompliziert, aber ebenfalls ständig auf der Suche nach einem kleinen Abenteuer, das sie für ein paar Minuten über ihren langweiligen Job hinwegtröstet. Nur wenige von ihnen verirren sich in die Straße der Männer, die meisten begnügen sich mit den Bars der Innenstadt. Diejenigen, die es bis zum Alten Hafen schaffen, kommen natürlich auch nur, um sich Mut anzutrinken, für das, was sie später noch vorhaben, und weil es noch zu früh ist, um woanders hinzugehen.

Sie geben sich erfahren, beinahe weltmännisch und sind auch nicht geizig. In den Augen der jungen Männer in meiner Straße sind sie arme Idioten. Ein gefundenes Fressen für jede Frau. Sie braucht nicht einmal besonders abgebrüht zu sein, muss nur treuherzig dreinschauen, freundlich lächeln, ein bisschen mit dem Arsch wackeln, den Bauch einziehen und ihre Brüste nicht verstecken. Normalerweise habe ich ein leichtes Spiel mit ihnen.

Die alten Männer verschwenden kaum einen Blick auf diese Fremden. Vertieft in ihre hitzigen Debatten, bemerken sie die Eindringlinge oft nicht einmal. Die jungen Männer erlauben sich manchmal derbe Späße mit ihnen, pöbeln sie an, spotten über ihre Kleidung, über ihr angeberisches Getue und nehmen sie bei jeder sich bietenden Gelegenheit aus.

Aber weder die alten noch die jungen Männer in meiner Straße sind wirklich kriminell. Sie würden nie jemanden bis auf den letzten Cent ausrauben, lassen sich von den Fremden nur auf ein paar Drinks einladen, hören sich geduldig ihre prahlerischen Geschichten an und geben ihnen gute Tipps für die Straße der Frauen mit auf den Weg. Nicht selten kehrt einer dann mit einem lästigen Geschenk einer kranken Hure zu seiner lieben kleinen Ehefrau ins ländliche Kärnten oder ins istrische Hinterland zurück.

Viele Huren sind nicht amtlich registriert und brauchen sich daher auch nicht den vorgeschriebenen ärztlichen Untersuchungen zu unterziehen. Sie kommen per Schiff oder Bahn aus dem Südosten Europas, bleiben nur kurz in unserer Stadt, bevor sie in den reicheren Norden weiterziehen. Ich halte nicht viel von diesen neuen Nomadinnen. Sie verkaufen sich viel zu billig, haben keine Ahnung vom Geschäft.

Nach vollbrachtem Vergnügen trifft man die Fremden oft wieder. Volltrunken taumeln sie nach Mitternacht durch die ausgestorbenen Straßen der Stadt, vorbei an Geschäften mit heruntergelassenen Rollläden und mit schweren Vorhängeschlössern versehenen Bars. Meist haben die Frauen aus Südosteuropa nicht mehr viel von ihnen übriggelassen. Auch das ist ein Grund, warum ich mir diese Herren lieber am frühen Abend vornehme.

Heute sind tatsächlich nur drei Fremde in meinem Revier unterwegs, das hat mir einer der Jungen verraten, indem er drei Finger hochhielt.

Ich schätze solche Abende, an denen im Alten Hafen nicht viel los ist. Es erleichtert mir die Qual der Wahl.

Nach kurzem Überlegen entscheide ich mich für einen großen, nordisch aussehenden Mann um die vierzig. Blond, blauäugig, nicht zu übersehender Bauchansatz, Bluthochdruck. Bestimmt ein Deutscher. Die Deutschen mag ich am liebsten, sie fragen nicht viel, sind geradeheraus, fackeln nicht lang herum, kommen gleich zur Sache, und vor allem sind sie sehr großzügig. Besser gesagt, sie tragen oft große Summen mit sich spazieren.

Der Mann meiner Wahl lehnt an der Theke eines Cafés und hält sich an seinem Grappa fest. Sein gerötetes Gesicht verrät den handfesten Trinker. Er wirkt nicht mehr ganz nüchtern.

Ich stelle mich neben ihn, bestelle einen Espresso, mache einen Schluck, schaue ihm dabei tief in die Augen und senke dann verschämt meine Lider. Erst als ich die Zeremonie wiederhole, erwidert er meinen Blick. Ich helfe noch ein bisschen nach, deute mit einer lasziven Handbewegung die Richtung an, in die ich gehen werde.

Prompt folgt er mir auf die Straße hinaus und weiter in eine dunkle Gasse, die, wie alle Gassen hier, am Wasser endet.

Ich habe keine Angst. Ich weiß, dass die Männer in meiner Straße gut auf mich achtgeben. Auch wenn ich momentan, außer diesem großen Blonden, der treuherzig hinter mir her latscht, keinen Menschen hinter mir sehe, bin ich mir sicher, dass mich dutzende Augenpaare verfolgen.

Wenn einer der Fremden es wagte, mich ernsthaft zu bedrohen, würden die jungen Männer mit ihren harten Fäusten sofort einschreiten. Auch in der

Hand manch alten Mannes würde eine scharfe Klinge aufblitzen.

Ich kann mich auf sie verlassen. Die Straße der Männer ist auch meine Straße.

Die Jungen kenne ich alle von klein auf, bin mit ihnen Tür an Tür aufgewachsen und mit einigen von ihnen sogar zur Schule gegangen. Früher, als sie noch mit mir sprachen, nannte ich sie alle bei ihren Kosenamen. Aber ihre Namen tun heute nichts mehr zur Sache. Sie besitzen ohnehin nur Vornamen für mich und die klingen alle ähnlich.

Die Alten kannten meine Mutter recht gut, auch sie würden mich immer und überall beschützen, das haben sie der frommen Frau, die es in ihrer Jugend mit fast allen von ihnen getrieben hatte, am Sterbebett gelobt. Einer von ihnen ist wahrscheinlich mein Vater. Ich weiß leider bis heute nicht, welchem von ihnen ich mein Leben verdanke. Wahrscheinlich wissen es die alten Männer ebenfalls nicht. Deshalb lasse ich mich auch mit keinem von ihnen näher ein.

Ich rieche das Meer, bevor ich es sehe. Das Meer flößt mir keine Angst ein. All die verrosteten Kräne, die weit übers Wasser ragen, die ausrangierten Fischkutter in der aufgelassenen Werft und die monströsen Baumaschinen hinter mir finde ich viel bedrohlicher als das Wasser. Die schwarze Masse mag vielleicht für andere gewisse Schrecken bergen, für mich bedeutet das Meer, genauso wie mein Spider, die große Freiheit.

Die Eisenbahnschienen, überwachsen mit Gras, enden hier im Nichts. Ich muss achtgeben, mich in der Finsternis nicht mit meinen hohen Absätzen in den kaputten Schwellen zu verfangen.

Schritte. Schwere Männerschritte. Sie nähern sich langsam, fast zögernd.

Ich kehre dem großen Blonden, der mir brav gefolgt ist, meinen Rücken zu, habe den Blick aufs Meer gerichtet.

Das Wasser gibt mir Kraft und beruhigt mich gleichzeitig. Ich bin am Meer aufgewachsen, habe Respekt vor seiner Kraft und Unendlichkeit, fürchte mich aber nicht vor seinen Launen.

Eine Welle schwappt über die niedrige Kaimauer, umspült meine Füße. Hoffentlich werden meine neuen Schuhe die nächste Welle auch noch heil überstehen.

Während ich aufs Wasser schaue und versuche, mich auf den monotonen Gesang der Wellen zu konzentrieren, kommen die Schritte näher.

Plötzlich spüre ich einen heißen Atem in meinem Nacken. Zwei kräftige Arme schließen sich um meinen Hals. Unsinnige Worte dringen an mein Ohr. Feuchte Lippen berühren mein Haar, ganz zärtlich und sanft. Ich lehne mich zurück.

Er nimmt mein Gesicht zwischen seine Hände und dreht es zur Seite, schleckt es ab. Mir ekelt vor seinem Speichel. Als er mir seine dicke Zunge tief in den Mund steckt, beginne ich zu würgen.

Hektisch krame ich in meiner Bauchtasche herum. Inzwischen sind seine klobigen Finger auf meiner Taille gelandet und tasten sich jetzt langsam vor zu meinem Po.

Ich nehme den Schlagring aus meinem mit Perlen bestickten Täschchen, ziehe ihn über meine Rechte. Als seine Hand zwischen meinen Beinen angelangt ist, entfährt ihm ein leidenschaftlicher Seufzer.

Blitzschnell drehe ich mich um und versetze ihm einen kräftigen Schlag auf seine linke Schläfe. Er taumelt, findet keinen Halt, stürzt zu Boden.

Sicherheitshalber beuge ich mich über ihn und versetze ihm einen zweiten Schwinger mitten ins Gesicht.

Er rührt sich nicht mehr. Seinem halboffenen Mund entweicht nicht einmal ein leises Stöhnen.

Habe ich zu fest zugeschlagen? Oder hat sein Herz vor Schreck zu schlagen aufgehört?

Ich habe keine Zeit, mir Gedanken darüber zu machen, nehme seine Brieftasche aus der Innentasche seines Sakkos und zähle die Scheinchen.

Wie fast immer habe ich eine gute Wahl getroffen. Die Monatsmiete für meine Wohnung und ein paar Tankfüllungen für meinen Spider sind gesichert.

Bankomat- und Kreditkarten sowie Ausweise rühre ich nicht an. Vielleicht können meine Freunde damit etwas anfangen. Ich nehme nur Bargeld. Auch das rührende Familienfoto, er und seine Frau und zwei hochaufgeschossene, sommersprossige Jünglinge, taste ich nicht an. Mein Respekt vor intakten Familien ist groß.

Der Typ bewegt sich nach wie vor nicht. Aber darum sollen sich die Männer in meiner Straße kümmern. Notfalls können sie ihn ins Wasser werfen, oder besser gesagt, der Unendlichkeit des Meeres übergeben. Es wird ihnen bestimmt eine Lösung für dieses Problem einfallen.

Ich muss schauen, dass ich ins Bett komme. Ich brauche den Schlaf für meine Schönheit. Schönheit ist ein Geschenk Gottes und darf deshalb nicht leichtfertig aufs Spiel gesetzt werden, pflegte meine Frau Mutter immer zu sagen. Obwohl ich der beste Beweis dafür bin, dass sie in vielen Punkten nicht Recht hatte, versuche ich wenigstens manchmal ihre Ratschläge zu beherzigen.

Wirklich schön finde ich nur die Männer in meiner Straße, und die kriegen bestimmt zu wenig Schlaf, dafür sorge allein ich mit meinen regelmäßigen Besuchen im Alten Hafen. Mir gefallen ihre kurzen, kräftigen Beine, die, im Gegensatz zu meinen, stark behaart und voller Krampfadern sind. Ich vergöttere ihre flachen, harten Bäuche und ihre knackigen Hinterteile. Und ich liebe auch ihre breiten, mächtigen Oberkörper, ihre muskulösen Oberarme, ihre tätowierten Unterarme und ihre schmutzigen Hände mit den kurzen Fingern und den abgenagten Nägeln. Ja, ich mag selbst ihre unreine, dunkle Haut, die aussieht wie gegerbtes Leder, und vor allem bewundere ich ihre Haare. Ihr dichtes, lockiges Haar bleibt oft schwarz bis ins hohe Alter. Der beste Beweis dafür sind die zahlreichen schwarzhaarigen Sechzigjährigen mit den von vielen tiefen Furchen durchzogenen Gesichtern, die ich, ehrlich gesagt, sexuell viel attraktiver finde als die Jungen. Aber, wie gesagt, einer dieser gutaussehenden alten Männer ist höchstwahrscheinlich mein Vater.

Selbst meine jungen Freunde haben harte, rasch alternde Gesichter. Nur ihre Augen sind jung. Es sind glühende, leidenschaftliche Augen, mit denen sie mich wehmütig und begierig zugleich anstarren, verwirrt und schwer getroffen in ihrer Männlichkeit. Denn auch ich bin ein Mann.

Gänsehäufel

Am Ufer der Alten Donau stand eine riesige Trauerweide. Die dicht begrünten Zweige spendeten an heißen Sommertagen wohltuenden Schatten. An den Ästen, die über dem Wasser hingen, hielten sich die älteren Herrschaften beim Hineingehen gerne an. Das Ufer war nicht befestigt, so mancher war auf der feuchten Erde schon aus dem Gleichgewicht geraten.

Unter der Trauerweide lag eine junge Blondine. Sie lag auf dem Bauch, hatte Kopf und Rücken im Schatten und streckte nur ihre langen Beine der Morgensonne entgegen.

Das hübsche, lauschige Fleckchen war jedoch Maries und Luises Platz. Am Nacktbadestrand des Strandbads Gänsehäufel galt Gewohnheitsrecht. Jeder der Stammgäste hatte ein bestimmtes Stückchen Wiese okkupiert und gelegentliche Besucher hatten sich danach zu richten.

Die beiden älteren Damen ließen völlig außer Atem ihre Liegen und Badetaschen ins Gras fallen.

„Jetzt reicht's", schnaufte Marie empört. „Die ... die da hat hier wohl übernachtet." Sie zeigte mit dem Finger auf die nackte Blondine.

„Warum musstest du auch am Eingang auf mich warten, anstatt gleich hineinzugehen und unseren Platz zu besetzen", schimpfte Luise.

„Das Tor war noch zu. Außerdem hättest du ausnahmsweise auch einmal pünktlich sein können."

„Den ganzen Tag mit dem Kopf in der Sonne, das halte ich nicht aus", jammerte Luise.

„Da trocknet einem ja das Hirn aus", pflichtete Marie ihr bei.

Im Laufe der vergangenen Jahre hatten die beiden Freundinnen fast alle städtischen Bäder in Wien ausprobiert. Sie waren sehr stolz darauf, immer und überall die besten Plätze, halb im Schatten, halb in der Sonne, belegt zu haben.

Heuer fühlte sich Luise reif für die Insel. Sie brauchte ihre Freundin nicht lange zu überreden. Das Gänsehäufel war gerade frisch renoviert worden und das Wasser der Alten Donau war angeblich sehr sauber. Fast Trinkwasserqualität, stand in den Zeitungen.

Letzten Samstag schnappte ihnen die Blondine zum ersten Mal das schattige Plätzchen unter der großen Weide weg. Sie versuchten es mit guten Worten. Die junge Frau zuckte nur mit den Schultern und stöpselte sich demonstrativ mit Kopfhörern die Ohren zu. Verärgert mussten sie sich mit einem viel schlechteren Liegeplatz, weit weg vom Wasser, begnügen.

Gestern standen sie bereits eine halbe Stunde vor Öffnung des Bades am Eingang. Fünf Minuten nach neun bequemte sich die Kassiererin endlich dazu, aufzusperren. Plötzlich tauchte die Blondine aus dem Nichts auf und schlüpfte, ohne eine Saisonkarte vorzuzeigen oder eine Tageskarte zu kaufen, an ihnen vorbei.

Als Marie und Luise, die einen für ihr Alter bemerkenswerten Sprint hinlegten, keuchend bei der Trauerweide ankamen, hatte die junge Frau bereits ihre zitronengelbe Luftmatratze aufgepumpt.

Höflich, aber bestimmt wiesen sie diese unverschämte Person darauf hin, dass sie bereits zum zweiten Mal ihren Lieblingsplatz okkupieren würde. Ein spöttisches Grinsen war ihre einzige Reaktion.

Wütend breiteten die beiden älteren Damen ihre Decken und Badeutensilien knapp neben der Blonden aus. Den ganzen Tag über fühlten sie sich dann äußerst unwohl. Sie waren sich ständig bewusst, dass die junge Frau jedes Wort mitanhören konnte. Nach einiger Zeit sprachen sie kaum mehr miteinander. Ihre Stimmung sank auf den Nullpunkt. Zwei Stunden vor Badeschluss verließen sie frustriert die Insel.

„Heute lege ich mich nicht mehr neben sie", zischte Marie.

Dieser letzte Montag im Juni versprach ein strahlend schöner Sommertag zu werden. Sie wollte sich diesen Tag nicht wieder verderben lassen.

Flüsternd diskutierten sie darüber, ob sie noch einmal ein ernstes Wort mit der Blonden sprechen sollten.

„Reden hat keinen Sinn. Das hat man gestern gemerkt. Die macht uns das doch zu Fleiß, freut sich höchstens, wenn wir unserem Ärger Luft lassen", sagte Luise.

„Holen wir den Badewaschl!"

„Sei nicht so naiv. Schau dir mal an, wie diese Tussi gebaut ist. Wenn der zwischen ihr und uns den Schiedsrichter spielen soll, dann gnade uns Gott!"

„Also bleibt uns nichts anderes übrig, als mitten in der Saison das Bad zu wechseln. Allein der Gedanke, mich von so einer vertreiben zu lassen, macht mich krank."

„Gibst du immer so schnell auf? Ziehen wir uns erst einmal aus. Mir wird schon was einfallen."

Sie stellten ihre Liegen einige Meter entfernt von der Blondine auf, arrangierten Bade- und Kühltaschen wie eine Festungsmauer rund um die Liegen und schlüpften dann aus ihren geblümten Sommerkleidern.

Luise, eine kräftige Frau Anfang sechzig, war eher maskulin gebaut, hatte kaum Busen, aber breite Schultern und einen flachen Hintern. Ihre Haut war welk und sehr runzelig. Marie hingegen war rund und fest, hatte einen dicken Po, ein mächtiges Bäuchlein und stramme Waden. Obwohl sie ein paar Jährchen mehr auf dem Buckel hatte als ihre Freundin, war ihre Haut noch glatt wie die eines jungen Mädchens.

„Ich muss heute unbedingt die Sonne meiden, ich sehe aus wie ein Pavian", jammerte Marie und streckte Luise ihr rosa Hinterteil hin.

Obwohl sie prinzipiell Schatten bevorzugte, wurde sie jeden Sommer viel schneller braun als ihre Freundin, die über diese Ungerechtigkeit der Natur sehr erbost war. Luise hatte nur ihren empfindlichen Kopf gerne im Schatten, ihren Körper pflegte sie, zumindest früher, den ganzen Tag über der prallen Sonne auszusetzen. Jedes Jahr handelte sie sich zu Beginn der Saison einen heftigen Sonnenbrand ein und fiel dann zwei, drei Tage aus. In letzter Zeit legte sie sich, vor allem während der Mittagsstunden, auch lieber in den Schatten.

Die beiden Frühpensionistinnen hatten je einen Ehemann überlebt. Marie im wahrsten Sinne des Wortes. Ihr Mann starb vor nunmehr zehn Jahren an einem Herzinfarkt. Sie trauerte ihm nicht lange nach, freute sich über die Witwenpension und genoss ihren Ruhestand. Luise wurde vor sechs Jahren geschieden. Ihr Mann verließ sie wegen einer Jüngeren. Typischer Fall von Midlife-Crisis, urteilte Marie, die froh war, diesem Schicksal durch das frühe Ableben ihres Gatten entronnen zu sein.

An diesem Montag waren nur wenige Leute im Gänsehäufel. Die Schulferien hatten noch nicht begonnen.

„Lauter Tachinierer", bemerkte Luise, nachdem sie sich kurz umgesehen hatte.

„Die Studenten kommen erst nachmittags, das weißt du doch."

„Ja, die müssen ausschlafen, weil sie sich die Nächte immer im Bermudadreieck um die Ohren schlagen."

Marie kannte Luises Vorurteile gegen „dieses Studentenpack", das sich in den Bars der Wiener Innenstadt herumtrieb, anstatt zu lernen, in- und auswendig. Rasch wechselte sie das Thema.

„Ich habe heute nicht einmal Zeit gehabt, ordentlich zu frühstücken."

Mit leuchtenden Augen begann sie ihre Kühltasche auszupacken. Angesichts der Unmengen an Proviant schien ihr die Entscheidung, was sie zuerst essen wollte, nicht leichtzufallen.

„Ich mache heute einen Obsttag", bemerkte Luise spitz. „Ich habe in den letzten Wochen zwei Kilo zugelegt. Wenn ich nicht aufpasse, werde ich noch eine richtig fette alte Matrone." Sie musterte ihre mollige Freundin mit verächtlichen Blicken.

Marie beachtete sie nicht weiter, sondern biss herzhaft in eine Extrawurstsemmel mit Gurkerl.

„Wenn ich mir all diese Fettsäcke hier nur ansehe, vergeht mir schon der Appetit", fuhr Luise fort.

„Sind doch heute gar keine da", stellte Marie nüchtern fest.

„Hast du schon mal die Mayr-Kur ausprobiert?"

„Milch und alte Semmeln meinst du? Nein, das ist nichts für mich. Die Hollywood-Diät habe ich mal versucht, war mir aber auf die Dauer zu kostspielig, immer nur Steaks ..."

„Eben deswegen empfehle ich dir die Mayr-Kur. Alte Semmeln haut dir dein Bäcker bestimmt umsonst nach und einen Liter Milch pro Tag wirst du dir wohl noch leisten können."

Marie würdigte sie keiner Antwort, sondern genehmigte sich noch eine Banane als Nachtisch.

Luise begann nun ebenfalls in ihrer Kühltasche zu kramen und brachte einen roten Apfel zum Vorschein.

„Iss jeden Tag einen Apfel und du bleibst gesund."

„Ich steh mehr auf Bananen."

Luise gab sich geschlagen.

Beide nahmen sich das Essen immer von zuhause mit. Aber nicht nur das Essen, täglich schleppten sie auch ihre Liegen, Badetücher und alle anderen unbedingt notwendigen Sachen für einen gelungenen Badetag an der Alten Donau hin und her. Kabinen und Kästchen waren ihnen zu teuer, außerdem misstrauten sie der Sicherheit der Schlösser.

Ihre Gespräche drehten sich um die ständig gleichen Themen: das Wetter, die Wassertemperatur, das Fortschreiten der bräunlichen Färbung ihrer Körper, die anderen Badegäste, vor allem die männlichen ... Männer waren Luises Lieblingsthema. Marie hörte meistens nur zu, ihr Interesse am anderen Geschlecht hatte während der letzten Jahre merklich nachgelassen. Sie war recht zufrieden mit ihrem Witwenstand.

„Ich werde mir doch auf meine alten Tage keinen Pflegefall mehr antun. Und einen jungen, hübschen Kerl bekommt eine Frau wie ich sowieso nicht mehr ab", sagte sie oft zu Luise.

Der Kantinenpächter Leo, der erklärte Lieblingsfeind beider Damen, sperrte gerade das Buffet auf.

„Ich kann seine schmutzigen Witze nicht mehr hören, sie sind wirklich eine Zumutung für jede Dame", flüsterte Luise.

„Der kriegt seinen Hals nie voll. Seit einer Woche verlangt er für einen Sommerspritzer schon wieder um dreißig Cent mehr und seine verschrumpelten Frankfurter kosten jetzt schon fast sechs Euro, dabei sind sie noch kleiner als die im Schönbrunner Bad", echauffierte sich Marie.

Luise griff nach der Gratiszeitung, die sie sich bei der U-Bahnstation besorgt hatte.

Marie hatte eine Wochenzeitung mit einem ausführlichen Fernsehprogramm und vielen Kreuzworträtseln abonniert. Rätsel waren ihre große Leidenschaft.

„Der ägyptische Sonnengott heißt doch Ra, oder?"

„Das hast du mich schon hundertmal gefragt."

„Ich bin halt eine Alzheimer-Kandidatin."

„Wusstest du, dass Kaiser Konstantin geglaubt hat, die Sonne sei Gott?"

Luise war inzwischen beim Bildungsteil ihrer Gratiszeitung angelangt.

„Pst, ich muss mich konzentrieren."

„Manche Schwachsinnige glauben das übrigens auch", fuhr Luise unbeirrt fort.

Als Marie ihr Rätsel endlich gelöst hatte, stand die Sonne bereits im Zenit. Die hübsche Blondine lag noch immer regungslos auf dem Bauch. Ihr knackiger Po hatte eine schwarzbraune Tönung angenommen.

„Die braucht überhaupt keinen Schatten", murmelte Marie, die ihr sonnenverbranntes Hinterteil mit einem Handtuch bedeckt hatte.

„Schau mal, wer da kommt", flüsterte Luise aufgeregt und errötete wie ein junges Mädchen.

Der kroatischstämmige Bademeister näherte sich den drei Frauen. Luise schenkte dem großen, muskulösen Mann mit dem glänzenden bronzefarbenen Körper einen sehnsüchtigen Blick.

„Sieht er nicht aus wie unser Arnie?"

„Welcher Arnie?"

„Die steirische Eiche natürlich."

„Die ist doch brünett oder besser gesagt inzwischen grau."

„Die Figur, meine ich."

„Der bildet sich weiß Gott was darauf ein." Marie musterte ihre Freundin verstohlen.

Obwohl Luise andauernd über Männer herzog, hatte Marie sie schon seit Längerem in Verdacht, in den gutaussehenden schwarzhaarigen Bademeister vernarrt zu sein.

„Und jetzt wird er sie gleich einschmieren. Jeden Tag nimmt er sich eine andere Tussi vor. Ist dir das auch schon aufgefallen?", fragte Luise mit leiser, zittriger Stimme.

„Ja, er belästigt ständig die jungen Mädel."

„Aber diese Flitscherl wollen doch gar nicht von ihm in Ruhe gelassen werden. Im Gegenteil, sie fordern ihn ja richtiggehend heraus."

„Du möchtest wohl selber gern mal drankommen", wagte Marie einen kleinen Scherz.

Luise strafte sie mit einem bösen Blick.

Der Bademeister ließ sich neben der Blonden ins Gras fallen und kehrte den alten Frauen seinen durchtrainierten Rücken zu.

Wie gebannt starrte Luise auf seine strammen Hinterbacken, die von einem schmalen Streifen Stoff nur notdürftig bedeckt waren. Ihre harten Gesichtszüge wurden noch eine Spur härter und der verbitterte Zug um ihren Mund verstärkte sich ebenfalls.

Der fesche Adonis begann der Blonden den Rücken einzucremen. Luise wanderte mit ihrer Liege näher an die beiden heran und spitzte die Ohren.

„Bestimmt ist sie seine Geliebte. Deshalb darf sie auch immer umsonst herein", flüsterte Marie.

Als die kräftigen Hände des Bademeisters über den knackigen Po der jungen Frau strichen, empörte sich Luise: „Das ist ja der reinste Porno!"

„Du wolltest doch unbedingt ins Gänsehäufel." Marie hatte die Nase voll von Luises mieser Laune. Sie schlug vor, sich in der Alten Donau ein bisschen abzukühlen.

„Du hast recht, hier ist es unerträglich", sagte Luise, steckte ihre kinnlangen Haare hoch und setzte ihre Bademütze auf, die die gleiche Farbe wie gekochter Hummer hatte und mit ihrem krebsroten Körper perfekt harmonierte.

„Nirgends kann man sich anhalten", beklagte sich Marie, blieb zögernd am Ufer stehen und schielte nach den langen Zweigen der Trauerweide, an denen sie sich sonst immer festhielt.

Luise reichte ihr die Hand und half ihr die kleine Böschung hinunter.

Marie testete die Wassertemperatur zuerst mit den Zehen.

„Bacherlwarm ist es ja nicht gerade", seufzte sie und befeuchtete ihre Stirn und ihre Hände, bevor sie langsam ins tiefere Wasser watete.

„Das dauert immer eine Ewigkeit, bis du mal drin bist", sagte Luise.

Sie war eine ausgezeichnete Schwimmerin, im Gegensatz zu Marie, die nur Brustschwimmen beherrschte und das nur mit dem Kopf über Wasser. Sie geriet schnell in Panik, vor allem, wenn sie Wasser schluckte.

Luise wirbelte mit kräftigen Tempi das ruhige Wasser auf. Marie schwamm langsam hinter ihr her, ängstlich darauf bedacht, dass ihr Gesicht nicht nass wurde.

„So ein präpotenter Tschusch", beklagte sich Luise auf einmal wieder über den Bademeister.

„Richtig erfrischend", sagte Marie, die bereits einige Meter hinter ihrer Freundin zurückgeblieben war.

„Habe ich dir schon erzählt, was er gestern zu mir gesagt hat, als ich ihn gebeten habe, dir einen Sonnenschirm zu bringen?"

„Ich verstehe kein Wort. So warte doch auf mich!", schrie Marie.

Widerwillig drehte sich Luise nach ihr um und verlangsamte ihr Tempo. „Dauernd Extrawünsche, hat er gesagt."

„Ich war eh dabei."

„Er ist immer unfreundlich, wenn unsereins was von ihm will. Nur zu den jungen Flitscherln ist er scheißfreundlich."

„Außerdem hängt er den halben Tag lang auf seinem Surfbrett herum", schnaufte Marie. „Neben dem könnte man glatt ersaufen." Sie begann heftig zu husten und spucken.

„Ich schwör's dir, irgendwann platzt mir mal der Kragen und dann schreibe ich unserem Bürgermeister." Luise war so aufgebracht, dass auch sie leicht in Atemnot geriet.

„Ich drehe um, ich kann nicht mehr", schnaufte Marie.

Luise folgte ihr. Schweigend schwammen sie nebeneinanderher zurück ans Ufer.

Als sie aus dem Wasser kamen, schaute sich Luise vergeblich nach dem Bademeister um. Die junge Frau lag nach wie vor unter der Trauerweide, doch er schien wie vom Erdboden verschluckt, war auf dem ganzen Gelände nirgends zu sehen. Sie nahm an, dass er in seinem Büro Siesta hielt.

Jetzt um die Mittagszeit war es sehr ruhig im Bad. Keine lauten Stimmen, keine kreischenden Kinder, nur Windstille und drückende Hitze. Die meisten Sonnenhungrigen dösten auf ihren Liegen.

Plötzlich stand die Blonde auf, nahm ihre Luftmatratze unter den Arm und ging ins Wasser.

„Wenn ich solche Hängetitten hätte, würde ich wirklich nicht nackt herumrennen", bemerkte Luise boshaft.

Marie, deren birnenförmige Brüste sich auch nicht mehr in freischwebendem Zustand befanden, schien ihrer Freundin diese Bemerkung nicht übelzunehmen.

„Ich gehe auch noch mal kurz rein. Das Wasser ist so herrlich", sagte Luise.

„Du warst doch gerade erst drinnen."

„Du brauchst ja nicht mitzukommen."

Marie schüttelte verständnislos den Kopf und trocknete sich sorgfältig ab. Während sie sich mit ihrem selbst fabrizierten Sonnenschutzmittel, einem Olivenöl-Zitronen-Gemisch, einschmierte, beobachtete sie ihre Freundin, die mit kräftigen Kraulbewegungen weit über den mit einem Stahlseil begrenzten Schwimmerbereich hinausschwamm. Sie war nur mehr an ihrer Bademütze zu erkennen, die aus der Entfernung wie eine im Wasser tanzende Boje aussah.

Auf einmal war sie verschwunden. Nach ein paar Sekunden tauchte sie jedoch neben der Blondine auf der gelben Matratze wieder auf. Es sah aus, als würden zwei Kinder auf einer Luftmatratze herumtollen. Doch Marie war sich sicher, dass sich ihre Luise nicht mit der jungen Frau angefreundet hatte. Die zwei da draußen vergnügten sich nicht bei einem harmlosen Spielchen.

Die Matratze kippte und beide Frauen tauchten unter. Die Blonde schlug mit ihren Armen und Beinen wild um sich.

Marie blickte sich ängstlich um. Keiner der anderen Badegäste schien Interesse an diesem seltsamen Schauspiel zu haben.

Vom Ufer aus war die Szene nur sehr undeutlich zu sehen. Marie bedauerte, kein Fernglas bei der Hand zu haben. Sie kniff ihre Augen zusammen.

Zwei Arme ragten aus dem Wasser, der blonde Schopf dazwischen kam nicht mehr hoch. Ein roter Kopf und noch ein Arm, der in die Höhe schoss und gleich danach wieder eintauchte. Die Alte Donau wurde unruhig, das stille Wasser begann sich zu bewegen. Einem Strudel gleich zeichneten sich größer und größer werdende Kreise auf der spiegelglatten Oberfläche ab.

Der rote Fleck näherte sich wieder dem Ufer, während der gelbe Fleck weiter draußen in Richtung Untere Alte Donau abtrieb und schließlich ganz aus Maries Blickfeld verschwand.

Marie stand auf, legte ein Handtuch über den lila Rucksack der Blondine und begann ihre eigenen Badesachen und die Sachen ihrer Freundin unter die Trauerweide zu räumen.

Als Luise völlig außer Atem und mit vor Anstrengung verzerrtem Gesicht über die Uferböschung gekrochen kam, empfing Marie sie mit einem großen Badetuch, legte es ihr um die Schultern und frottierte sie ab. Leise und beinahe zärtlich sagte sie: „Setz dich in die Sonne, meine Liebe. Ich bringe dir einen Kaffee und ein Stück Apfelstrudel, den habe ich gestern Abend extra noch gebacken."

Sie leerte den Kaffee aus ihrer Thermosflasche in einen Plastikbecher, wickelte den Apfelstrudel aus der Alufolie und reichte beides ihrer erschöpften Freundin.

Luise lächelte dankbar. Normalerweise brachte sich jede ihren eigenen Kaffee und ihr eigenes Essen mit, das hatten sie von Anfang an so vereinbart. Strenge Rechnung, gute Freunde.

Das Flüstern des Morgengrauens

Seit Stefan am postmodernen Flughafen von Marrakesch den Flieger verlassen hatte, hielt er es für keine so gute Idee mehr, den Jahreswechsel in Marokko zu verbringen.

All das Tohuwabohu am Aéroport Marrakech-Ménara, die lange Schlange vor der Passkontrolle und die Feilscherei mit den Taxifahrern, die horrenden Preise für die kurze Fahrt in die Stadt waren ihm zuwider. Er hasste es zu feilschen, schaffte es mit Müh und Not, einen der Fahrer auf zwanzig Euro herunterzuhandeln, obwohl sein Freund Michael gesagt hatte, dass ein Taxi vom Flughafen in die Stadt höchstens zehn Euro kosten dürfe.

Stefan hatte sich von Michael dazu überreden lassen, die schlimmste Zeit des Jahres in Marokko zu verbringen. Ein bisschen Morgenlandluft schnuppern würde ihn sofort von seiner Schreibhemmung befreien, hatte Michael gemeint. Und er hatte ihm geglaubt.

Sein Freund war Maler. Auf seine alten Tage hatte er sich als schwul geoutet. Er lebte mit einem jungen Marokkaner zusammen in Essaouira, einer Hafenstadt am Atlantik, in der Nähe von Diabat, wo einst Jimi Hendrix eine gute Zeit verbracht hatte.

Michael liebte es, den großzügigen Gastgeber zu spielen. Bestimmt hatte er auch andere Leute eingeladen. Seit Stefan wusste, dass Michael schwul war, fühlte er sich in seiner Gesellschaft und vor allem in der Gesellschaft seiner neuen Freunde ein wenig unbehaglich.

Michaels Einladung, die ganze Zeit bei ihm in seinem Riad zu wohnen, hatte er abgelehnt. Sein „Don't worry, be happy"-Getue ging ihm schwer auf den Keks.

Allerdings hatte er versprochen, zu Silvester bei ihm vorbeizuschauen. Vorher wollte er die Stimmen von Marrakesch hören.

Im Taxi gewann er einen ersten Eindruck von dieser Millionenstadt, über der eine dicke Smogwolke hing. Nichts als Lärm und fürchterlicher Gestank nach Abgasen, der ihm den Atem raubte. Alle Fenster des Taxis waren offen. Es zog wie in einem Vogelhaus. Seine Versuche, den Fahrer auf Französisch dazu zu bewegen, die Fenster wenigstens auf einer Seite zu schließen, waren vergeblich. Der Typ fuhr noch dazu wie ein Verrückter, überholte fast jeden Wagen, hupte permanent und überschritt sämtliche Geschwindigkeitsbeschränkungen.

Die Sonne schien, die Außentemperatur bewegte sich um die achtundzwanzig Grad, entnahm er einer digitalen Anzeige am Straßenrand. Wie viele Schriftsteller hasste er die Hitze. An heißen Tagen konnte man unmöglich schreiben.

Die modernen Vororte, die erst vor kurzem aus dem Wüstenboden gestampft worden waren, interessierten ihn ebenso wenig wie das mondäne Viertel Hivernage mit den luxuriösen Villen, die man hinter den hohen Mauern oder begrünten Zäunen nur erahnen konnte. Die Rolling Stones hatten auf ihren Trips nach Marrakesch meist hier genächtigt, erklärte ihm sein Fahrer, während er mit achtzig Sachen einen schwarzen SUV schnitt. Der alte, kleine Ford klapperte so laut, dass Stefan befürchtete, er würde jeden Moment in tausend Teile zerfallen.

Marrakesch, die Stadt mit ihren rosafarbenen Mauern aus gestampftem Lehm, den mit violetten Bougainvilleas bedeckten Häuserwänden und all den Orangenbäumen in den Vorgärten, konnte ihm gestohlen bleiben, das war ihm bereits nach der ersten halben Stunde in dieser Märchenstadt klar. Nicht einmal die verschneiten Gipfel des Hohen Atlas unter dem leuchtend blauen Himmel, die Michael so faszinierten, begeisterten ihn. Stefan war zwar ein leidenschaftlicher Berggeher, der die Einsamkeit in den österreichischen Alpen liebte, doch diese Postkartenidylle hier war ihm nicht geheuer. Das orientalische Tingeltangel, das er dann auf der kurzen Fahrt in die Medina mitbekam, erfreute vielleicht die kindliche Seele seines schwulen Freundes, aber einen gestandenen Mann und ernsthaften Autor wie ihn stieß es eher ab.

Das kleine Riad-Hotel, das ihm Michael empfohlen hatte, befand sich in einer düsteren, schmutzigen Gasse, unweit des Djemaa el Fna, der Grand'Place, wie die Franzosen diesen riesigen Marktplatz nannten. Der Fahrer konnte nicht bis zum Haus vorfahren. Mehrere Gepäckträger mit ihren verdreckten Karren stürzten sich auf Stefan, als er aus dem Taxi stieg.

Da er keine Lust hatte, seinen schweren Koffer selbst hinter sich herzuziehen, nahm er das billigste Angebot an, ohne den alten Mann weiter herunterzuhandeln.

Als sich herausstellte, dass es nur zehn Meter bis zu seinem Hotel waren, verfluchte er seine Kurzsichtigkeit oder, besser gesagt, seine Eitelkeit. Hätte er seine Brille aufgesetzt, würde er vielleicht das kleine Schild des Hotels gesehen haben. Wieder fünf Euro in den Wind gesetzt. Diese Reise begann ja bestens!

Anstatt des Doppelzimmers mit Terrasse und Ausblick, das er übers Internet gebucht hatte, bekam er ein winziges Zimmer im ersten Stock mit Blick auf die belebte Gasse. Das Bad war so eng, dass er sich in der von Schimmel befallenen Dusche kaum würde umdrehen können, obwohl er nicht wirklich dick war. Sein Bauch war mittlerweile etwas angewachsen, was weniger an seinem Essverhalten als an seinem Alkoholkonsum lag, aber seine Gliedmaßen waren nach wie vor schlank und rank wie die eines Jünglings. Ihm war aber bewusst, dass er keineswegs mehr jugendlich wirkte. Wegen seiner Größe von einem Meter neunzig hatte er sich einen gebeugten Gang angewöhnt und einen kleinen Buckel zugelegt. Sein Haar war schütter und ergraut. Er trug es lang, trotz der kleinen Glatze am Hinterkopf. Stefan war gerade erst fünfzig geworden, fühlte sich momentan aber wie ein Achtzigjähriger.

Die besten Jahre waren vorbei, das war ihm schon seit langem klar. Einst galt er als Shootingstar der österreichischen Literaturszene. Seinen ersten Roman „Gelber Dunst" hatte er mit fünfunddreißig veröffentlicht, damit einige Literaturpreise eingeheimst und einen großen deutschen Verlag für sein zweites Buch an Land gezogen. Seine nächsten Romane hatten sich weniger gut verkauft als sein Erstlingswerk, aber anscheinend immer noch gut genug, denn der deutsche Verlag hatte ihm die Treue gehalten. Den letzten Vorschuss hatte er vor nunmehr sechs Jahren kassiert. Der Roman, für den er ihn bekommen hatte, war noch immer nicht fertig. Doch wenn man in Österreich einmal als Starautor galt, dann verblasste dieser Ruf nicht so schnell. Er zehrte nach wie vor von dem großen Erfolg seines Erstlings, der mittlerweile in zehn Sprachen übersetzt worden war, sogar ins Koreanische.

In den letzten Jahren hatte sich Stefan mit Übersetzungen aus dem Französischen über Wasser gehalten und ein paar Kurzgeschichten in Anthologien diverser österreichischer Schriftstellerverbände und -organisationen veröffentlicht. Außerdem hatte er immer wieder Stipendien und Förderpreise eingeheimst. Seit ein paar Jahren war Schluss damit. Autoren über fünfundvierzig galten nicht einmal mehr im Land der Seligen als förderungswürdig. Dennoch war er nach wie vor ein wichtiger Vertreter der österreichischen Literatur, zumindest bildete er sich das ein, obwohl er seit nunmehr sechs Jahren eine massive Schreibkrise hatte.

Voll bekleidet und mit den verstaubten Schuhen an den Füßen ließ er sich auf das überraschend bequeme Bett in seinem schäbigen Zimmer fallen und starrte eine Weile auf die rissige Decke.

Seine langjährige Lebensgefährtin hatte ihn vor einem Jahr verlassen. Obwohl die Trennung nicht der Grund für seine Schreibkrise war, er hatte bereits während der letzten Jahre ihrer Beziehung keine neue Zeile mehr geschrieben, machte er Melanie doch dafür verantwortlich. Auf einmal hatte sie mehr auf sich selbst und ihre eigene Karriere schauen wollen. Sie war zehn Jahre jünger als er und ebenfalls Autorin. Allerdings verdiente sie regelmäßig Geld mit einer blödsinnigen Kolumne in einer auflagenstarken Tageszeitung. Sie könne ihm nicht mehr länger dabei zusehen, wie er vor Mittag nicht aus dem Bett kam, nachmittags mit seinen Freunden im Kaffeehaus zu saufen begann und meistens erst spätabends heimkam, hatte sie ihm in ihrer letzten Nacht an den Kopf geworfen. Damals hätte er sie am liebsten umgebracht, den Polster auf ihr Gesicht gedrückt und ihre Worte in den Daunen erstickt.

Sein Verlag hatte den bereits bezahlten Vorschuss und damit auch ihn längst abgeschrieben. Falls er den Roman, an dem er seit sechs Jahren arbeitete, eines Tages fertigstellen würde, musste er sich einen neuen Verlag dafür suchen. Dieser Gedanke war ihm ein Gräuel. Bald würde er die Miete für seine Wohnung nicht mehr bezahlen können. Dank Melanie war die

Miete für seine Altbauwohnung im siebten Bezirk früher nie ein Problem gewesen.

Plötzlich erfasste ihn wieder eine Stinkwut auf diesen Trampel. Wer war sie denn schon? Eine kleine, immer fetter werdende Landpomeranze, die sich als berühmte Journalistin gerierte und vor kurzem sogar ein Buch mit ihren Alltagsglossen veröffentlicht hatte. Es war mit der Post gekommen. Er hatte es, ohne einen Blick hineinzuwerfen, in den Altpapiercontainer geschmissen.

Wie so oft befreite ihn die Wut von seiner depressiven Verstimmung. Er sprang auf und ging hinunter zum Rezeptionisten, der sich als Youssef vorgestellt hatte. In seinem eleganten Französisch verlangte er das reservierte Zimmer mit Terrasse. Er erklärte dem alten zahnlückigen Mann, dass er das Hotel augenblicklich verlassen würde, wenn er nicht sogleich das bestellte Doppelzimmer mit Terrasse bekäme.

Eine dicke schwarze Katze schlich um seine Beine. Stefan litt unter einer Katzenallergie. Angewidert verzog er das Gesicht.

Youssef versprach ihm schließlich, dass er ab morgen ein anderes Zimmer mit Terrassenzugang beziehen könne.

„Sind Sie nicht der berühmte Schriftsteller, der ‚Gelber Dunst' geschrieben hat?", vernahm er eine schrille Frauenstimme in seinem Rücken.

Durchaus erfreut drehte er sich um.

Hinter ihm standen zwei mehr oder minder attraktive Frauen um die vierzig und strahlten ihn an wie einen Christbaum.

„Ich bin Daniela und das ist meine Freundin Nicole", sagte die hagere Blondine mit der schrillen Stimme. Sie war weniger hübsch als ihre dunkelhaarige Freundin, die ihn ein bisschen an Melanie erinnerte, allerdings ein paar Kilo weniger auf den Hüften hatte als seine Ex.

„Wow, dass wir im selben Hotel wohnen, ist echt ein Wahnsinn! Das müssen wir feiern. Haben Sie heute Abend schon was vor?"

„Schreiben", sagte Stefan und war selbst verwundert über seine Schlagfertigkeit.

„Aber doch nicht gleich an Ihrem ersten Abend! Wir wollen auf den Djemaa el Fna gehen und dort in einer der Garküchen essen. Kommen Sie doch mit. Es wird sicher lustig."

Allein das Wort „lustig" bereitete ihm körperliches Unbehagen.

Ein älteres Ehepaar, sie schwer übergewichtig und mit einem marokkanischen Kaftan bekleidet, er in Jeans und T-Shirt und sein weißes Haar zu einem Rossschwanz zusammengebunden, gab seinen Zimmerschlüssel an der Rezeption ab. Sie hatten sein kurzes Gespräch mit den Österreicherinnen mitangehört.

„Wir gehen auch auf den Fna. Der Fischstand Nummer vierzehn ist fantastisch, solltet ihr auch versuchen", sagte der Rossschwanz. Ein Deutscher, Rheinländer der Sprache nach.

Der Rezeptionist redete nun in seinem merkwürdigen Französisch auf das deutsche Pärchen ein.

Stefan verstand, dass die beiden sein gebuchtes Zimmer belegt hatten. Sogleich schoss ihm wieder die Zornesröte ins Gesicht. Bevor er sich einmischen konnte, sagte Youssef zu ihm, dass alles geklärt sei, er, wie versprochen, sein Zimmer morgen beziehen könne.

Stefan hatte nicht mitbekommen, dass sich die Piefke mit dem Zimmertausch einverstanden erklärt hatten. Als er den bösen Blick bemerkte, den ihm die dicke Deutsche zuwarf, fühlte er sich irgendwie befriedigt.

Sollten diese Alt-Hippies doch unter- oder übereinander in dem schmalen Bett liegen, er wollte ein großes Doppelbett und eine Terrasse mit Ausblick.

Das Thermometer in seinem Zimmer hatte dreiundzwanzig Grad angezeigt. Dennoch fror er erbärmlich. Er beschloss, einen Hamam aufzusuchen und sich dort ein bisschen aufzuwärmen. Youssef empfahl ihm einen in der Nähe des Hotels.

*

Sein Körper glühte. Nur mit einer viel zu weiten ausgeborgten Badehose bekleidet, lag er ausgestreckt auf dem harten, gekachelten heißen Tisch. Der Schweiß rann ihm übers Gesicht, verklebte seine Augen.

Er war nicht allein in dem Dampfbad. Gemurmel und leiser Singsang belästigten seine Ohren. Der Raum war schwach beleuchtet. Er nahm die Umrisse der Gestalten, die sich gerade einseifen oder mit heißem Wasser übergießen ließen oder ebenso ruhten wie er, kaum wahr. Dichte Dampfschwaden umgaben den russischen Luster, der von der Decke baumelte.

Ein Gefühl von Schwerelosigkeit erfasste ihn. Er spürte seinen Körper nicht mehr. Auch sein Kopf wurde leer. Alle seine Gedanken und Grübeleien lösten sich in der Hitze auf. Dieses Gefühl von Leere behagte ihm.

Sein Badediener, ein junger, gut gebauter Mann, riss ihn aus diesem angenehmen, tranceähnlichen Zustand, deutete, ihm zu folgen. Er brachte ihn in einen kühlen Raum, reichte ihm ein feuchtes Handtuch, sagte irgendetwas auf Arabisch zu ihm und wies auf das kleine Becken mit kaltem Wasser.

Stefan hatte kein Wort verstanden. Vor seinen Augen erschienen kurze grelle Blitze. Das Kaltwasserbecken begann sich zu bewegen, kam langsam näher. Das Wasser schwappte über, eine riesige Welle erfasste ihn, schlug über ihm zusammen.

Als er auf dem kalten Fliesenboden wieder zu sich kam, sah er in die lächelnden schwarzen Augen des jungen Bademeisters. Der Bursche reichte ihm seine Hand, wollte ihm aufhelfen.

Stefan schlug seine Hand weg. „Mein Kreislauf hat wieder mal verrücktgespielt", murmelte er und stürzte hinaus in den Flur. Er brauchte dringend einen Whisky. Das einzige Medikament, das in allen beschissenen Lebenslagen half. Aber woher den Whisky bekommen in diesem islamischen Land?

Ihm war nach wie vor so schwindlig, dass er es kaum schaffte, seine Hose im Stehen anzuziehen.

Völlig benommen torkelte er hinaus auf die düstere Gasse, die wahrscheinlich noch nie Sonnenlicht gesehen hatte.

Zwei Bettler lungerten unweit des Hamams herum, schnorrten ihn an. Er ignorierte sie, obwohl er gelesen hatte, dass die Bettler von Marrakesch bestens organisiert waren und sich die Gesichter der Leute, die ihnen etwas gaben, genau merkten und sie dann angeblich vor Taschendieben beschützten. Bestimmt war das eine Mär. Wahrscheinlich verrieten sie eher den Dieben, wenn jemand gut bei Kasse war.

Auf einer heruntergekommenen Einkaufsstraße außerhalb eines Stadttores entdeckte er eine Bar, in der Alkohol ausgeschenkt wurde.

Er ging hinein, setzte sich auf einen Hocker an der Theke und bestellte einen Jim Beam, den Whisky für den Tag. Abends trank er lieber Single Malt.

Bald geriet er wieder ins Grübeln, fragte sich erneut, was er in diesem Drecksnest verloren hatte. Die

Grübelei war fruchtlos wie immer. Er bestellte einen zweiten Whisky mit viel Eis. Bisher hatte er noch keinen Gedanken an seinen unfertigen Roman verschwendet. Er sog die Stimmen von Marrakesch ein, so wie einst Elias Canetti, aber im Gegensatz zu seinem weltberühmten Schriftstellerkollegen schienen sie ihn nicht zu inspirieren. Nach dem Besuch des Hamams fühlte er sich weder erfrischt noch voller Tatendrang. Er sehnte sich nur nach Schlaf. Vielleicht sollte er zurück in sein Riad gehen, sich dort auf dem, zugegeben bequemen, Bett ausstrecken und einfach die Augen schließen.

Er blieb sitzen, döste an der Theke vor sich hin. Der Barkeeper brachte ihm einen zweiten Jim Beam.

Das Gegröle junger skandinavischer Touristen, die sich zu ihm an die Theke gesellt hatten, vertrieb ihn schließlich aus dieser netten kleinen Bar.

Die Wirkung des Whiskys hielt nicht lange an. Sobald er in den Trubel auf dem Djemaa el Fna eingetaucht war, wurde er wieder hellwach.

Schlangenbeschwörer, Bauchtänzerinnen, Feuerschlucker, Akrobaten, Schuhputzer, Wahrsagerinnen, Schwarze, die bunte T-Shirts verkauften und ihm in leise beschwörendem Ton Haschisch anboten ... Mit griesgrämiger Miene und den Händen in den Hosentaschen, das Geld fest umklammernd, streifte er über den großen Platz.

Die Sonne hatte sich noch nicht verabschiedet. Die blaue Stunde, in der dieser angeblich schönste Platz Afrikas in ein mysteriöses Farbenspiel getaucht werden würde, stand erst bevor.

Stefan schlenderte weiter, nahm eine breitere Straße hinein in den Souk. Er hatte nicht vor, etwas zu kaufen. Die Händler empfand er als äußerst lästig. Er blieb an keinem der farbenprächtigen Stände stehen, an denen nicht nur Textilien, Korb- und Lederwaren angeboten wurden, sondern auch alle Köstlichkeiten des Orients. Raschen Schrittes ging er durch die immer enger werdenden Gassen. Der Weg durch den Souk führte nicht geradeaus, sondern kreuzte sich mehrmals. Leicht verwirrt versuchte er sich einzuprägen, aus welcher Richtung er gekommen war. In die zum Teil mit Hölzern und Fetzen überdachten Gassen drang kein Sonnenstrahl. Bald hatte er die Orientierung verloren.

Junge, verwegen aussehende Burschen boten ihm an, ihn durch den Souk zu führen. Er reagierte fast zornig, verjagte sie mit abfälligem Gesichtsausdruck und eindeutigen Handbewegungen. Doch als er an einer Wegkreuzung umkehren und zurück zum großen Platz wollte, wurde ihm bewusst, dass er sich verirrt hatte. Sein Stadtplan half ihm nicht weiter, denn die Gassen im Souk hatten keine Namen. Es blieb ihm nichts anderes übrig, als sich von einem der Schlepper zum großen Platz zurückbringen zu lassen. Der Bursche hieß Achmed und redete in schlechtem Französisch auf ihn ein. Er gab auch ein paar Brocken auf Deutsch von sich. Stefan verstand kaum ein Wort.

Als ihn Achmed zu einem Gewürzstand schleppte, fühlte er sich verpflichtet, dem Händler drei Gramm angeblich besten marokkanischen Safrans um einen horrenden Preis abzukaufen. Wieder hatte er fast fünfzehn Euro in den Wind gesetzt. Den Safran würde er seiner alten Mutter mitbringen. Immerhin hatte sie ihm das Geld für diese Reise geborgt. Sie backte gerne, würde dieses kostbare Geschenk aber nicht zu schätzen wissen. Normaler Safran aus dem Supermarkt hätte es für ihre bescheidenen Bedürfnisse sicher auch getan.

Stefan war in der schönen Steiermark aufgewachsen, in einfachen Verhältnissen. Er schämte sich für seine Herkunft, hatte sie immer verleugnet, machte früher in Interviews seinen Vater, einen Schichtarbeiter, zu einem Ingenieur und seine Mutter, die jahrelang als Putzfrau gearbeitet hatte, zur Hausfrau, die nicht arbeiten gehen hatte müssen. Seine Bildung und Kreativität schrieb er widerwillig dem kirchlichen Internat zu, in das ihn seine Eltern mit Hilfe des örtlichen Pfarrers gesteckt hatten, nachdem sie noch vier weitere Gschrappen produziert hatten. Mit seinen jüngeren Geschwistern pflegte er keinerlei Kontakt, genierte sich für sie ebenso wie für seine Eltern.

Er verdrängte die Gedanken an seine Familie und versuchte, während er neben Achmed durch die quirligen Gässchen der Medina stapfte, ihm auf Französisch klarzumachen, dass er sofort zurück auf den Grand'Place müsse und keinerlei Einkäufe mehr tätigen wolle.

Der hübsche Bursche mit den großen dunklen Augen grinste ihn an, schlug ihm auf die Schulter und sagte: „Okay, okay."

Stefan war überrascht, als Achmed ihn tatsächlich ohne weiteren Stopp zum Djemaa el Fna brachte. Die Sonne verabschiedete sich gerade hinter dem Minarett der Koutoubia-Moschee. Er gab dem Jungen zwanzig Dirham. Achmed zeigte ihm die fünf Finger seiner rechten Hand.

Stefan schüttelte den Kopf. Von diesem kleinen Gauner ließ er sich nicht über den Tisch ziehen. Wahrscheinlich hatte der Kleine das große Bündel Scheine in seiner Hosentasche gesehen, als er den weit überhöhten Preis für den Safran bezahlt hatte.

„Morgen wiedersehen?", fragte Achmed lächelnd.

„Vielleicht", sagte Stefan, ließ ihn stehen und ging direkt zum Café de France, in dem er mit den beiden

Österreicherinnen aus seinem Riad verabredet war. Zwar hatte er kein Interesse an ihrer Gesellschaft, fühlte sich aber durch ihre Bewunderung geschmeichelt und hatte außerdem das Gefühl, seinen Fans eine gewisse Aufmerksamkeit schuldig zu sein.

Daniela und Nicole erwarteten ihn bereits auf der Terrasse im ersten Stock. Sie hatten einen Tisch ganz vorne ergattert und fotografierten beide wie besessen den fantastischen Sonnenuntergang.

Der Himmel wechselte gerade seine Farbe von zartem Rosa in kräftiges Orange. Kurze Zeit später verfärbte er sich blutrot und tauchte schließlich den ganzen Platz in ein rauchiges Blau.

Die Österreicherinnen hatten nicht nur bunte Schals, Arganöl und Berberketten gekauft, sondern auch zwei winzige lebendige Schildkröten.

„Sind sie nicht niedlich? Wir haben noch keine Namen für die beiden. Wie findest du Scheherazade und Mohammed?"

„Wenn schon, dann Scheherazade und Schahryar. Aber das sind persische Namen", klärte Stefan die ungebildeten Frauen auf.

„Möchtest du ihr Taufpate sein?"

„Es ist strengstens verboten, Schildkröten aus Marokko auszuführen, habt ihr das nicht in eurem Reiseführer gelesen?"

„Ach was, wir werden diese niedlichen Kleinen schon rausschmuggeln. Bei uns werdet ihr es gut haben, ihr Süßen", sagte Daniela und küsste die Panzer der Baby-Schildkröten. Angewidert wandte Stefan sich ab.

Beide Frauen hatten sich ihre Hände bemalen lassen. Die schwarzen Ornamente sahen beinahe bedrohlich aus.

„Auf Nicoles Hand steht angeblich, dass sie einen Mann sucht", kicherte Daniela.

Er besah sich die Bemalung auf Nicoles grobkno-
chiger Hand genauer und musste unwillkürlich an die
schönen, zarten Hände der marokkanischen Frauen
denken, die er bisher sehr wohl registriert hatte. Die
Araberinnen gefielen ihm, sie waren nicht sehr groß,
aber alle wohlgerundet, ohne fett zu sein, und trugen
meist prächtige farbenfrohe Gewänder. Verglichen mit
ihnen wirkten die vielen mageren und schlecht gekleideten Europäerinnen wie langweilige Kleiderhaken.

In Marrakesch war er bisher nur wenigen Frauen
mit Hidschab begegnet, diesem Kopftuch, das Haare,
Ohren, Hals und Dekolleté bedeckt. Einen Tschador
trugen fast nur Touristinnen aus arabischen Ländern.
Und Frauen mit einem Niqab oder gar mit einer Burka
hatte er kaum gesehen. Da hatte er in Österreich, trotz
Burkaverbots, schon mehr zu Gesicht bekommen, vor
allem letzten Sommer, als er bei den Rauriser Litera-
turtagen eingeladen gewesen war und anschließend
Zell am See besucht hatte.

Die meisten Marokkanerinnen waren unverschlei-
ert, trugen nicht einmal ein Kopftuch, ließen ihre dunkelbraune Haarpracht über Schultern und Rücken
fließen. Die jungen Frauen hatten meist auch schöne
weiße Zähne, volle Lippen und elegante, etwas längere Nasen als jene, die momentan in Hollywood angesagt waren. Das Schönste an ihnen waren allerdings
ihre dunklen Augen, die die Wonnen einer Nacht voller
Leidenschaft versprachen. Er bewunderte auch ihre
olivfarbene Haut, obwohl manche orientalische Frauen
auch weißhäutig waren, was ihre fast schwarzen Augen noch geheimnisvoller und verführerischer machte.

Die Österreicherinnen an seinem Tisch wirkten richtiggehend plump und derb neben all diesen nordafri-
kanischen Schönheiten, obwohl vor allem Daniela sehr

schlank war. Aber sie waren beide großgewachsen und hatten einen schweren Knochenbau. Ihre Haare waren dünn und struppig vom vielen Färben, ihre Gesichter aufgedunsen und voller roter Flecken, die nicht nur von übertriebenem Alkoholkonsum herrührten, sondern auch von der Hitze. Falls er ein Gefühl von Mitleid empfinden hätte können, wäre es jetzt angebracht gewesen. Doch er sezierte die beiden alleinstehenden Frauen mit seinem strengen Schriftstellerblick und kam zu dem Ergebnis, dass ihn keine der beiden reizte.

Seine Blicke schweiften wieder hinunter zu dem bunten Treiben am Djemaa el Fna.

Die hell beleuchteten Obststände mit den exotischen Früchten, Datteln und Nüssen sahen sehr verlockend aus, machten aber wenig Geschäft.

Plötzlich erblickte er einen Burschen, der zu der Terrasse des Café de France heraufsah und heftig winkte. Er erkannte Achmed nicht sogleich. Erst als er sich sicher war, dass es sich um seinen Scout handelte, winkte er zurück.

Der Junge stand neben einem Händler, dessen versilberte Laternen in vollem Kerzenlicht erstrahlten. Stefan gefielen diese filigranen Leuchten, die eine fast weihnachtliche Atmosphäre auf dem großen Platz verbreiteten.

„So eine Lampe werde ich mir kaufen, sie würde gut auf das Fensterbrett in meinem Schlafzimmer passen", murmelte er.

„Du bist ja ein richtiger Romantiker", sagte Nicole und schaute ihm tief in die Augen.

Ehe er noch widersprechen konnte, näherte sich Achmed dem Eingang des Cafés.

Stefan schwante Übles. Als Achmed ein paar Sekunden später an seinen Tisch kam und sich den beiden

Frauen als Freund von Stefan vorstellte, wusste er nicht, wie er reagieren sollte.

Daniela bot dem jungen Mann sogleich den vierten Stuhl an.

Achmed blickte Stefan fragend an.

Ihm blieb nichts anderes übrig, als zu nicken.

Achmed gab sich bescheiden, wollte nur einen *thé à la menthe*.

Stefan hielt ihm zugute, dass er weder den beiden Frauen noch ihm etwas anzudrehen versuchte, sondern Nicole nur um eine Zigarette anschnorrte.

Beide Frauen schienen sich zu freuen, einen Einheimischen kennenzulernen.

Als sich Achmed, kaum hatte er den Tee ausgetrunken, artig verabschiedete, verabredeten die Österreicherinnen mit ihm, dass er sie morgen durch den unheimlichen Souk führen solle.

Stefan hatte die ganze Zeit geschwiegen, Achmed kein einziges Mal angesehen.

Als der große Platz völlig im Dunkeln lag und der weiße Rauch von den Garküchen in den blauschwarzen Himmel aufstieg, begab er sich mit den Frauen hinunter, um die Garküche Nummer vierzehn zu suchen.

Permanent wurden sie von Schleppern der anderen Garküchen angemacht. Bald war Stefan am Rande seiner Geduld angelangt. Er verscheuchte die jungen Männer mit ihren Speisekarten und führte Daniela und Nicole zu dem von den Deutschen empfohlenen Fischstand. Und wer saß dort und schlemmte? Die beiden Alt-Hippies.

„Setzt euch zu uns", sagte die dicke Deutsche und rückte ein bisschen näher an ihren Mann heran. „Ich heiße Ute und das ist mein Mann Detlef."

Nicole setzte sich auf die hölzerne Bank neben die Deutschen, Stefan und Daniela nahmen gegenüber Platz.

Stefan entschied sich für Calamari. Bei diesen frittierten Gummiringerln konnte nicht viel schiefgehen. Salat oder andere Beilagen lehnte er ab. Daniela und Nicole nahmen die gemischte Fischplatte und Salat.

Sowohl die Calamari als auch die Fischstücke schwammen in Fett, schmeckten aber hervorragend. Stefan hatte sich dazu herabgelassen, ein Stückchen Fisch von Danielas Teller zu probieren.

Auf einmal entdeckte er wieder Achmed unter den Schaulustigen in der Nähe des Fischstandes. Er ignorierte ihn, hatte keine Lust, ihn zum Essen einzuladen, obwohl der fette frittierte Fisch nur drei Euro kostete.

Als Ute eine Flasche Sekt aus ihrem bestickten, sicher heute erst erstandenen Beutel zog und den Mann am Grill um Pappbecher bat, wollte er am liebsten aufstehen und gehen. Doch Daniela umklammerte mit ihren groben Fingern seinen linken Oberschenkel und strahlte ihn begeistert an.

„Wollen wir nicht den schönen Abend miteinander begießen?", fragte sie und erhob ihren Pappbecher.

Ihm blieb nichts anderes übrig, als mit seinen Fans und dem deutschen Pärchen anzustoßen.

„Wir befinden uns übrigens in einem islamischen Land, willst du diese Leute provozieren? In der Medina ist der Genuss von Alkohol strengstens verboten."

Daniela verstummte, schaute ihn unsicher an.

„Lasst uns heimgehen. Ihr könnt ja in unserem Riad weitertrinken."

Mit der angebrochenen Flasche Sekt und den Pappbechern in den Händen folgten ihm die Österreicherinnen und das deutsche Pärchen durch die dunklen Gassen zurück ins Hotel.

In den Hauseingängen hockten Obdachlose. Einige Stricher machten sich sowohl an die Frauen als auch an die beiden Männer ran.

Detlef schien sich prächtig zu amüsieren, begann mit einem der Burschen zu verhandeln.

Gereizt zog Stefan den betrunkenen Deutschen weiter. „Bist du verrückt geworden? Die sind schnell mit dem Messer zur Hand, so schnell kannst du gar nicht schauen ...“

Vor ihrem Hotel wartete Achmed auf sie. Offensichtlich hatte er sie verfolgt und sie irgendwann überholt. Mit einem betörenden Lächeln auf seinen vollen Lippen bot er ihnen einen Gute-Nacht-Cocktail an, Hasch oder Koks oder was auch immer sie begehrten.

„Hau endlich ab“, herrschte Stefan ihn an.

Achmed schaute ihm lange in die Augen, bevor er in der finsteren Gasse verschwand.

Stefan hatte keine Lust, mit Daniela, Nicole und den Deutschen weiterzuzechen. Er zog sich in sein Zimmer zurück. Die lauten Stimmen seiner neuen Bekannten, die im begrünten Innenhof des Riads weiterfeierten, ließen ihn nicht einschlafen. Bis in die frühen Morgenstunden wälzte er sich in seinem Bett.

Sein Zimmer war total überheizt. Er drehte die Heizung zurück. Kurz darauf begann er zu frieren, drehte den Thermostat wieder höher und prompt schlief er ein.

Er träumte von Achmed, von seinem jungen festen Körper, seiner glatten olivfarbenen Haut, seinen mandelförmigen schwarzen Augen. Als sich Achmeds üppige wohlgeformte Lippen seinem Schwanz näherten, schrak er auf, machte Licht an und ging ins Bad. Er konnte es nicht fassen, er hatte eine Erektion. Die erste seit vielen Monaten. Entsetzt starrte er auf sein Glied, drehte die Dusche auf und wollte sich einen runterholen. Doch sein Schwanz erschlaffte sogleich unter dem warmen Wasserstrahl.

Fluchend legte er sich wieder hin, konnte aber nicht mehr weiterschlafen.

*

Am nächsten Morgen erschien Stefan als Erster beim Frühstück unten im Innenhof. Die morgendliche Frische tat ihm gut. Er wollte im Freien sitzen, nicht drinnen im dunklen Frühstücksraum.

Zwei Frauen, offensichtlich Mutter und Tochter, baten ihn in ihre kleine Küche, zeigten ihm all die Köstlichkeiten, die sie für ihre Gäste vorbereitet hatten. Youssef gesellte sich zu ihnen und übersetzte.

Stefan wollte zuerst einen Kaffee und danach einen *thé à la menthe*.

Während er den Espresso trank, sah er den beiden Frauen bei der Zubereitung des Tees zu.

Die ältere Frau schüttelte ein Häufchen Teeblätter in ihre Hand, die Jüngere reichte ihr ein Büschel grüner Minze. Beides kam ins sprudelnde Wasser auf dem Herd. Sie ließen es drei Mal aufkochen, dann füllte die Alte ein Glas von sehr hoch oben, sodass der Tee in einem langen dünnen Strahl hinabbrann. Sie goss dieses Glas zurück in die Kanne und füllte es ein zweites Mal. Wieder goss sie es zurück. Die jüngere Frau hatte inzwischen ein großes Zuckerstück zerstoßen und gab den Zucker in die Kanne. Erst als die Alte den Tee ein drittes Mal von hoch oben eingegossen hatte, reichte sie ihm das bemalte Glas in der versilberten Halterung.

Er frühstückte allein, genoss ein köstliches Baguette, wie er es nur aus Frankreich kannte, schmackhafte Butter und selbstgemachte Marmeladen und Honig. Es war das beste Frühstück, das er seit langem zu sich genommen hatte.

Die Palmen im Innenhof sahen ebenso gepflegt aus wie die Blumenrabatten. Aus einem hübschen in Blau- und Grüntönen gekachelten Springbrunnen perlte Wasser. Und in den Bougainvilleas zwitscherten die Vögel. Er kam sich vor wie im Paradies.

Das kleine Riad mit den zwölf Zimmern war doch eine gute Empfehlung von Michael, dachte er, als er nach dem Frühstück Youssef die Stiegen hinauf in den zweiten Stock folgte und die große Terrasse mit Blick über die Dächer der Stadt betrat.

Er bezog das gewünschte Zimmer und war zum ersten Mal seit seiner Ankunft in Marrakesch guter Laune. In diesem geschmackvoll eingerichteten Raum mit dem Doppelbett, dem Schreibtisch aus Thujenholz, den bequemen Sitzpolstern und den gekachelten Wänden würde er vielleicht schreiben können. Als er aus dem Fenster sah und zwei Störche aus Gips hoch oben auf der Hausmauer erblickte, musste er grinsen. Er fragte sich, ob sie die Tauben abhalten sollten, so wie die künstlichen Raben, die man auf Terrassen in Wien manchmal sah, oder ob sie zu reinen Dekorationszwecken dort hockten.

Als er sich eine halbe Stunde später auf den Weg zu dem berühmten Fotografiemuseum im Souk machen wollte, musste er an Daniela und Nicole, die jetzt erst im Innenhof frühstückten, vorbei. Sie bestanden darauf, dass er noch einen Tee mit ihnen trank, und überreichten ihm dann mit feierlichen Mienen ein Geschenk. Sie hatten ihm in aller Herrgottsfrüh am Djemaa el Fna eine der versilberten Laternen gekauft, von denen er gestern Abend geschwärmt hatte.

Er war gerührt, gleichzeitig fand er es peinlich, hatte er doch kein Geschenk für seine beiden Verehrerinnen.

Ohne lange nachzudenken, verschob er den Besuch des Fotografiemuseums auf später und lud sie auf einen Kaffee im Café de la Poste ein. Dieses berühmte Fin-de-Siècle-Lokal befand sich in der Neustadt.

Sie fuhren mit dem Bus Nummer eins nach Guéliz, stiegen bei einem großen modernen Einkaufszentrum aus. Die Straßen hier waren sauber, die Namen der Geschäfte bekannt. Die vielen Straßencafés erinnerten ihn an Paris.

Während Daniela und Nicole ein zweites kleines Frühstück im Grand Café de la Poste zu sich nahmen, bestellte Stefan nur ein Glas Weißwein. Wie konnten diese Frauen nach dem wunderbaren Frühstück in ihrem Riad jetzt noch mehr Baguette und Butter in sich hineinstopfen, fragte er sich.

Das Geschwätz der beiden interessierte ihn nicht. Als sie jedoch vorschlugen, gemeinsam den Park Majorelle zu besuchen, beschloss er mitzukommen. Dieser Park, den der berühmte französische Modeschöpfer Yves Saint Laurent von dem marokkanischen Maler Jacques Majorelle gekauft hatte, war eines der touristischen Highlights von Marrakesch. Er hatte ohnehin vorgehabt, ihn zu besuchen.

Daniela und Nicole wollten vorher noch für den Abend einen Tisch im Al Fassia reservieren, einem von allen Reiseführern empfohlenen Restaurant, das von einer Frau mit ausschließlich weiblichem Personal betrieben wurde.

Stefan suchte einstweilen eine kleine Buchhandlung neben dem Restaurant auf, kaufte ein paar schräge

Postkarten, obwohl er eigentlich nicht vorhatte, jemandem zu schreiben.

Die Farbenpracht im Park Majorelle überwältigte dann selbst ihn. Ultramarinblau kombiniert mit den schönsten Gelb-, Orange- und Grüntönen. Kein Wunder, dass ihm auch sein Freund Michael einen Besuch dieses Parks empfohlen hatte. Im Yves Saint Laurent gewidmeten Museum, das an den Park grenzte, begann sich Stefan jedoch bald zu langweilen.

„Wow, der hat den Hosenanzug für uns Frauen erfunden", sagte Nicole.

„Er war ein gutaussehender Mann", bemerkte Daniela angesichts der Fotos des Meisters auf einer riesigen Leinwand.

„Und die Frau an seiner Seite ist die Catherine Deneuve, oder?", fragte Nicole.

„Sie war seine Muse", murmelte Stefan. „Schwule Männer stehen eben auch auf schöne, gutgekleidete Frauen." Der Blick, den er bei diesen Worten den mit Jeans und T-Shirts bekleideten Österreicherinnen zuwarf, sprach Bände.

Als sie das Museum verließen, verabschiedete er sich abrupt von seinen Begleiterinnen, sprang in ein Taxi und ließ die beiden einfach am Straßenrand stehen. Verblüfft sahen sie seinem Taxi nach.

Er wollte zum Fotografiemuseum. Der Taxifahrer warf ihn beim Parfümmuseum raus. Blöderweise hatte er vergessen, vorher den Preis für die Fahrt auszuhandeln. Es blieb ihm nichts anderes übrig, als schon wieder zehn Euro in den Sand zu setzen, obwohl er wusste, dass Fahrten innerhalb der Stadt höchstens fünf Euro kosten durften.

Wieder einmal irrte er im Souk herum, fragte Einheimische, keiner schien zu wissen, wo sich das

Museum für Fotografie befand. Sie schickten ihn in alle Himmelsrichtungen. Immer wieder boten sich ihm junge Schlepper an. Er verzichtete auf ihre Dienste.

Das pralle Leben im Souk, die schreienden Markthändler, all die kräftigen Farben und die Gerüche von Zedernholz und exotischen Gewürzen lullten ihn ein. Gemächlich spazierte er durch die engen Gassen, landete in der Mellah, dem jüdischen Viertel, kam vorbei an einer winzigen Synagoge und einer noch kleineren Thora-Schule, die beide frisch renoviert waren, und besuchte sogar den jüdischen Friedhof, der mit seinem Meer aus abertausenden weißen Kuben einem Science-Fiction-Film entsprungen schien.

Schließlich landete er beim prächtigen Bahia-Palast. Die Schlange vor der Kasse war ihm zu lang. Er beschloss, diesen Märchenpalast ein anderes Mal zu besuchen, ging weiter über den Place des Ferblantiers zum Palais El Badi und zu den Saadier-Gräbern. Dieses Mausoleum für Angehörige der Saadier-Dynastie, vor allem der Saal der zwölf Säulen aus Carrara-Marmor, beeindruckte ihn sehr. Die Reise nach Marrakesch war vielleicht doch keine so schlechte Idee gewesen.

Auf dem kleinen Platz vor der Moschee, hinter der sich die Saadier-Gräber befanden, aß er dann in einem Café-Restaurant die beste Tajine seines Lebens. Das Rindfleisch mit Pflaumen wurde wie üblich in einer Terrakottaschüssel mit einem kegelförmigen Deckel serviert. Beim Hochheben des Deckels drangen Düfte von Petersilie und exotischen Gewürzen in seine Nase.

Eine Katze hockte sich neben seinen Tisch, erwartete ein paar Häppchen. Stefan vergewisserte sich, dass keiner der anderen Gäste zu ihm hersah, und versetzte dem Tier einen Tritt. Jaulend huschte es von dannen. Endlich konnte er seine Tajine ungestört genießen.

Auf dem Rückweg zu seinem Riad kam er durch eine enge Gasse, in der sich einige interessante Läden befanden. Doch der bestialische Gestank der Mopeds, die ständig an ihm vorbeirasten, machte ihn fast wahnsinnig. Hatte er sich nicht gerade mit Marrakesch anzufreunden versucht? Und nun wieder dieser Höllenlärm und dieses Chaos. Er empfand die wilden Mopedfahrer als unheimlich bedrohlich. Nicht nur einmal streifte ihn der Ellbogen eines vorbeirasenden Marokkaners. Mittlerweile war es unter den löchrigen Sonnendächern des Souks ziemlich dunkel geworden. Als wieder einer dieser Verrückten von hinten daherkam und ihm seinen Lenker in die Rippen rammte, schlug er mit voller Wucht zu. Das alte Moped kippte um, der junge Fahrer landete auf dem harten Pflaster. Blut breitete sich auf dem schmutzigen Asphalt aus.

Kopfverletzungen bluten immer sehr stark, dachte Stefan und machte sich rasch aus dem Staub.

Hinter sich vernahm er fürchterliches Geschrei. Er lief, so schnell er konnte, weiter, tauchte ein in die Finsternis der engen Gassen.

Er hatte keinerlei Schuldgefühle. Dieser Irre war selbst schuld, warum war er auch ohne Helm unterwegs gewesen.

Plötzlich bildete er sich ein, Schritte hinter sich zu hören, die im gleichen Rhythmus wie seine auf dem Pflaster widerhallten. Er drehte sich um.

Die dunkle Gasse war fast menschenleer. Nur ein paar Bettler mit Kapuzen über ihren Köpfen hingen in den Hauseingängen herum. Dennoch geriet er in Panik. Das Herz klopfte ihm bis zum Hals. Am liebsten hätte er laut um Hilfe geschrien. Die Bettler würden ihm nicht helfen, hatte er ihnen doch bisher keinen Cent gegeben.

Er bildete sich ein, dass einer dieser Bettler aussah wie Achmed. Hatte der Junge ihn, so wie schon gestern, die ganze Zeit verfolgt? Hatte er womöglich mitangesehen, wie er dem Mopedfahrer einen Faustschlag verpasst hatte?

Als sein Riad am Ende der Gasse auftauchte, verschnaufte er, dankte Allah oder welchem Gott auch immer, dass er heil heimgekommen war, und wankte die Treppe hinauf in den zweiten Stock.

Nach diesem Horrortrip durch die Medina verzichtete er auf das Abendessen mit Daniela und Nicole im Al Fassia. Er hatte auf einmal Lust zu schreiben, wollte sich all seinen Frust und seinen Hass von der Seele schreiben. Doch er brachte kein Wort zu Papier. Nach wie vor kochte er innerlich vor Wut. Er war vor allem wütend auf sich selbst, auf seine Unbeherrschtheit und auf seine Unfähigkeit zu schreiben. Am meisten machten ihm jedoch seine homosexuellen Fantasien von letzter Nacht zu schaffen.

Er bat Youssef, ihm eine Pizza zu besorgen, und leistete dann dem deutschen Ehepaar auf der Dachterrasse seines Hotels Gesellschaft. Sie hatten eine Flasche Gin, die sie im Duty-Free-Shop am Frankfurter Flughafen erstanden hatten, geöffnet und waren bereits beim zweiten Gin Tonic angelangt, als er sich zu ihnen gesellte.

Die rheinländischen Alt-Hippies waren überglücklich, dass sie nicht in sein kleines Zimmer übersiedeln hatten müssen, sondern ein besseres Zimmer oben, neben dem seinen, bekommen hatten. Anscheinend waren andere Gäste ausgefallen.

Stefan gab vor, ihnen zuzuhören, war in Gedanken aber bei Achmed und dem höchstwahrscheinlich schwerverletzten Mopedfahrer.

Als die Österreicherinnen nach Hause kamen, setzten sie sich zu ihnen. Sie machten Stefan Vorwürfe, weil er nicht im Al Fassia erschienen war, beteuerten aber gleichzeitig, dass er nichts versäumt habe. Das Abendessen in dem von allen Reiseführern hochgelobten Lokal war eine Enttäuschung gewesen. „Eine Schnellabfertigung wie am Fließband", sagte Nicole.

Als er sich in sein Zimmer zurückziehen wollte, rannte ihm eine der vielen fetten Katzen, die sich im Riad herumtrieben, zwischen die Beine. Er versuchte ihr auszuweichen, stolperte über den Ständer eines Sonnenschirms, fiel über das niedrige Geländer der Terrasse, stürzte ein halbes Stockwerk hinunter und landete auf dem gefliesten Boden.

Er schrie auf vor Schmerz.

Bevor Daniela, Nicole und das deutsche Pärchen den etwas komplizierten Weg in das Zwischengeschoß gefunden hatten, war Youssef bei ihm.

Er fasste seine Beine an, fragte, ob und wo es wehtue, und kam schließlich zu dem Schluss, dass sich Stefan wahrscheinlich nur den linken Knöchel verstaucht hatte.

Die besorgten Österreicherinnen brachten ihn gemeinsam mit Youssef in sein Zimmer, legten ihn aufs Bett.

Youssef verabschiedete sich mit einem anzüglichen Augenzwinkern.

Die Frauen blieben bei Stefan, flößten ihm noch mehr Gin ein, obwohl ihm bereits kotzübel war.

Als sie zärtlich wurden, rastete er aus.

„Seid ihr komplett verrückt geworden? Ich kann nicht mehr, ich bin am Ende."

„Du hast dir doch nur den Knöchel verstaucht", säuselte Daniela und streichelte ihn zwischen den Beinen, während Nicole ihre Lippen auf seinen Mund presste.

„Lasst mich in Frieden", stöhnte er.

„Sei nicht so ein Schlappschwanz", kicherte die betrunkene Daniela.

„Haut endlich ab", herrschte er sie an.

„Du Armer, kannst du nicht? Wie schade. Was bist du nur für ein lahmer Hengst? Zwei Frauen sind dir wohl zu viel", spottete Daniela, warf ihrer Freundin einen belustigten Blick zu und ging hinaus auf die Terrasse, um eine zu rauchen.

Sie kehrte nicht zurück.

Nicole knöpfte sein Hemd auf, streichelte seine Brust, seinen Bauch. Als sich ihr Mund seinem Schwanz näherte, drehte er durch. Seine Finger schlossen sich um ihren Hals.

Ihr Keuchen erregte ihn auf seltsame Weise. Ihre Züge verwandelten sich vor seinen Augen in das runde Gesicht seiner ehemaligen Lebensgefährtin Melanie. Er drückte fester zu.

Mit letzter Kraft bohrte Nicole ihre langen Fingernägel in seine Wangen.

Sein Griff um ihre Kehle lockerte sich.

Sie wälzte sich aus dem Bett, rannte zur Tür und schrie: „Ich werde dich anzeigen, du Schwein!"

*

Noch am selben Abend verließ er, beschämt und entsetzt über sich selbst, das Riad, das er im Voraus mit Kreditkarte für eine Woche bezahlt hatte. Auf seinen zerkratzten Wangen klebten zwei Pflaster. Seine Haare hingen ihm wirr ins rotgefleckte Gesicht. Er sah aus wie ein Irrer. Zum Glück saß Youssef nicht in der Rezeption, als er kurz vor Mitternacht die Treppe hinunterschlich.

Seinen Koffer brachte er zur Gepäcksaufbewahrung am Bahnhof. Für diese kurze Taxifahrt zahlte er wieder ein Vermögen. Aber das war ihm inzwischen egal, er hatte andere Sorgen. Der Ticketschalter am Busbahnhof war noch geöffnet. Er kaufte sich eine Fahrkarte für den ersten Bus nach Essaouira am nächsten Morgen, gab einen falschen Namen an und bat Allah und den Herrgott zu verhindern, dass Nicole ihn anzeigte. Zum Glück hatte er den beiden Frauen nichts von Michael und seinem Plan, Silvester bei ihm in Essaouira zu verbringen, erzählt.

Als er den mondänen Bahnhof von Marrakesch verließ, stand Achmed vor ihm. Mit seinem betörenden Lächeln bot er ihm an, ihn in eine Bar zu bringen, wo es etwas Ordentliches zu trinken gab.

„Was machst du hier? Warum verfolgst du mich?", herrschte Stefan ihn an.

Achmed schien ihn nicht zu verstehen, zuckte mit den Schultern, ergriff seine Hand und winkte ein Taxi herbei.

Er wehrte sich nicht mehr. Mittlerweile war ihm alles egal. Er fuhr mit Achmed zurück zum Bab Agnaou am Rande der Medina, ließ sich von ihm in ein schummriges Lokal führen.

Er bestellte zwei Single-Malt-Whiskys bei dem schwarzen Barkeeper, bekam zwei billige Scotch mit viel Eis. Auch das war ihm inzwischen egal.

Achmed nippte an seinem Whisky nur. „Kokain?", fragte er lächelnd.

Stefan folgte dem Jungen auf die Toilette, kaufte ihm zwei Gramm ab.

„Und jetzt verschwinde, ich brauche dich nicht mehr", herrschte Stefan ihn an.

Achmed traf keinerlei Anstalten, ihn allein zu lassen. Im Gegenteil, er sah ihm dabei zu, wie er sich auf dem Waschbecken eine Linie reinzog. Dann bot er ihm an, ihm einen zu blasen.

Sogleich tauchten bei Stefan Erinnerungen an seinen Traum auf. Seine schwulen Fantasien waren ihm zutiefst zuwider. Doch er war selbst verwundert über die zielgerichtete Wut, die plötzlich in ihm aufstieg. Er ballte die rechte Faust und versetzte Achmed einen kräftigen Schlag unters Kinn. Das zarte Bürschchen ging sofort zu Boden.

Fluchtartig verließ Stefan die Toilette der Bar, warf einen Zwanzig-Euro-Schein auf die Theke, da er keine Dirham mehr besaß, und eilte hinaus auf die Gasse. Er hatte keine Ahnung, in welche Richtung er lief, rannte einfach weiter, immer weiter hinein in die Finsternis der unergründlichen Souks.

Bestialischer Gestank drang in seine Nase. War er im berüchtigten Gerberviertel gelandet? In seinem Reiseführer wurde vor diesem Viertel gewarnt, nicht nur wegen des scheußlichen Gestanks, sondern auch, weil man dort keinen Weg mehr hinausfand.

Er geriet in Panik, blieb stehen, versuchte sich zu beruhigen. Sein Herz pochte wie wild. In seinen Ohren dröhnte es wie ein Trommelwirbel.

Als auf einmal Achmed vor ihm stand und ihn unverschämt angrinste, erstarrte er.

Achmed näherte sich ihm langsam. Lächelnd griff er ihm zwischen die Beine, öffnete den Reißverschluss seiner Jeans und begann mit seinem Schwanz zu spielen.

Stefan ließ die zärtlichen Berührungen des Jungen stöhnend über sich ergehen. Daniela und Nicole wären über seine Erektion sicher hocherfreut gewesen.

Kurz bevor er kam, packte er jedoch die Kehle des Burschen mit beiden Händen und würgte ihn, so wie er vorhin Nicole gewürgt hatte. Das schwache Röcheln des Jungen erregte ihn noch mehr.

Achmed begann am ganzen Körper zu zittern. Erst als er seine Augen verdrehte und sich sein Griff um Stefans Glied lockerte, ließ Stefan von ihm ab.

Der Junge atmete noch schwach, als er ihn an den Füßen packte, zu einem der Farbbecken zerrte und ihn kopfüber in einen Behälter mit karmesinroter Flüssigkeit tauchte.

Dann stürzte er davon. Seine Lungen fühlten sich an, als wollten sie platzen, dennoch lief er weiter.

Er wagte es nicht, sich umzublicken. Unheimliche Geräusche erklangen hinter ihm. Er konnte nicht ausmachen, wo seine eigenen Schritte aufhörten und die eines anderen möglicherweise begannen. Hatte sich Achmed aus dem Farbbecken befreien können und kam ihm jetzt nach? Oder war der Junge tot und er war ein Mörder?

Die Stadt lag noch im Dunkeln, aber das erste Flüstern des Morgengrauens war deutlich zu hören. Stefan hielt sich die Ohren zu. Ihm war kalt, er fühlte sich schmutzig, glaubte zu stinken, aber er war am Leben.

Wundersamerweise erreichte er nach einer Weile wieder das Bab Agnaou, fand dort ein Taxi und ließ sich zum Busbahnhof bringen.

Als er frühmorgens im ersten Supratours-Bus nach Essaouira saß, verfolgten ihn die lauten Stimmen von Marrakesch noch weit über die Stadtmauern hinaus.

Au revoir!

Wolkenloser Himmel, azurblaues Wasser, endlos weißer Kiesstrand. Dahinter ein farbenfrohes Häusermeer. Die rosafarbene Kuppel des Hotel Negresco glänzte verführerisch im Sonnenlicht.

Der Anflug auf Nizza gestaltete sich nicht so einfach wie erhofft. Ein heftiger Mistral machte der Maschine schwer zu schaffen.

Laura Mars klammerte sich an die Lehnen ihres Sitzes, schloss die Augen und malte sich den Aufprall des Fliegers auf den schaumigen Wellen aus. Zum ersten Mal war sie froh über die Schwimmweste unter ihrem Sitz.

Knapp über dem Wasser machte das Flugzeug eine Kehrtwende. Einige Sekunden später tauchte die Landebahn vor ihrem Fenster auf. Beinahe hätte Laura es der alten Frau am Nebensitz gleichgetan und sich ebenfalls bekreuzigt. Sie beließ es bei einem erleichterten Seufzer.

Laura hatte die Villa ihrer verstorbenen Großmutter in Opatija verkauft und geplant, sich mit dem Erlös eine Eigentumswohnung in Wien zuzulegen. Doch sie fühlte sich in Wien nicht mehr zuhause. Im letzten langen Winter hatte sie das Meer, die Sonne und die Freundlichkeit der Menschen im Süden schmerzlich vermisst.

Die Idee, sich an der Côte d'Azur nach einer Wohnung umzusehen, war ihr in einer schlaflosen Nacht gekommen. Spontan hatte sie für den nächsten Tag einen Flug nach Nizza gebucht.

Ihr Vater hatte ihr ein hübsches Hotel an der Promenade des Anglais empfohlen. Sie hatte telefonisch ein Zimmer reserviert und einen Mietwagen bei einer Agentur am Flughafen bestellt.

Nachdem sie den knallroten Renault Mégane in Empfang genommen hatte, öffnete sie das Dach des Cabrios und fuhr los. Wie oft hatte sie davon geträumt, einmal in einem offenen Wagen die Küste Südfrankreichs entlangzufahren?

Der Mistral zerzauste ihr langes blondes Haar und trieb ihr die Tränen in die Augen. Das Licht an der französischen Riviera war stärker und satter, als sie es gewohnt war, und ohne Sonnenbrille kaum zu ertragen. Dennoch fühlte sie sich wie verzaubert von diesem ganz besonderen Licht und der unvergleichlichen Farbenpracht, die schon Maler aus aller Welt angezogen hatte.

In dem kleinen Boutique-Hotel waren mehrere Zimmer frei. Sie verzichtete auf das Zimmer mit Meerblick, da Fenster und Balkon auf die stark befahrene Promenade des Anglais hinausgingen, und entschied sich für eines mit Blick auf einen prächtigen Garten mit hohen Palmen und das Hinterland von Nizza. Der Baou de Saint-Jeannet grüßte aus der Ferne.

Rasch packte sie ihren Koffer aus, duschte und ging zurück zu ihrem Wagen.

Sie hatte vor, zuerst Chagall und Matisse und danach ihre Lieblingskünstler Yves Klein und Niki de Saint Phalle im Museum Moderner Kunst zu besuchen.

Eine kurvenreiche Straße führte hinauf zum Matisse-Museum. In den terrassenförmig angelegten Gärten entfalteten Rosen, Lavendel und Oleander jetzt im Juni ihre volle Pracht. Die Farbe Rosa, ein ins Lila gehendes Rosa, dominierte. Laura sog die frische Luft ein und fühlte sich so vergnügt und unbeschwert wie schon lange nicht mehr.

Das Museum hatte geschlossen. Sie machte kehrt, verschob wegen des traumhaften Wetters alle kulturellen Aktivitäten auf später und fuhr zurück in die Innenstadt. Ihren Wagen stellte sie in der Nähe der Promenade ab und schlenderte dann durch die Einkaufsstraßen Rue de France und Rue Masséna Richtung Altstadt.

Die leuchtenden Farben der Häuser begeisterten sie immer wieder aufs Neue. Hauptsächlich Rot- und Gelbtöne, von Terrakotta bis zu kräftigem Rot. Ihr fiel auf, dass viele der roten Häuser grüne Fensterläden hatten. Die gewagte Farbkombination entsprach ganz ihrem Geschmack.

Gut gekleidete Menschen, fröhliche Gesichter, barocke Kirchen und Paläste, Villen und Hotels im Stil der Belle-Époque. Was für eine schöne Stadt! Hier wollte sie leben! Sie würde gleich morgen mit der Wohnungssuche beginnen.

Auf der Place Masséna stärkte sie sich mit einem doppelten Espresso.

Plötzlich fiel ihr ein großer, schlanker Mann auf, der leicht gebückt über den weitläufigen Platz spazierte. Er war etwas älter als sie und leger gekleidet mit Jeans und einem hellblauen Hemd. Der Mann erinnerte sie an jemanden. Im ersten Moment wollte ihr partout nicht einfallen, an wen. Aber nicht nur seine Statur, auch sein Gang kam ihr vertraut vor.

Der Name Alexander schoss ihr durch den Kopf. Der Gedanke an den Griechen veränderte von einer Sekunde auf die andere alles. Sie erblasste, ihre Hände begannen zu zittern und ihr Herz pochte bis zum Hals. Unmöglich. Er konnte es nicht sein. Die Ähnlichkeit war jedoch verblüffend.

Dieser Mann war ihre große Liebe gewesen, eine unmögliche Liebe, die ihr beinahe das Leben gekostet hatte.

Alexander war Profikiller, hatte in Südamerika als Bodyguard für einen Drogenbaron gearbeitet, war in Mexiko in Drogenkriege verwickelt gewesen und hatte als eine Art Söldner für denjenigen getötet, der am meisten bezahlt hatte. Als sie ihn vor einigen Jahren in Griechenland kennengelernt hatte, arbeitete er für russische Immobilienhaie und Bauspekulanten, wechselte aber die Seiten, als Laura in Lebensgefahr geriet.

Bei der Erinnerung an die wilde Zeit, die sie mit ihm verbracht hatte, kamen die leidenschaftlichen Gefühle von damals sofort wieder hoch.

Sie hatte sich sehr bemüht, ihn zu vergessen. Er war ein Abenteurer, ein Einzelgänger, ein Getriebener, und er hatte jede Menge Menschen auf dem Gewissen, auch wenn er oft beteuert hatte, nur Kriminelle umgebracht zu haben.

Bisher hatte sie den Mann nur von der Seite und von hinten gesehen. Erst als er sich an einem Tisch in einem gegenüberliegenden Lokal niederließ, sah sie ihn von vorne. Doch er war zu weit entfernt. Sie konnte seine Züge nicht deutlich erkennen.

Sie zahlte und wartete. Als er aufbrach, folgte sie ihm in die Altstadt.

Alexander hatte fast schulterlanges, dichtes, schwarzes Haar gehabt. Der Mann vor ihr trug seine Haare extrem kurz geschnitten, außerdem waren sie grau. Sie begann zu zweifeln und kam sich ziemlich lächerlich vor, als sie dem Mann weiter nachlief.

In den engen, verwinkelten Gassen der Altstadt war es angenehm kühl, dennoch bekam Laura einen Schweißausbruch, als der Mann vor einem hohen, schmalen Haus stehen blieb und sich umsah. Eine Gruppe junger, hochgewachsener Skandinavier bewahrte sie in letzter Sekunde vor seinen Blicken.

Plötzlich verschwand er in dem dunklen Hauseingang. Unschlüssig, ob sie warten sollte, bis er wieder herauskam, ging sie eine Weile auf und ab. Es konnte Stunden dauern. Vielleicht wohnte er sogar in dem Haus?

Ihr Magen meldete sich. Sie hatte weder im Flieger noch in dem Café auf der Place Masséna etwas gegessen. In einem kleinen Delikatessenladen kaufte sie ein mit Schinken und Käse belegtes Baguette, verzehrte es gleich im Geschäft und behielt dabei den Hauseingang im Auge.

Sie kämpfte mit ambivalenten Gefühlen. Wollte sie ihn überhaupt wiedersehen? Nachdem er aus ihrem Leben verschwunden war, hatte sie sich oft gefragt, wie sie sich in so einen Mann verlieben hatte können. Doch er hatte ihr damals auf Samos nicht nur das Leben gerettet, er hatte sie auch geliebt, wie kein anderer Mann sie je geliebt hatte.

Als er nach ein paar Minuten aus dem Haus kam, sah sie ihn zum ersten Mal aus der Nähe. Und nun gab es keine Zweifel mehr.

Von diesen schönen ebenmäßigen Zügen und den großen, dunklen, traurigen Augen hatte sie viele Nächte geträumt. Auch wenn er statt eines Schnurrbarts einen Drei-Tage-Bart trug und einige Falten mehr hatte, war es eindeutig Alexander.

Bevor er weiterging, drehte er sich noch einmal um. Spürte er, dass ihm jemand folgte?

Laura hatte sich blitzschnell hinter einem Ständer mit Ansichtskarten versteckt. Ihre Knie wurden weich. Hatte er sie gesehen? Hatte er sie erkannt? Auch sie hatte sich verändert, hatte ihre langen blonden Haare hochgesteckt und trug eine riesige Sonnenbrille.

Sie ließ ihn einige Meter vorausgehen, hielt mehr Abstand als vorhin, obwohl sie befürchtete, ihn in der Menschenmenge, die sich durch die engen verwinkelten Gassen der Altstadt drängte, aus den Augen zu verlieren. Da er die meisten Leute um einige Zentimeter überragte, gelang es ihr jedoch, ihn im Blick zu behalten.

Beim berühmten Blumenmarkt von Nizza angekommen, tauchte sie ein in ein Meer von leuchtenden Farben und verführerischen Düften. Rosen, Lilien, Mimosen, Jasmin und Veilchen. Gerne wäre sie länger hier verweilt.

Er schritt jetzt schneller aus, durchquerte den Markt, ohne der überwältigenden Blumenpracht Beachtung zu schenken, und steuerte zielstrebig auf die Promenade des Anglais zu.

Ihr war bewusst, dass es auf der Promenade schwieriger werden würde, ihm unbemerkt zu folgen, und blieb sicherheitshalber auf der anderen Straßenseite, spazierte vorbei am Westminster Hotel mit seiner hellrosa Fassade und am Westend Hotel, dem ältesten der großen Hotels an der Promenade der Engländer.

Knapp bevor sie das legendäre Hotel Negresco erreichte, das ein rumänischer Koch und Butler 1912 errichten hatte lassen, sah sie, dass sich Alexander auf einem der blauen Stühle niederließ. Er telefonierte und schaute aufs Meer.

Entworfen hatte diese Stühle Charles Tordo, ein sehr umtriebiger Erfinder. Die blaue Farbe symbolisierte das Meer und den Himmel. Früher musste man bezahlen, um in Ruhe auf so einem Stuhl in der Sonne zu sitzen und den Blick auf die Bucht genießen zu dürfen.

Laura überquerte die Straße und setzte sich ebenfalls auf einen der Stühle. Sie war erschöpft. Der Flug, der lange Spaziergang, die unerwartete Begegnung, die sie völlig aus der Bahn geworfen hatte, und jetzt auch noch diese aufregende Verfolgungsjagd.

Während Alexander telefonierte, beugte sie sich über das Geländer, schaute aufs Meer und beobachtete die Möwen, die im Sturzflug auf die Wellen zurasten und nicht selten mit Beute im Schnabel wieder auftauchten.

Sie fasste sich ein Herz, beschloss, Alexander endlich anzusprechen.

Er saß nicht mehr auf seinem Stuhl. Einen Moment lang hatte sie nicht aufgepasst. Leicht verzweifelt blickte sie sich um. Schließlich entdeckte sie ihn auf der anderen Straßenseite. Er stieg gerade in einen Bus.

Sie winkte ein Taxi heran, bat den Fahrer, hinter dem Bus herzufahren, ihn aber ja nicht zu überholen. Dem jungen Mann schien die Verfolgungsjagd Spaß zu machen. Geschickt folgte er dem Stadtbus bis zum Busbahnhof. Als sie dort ankamen, fuhr gerade ein Überlandbus nach Antibes ab.

Keine Spur von Alexander. Laura vermutete, dass er in dem abfahrenden Bus saß. Zuerst wollte sie ihm mit dem Taxi weiter folgen. Der Gedanke, dass er zu Fuß verschwunden sein könnte, ließ sie zögern.

Sie war frustriert und nahe daran, aufzugeben. Nervös kramte sie in ihrer Handtasche. Sie brauchte dringend eine Zigarette. Obwohl sie seit Jahren nicht mehr rauchte, trug sie fast immer Zigaretten bei sich. Hin und wieder gab es Situationen, in denen ihr Verlangen nach Nikotin so stark war, dass sie sich nicht beherrschen konnte.

Sie bot auch dem jungen Taxifahrer eine an. Grinsend schaltete er den Taxameter aus. Während sie auf dem Parkplatz zusammen rauchten, fasste sie einen Entschluss. Sie ließ sich zurück zu ihrem Mietwagen bringen und fuhr auf gut Glück nach Antibes. Entweder würde sie Alexander dort wieder über den Weg laufen oder es sollte eben nicht sein.

Auf der Fahrt entlang der Küste entspannte sie sich ein bisschen und genoss die liebliche mediterrane Landschaft. In Cagnes-sur-Mer geriet sie in einen kilometerlangen Stau. Es hatte keinen Zweck, sich zu ärgern. Das Schicksal meinte es heute nicht gut mit ihr.

Resigniert schaltete sie den Motor ab und begann zu träumen, malte sich aus, wie sie gemeinsam mit Alexander das wunderschöne Hinterland der Côte d'Azur erkundete, sah sich Hand in Hand mit ihm durch die krummen Gassen und über die lauschigen Plätzchen von Vence schlendern, die berühmte Fondation Maeght in Saint-Paul-de-Vence besuchen, den Keramikkünstlern in Vallauris bei der Arbeit zusehen ...

Auf einmal tauchten Bilder von Leichen vor ihrem inneren Auge auf. Ob er noch den gleichen Job machte wie früher? Sie verwarf diesen schrecklichen Gedanken sogleich und träumte weiter von seinen traurigen Augen und seinen wundervollen Händen, die ihrem Körper so viel Lust bereitet hatten. Wie konnte ein Auftragsmörder nur so zärtliche Hände haben?

*

Auf dem berühmten Markt in Antibes packten die ersten Händler bereits zusammen, als Laura endlich einen Parkplatz in der Nähe fand.

Kaum hatte sie den überdachten Markt betreten, entdeckte sie Alexander. Er saß mit einer Frau in einer Bar am Rande des Marktes.

Die Frau war etwa in Lauras Alter, wirkte sportlich und durchtrainiert. Ihre kurzen Haare waren blond gefärbt. Sie sah sehr sexy aus, trug ein tiefausgeschnittenes, türkises T-Shirt, das ihre vollen, sonnengebräunten Brüste bestens zur Geltung brachte. Während sie auf Alexander einredete, betatschte sie ihn andauernd.

Laura erblasste und versteifte sich. Wut, Eifersucht, Scham, die unterschiedlichsten Gefühle kämpften in ihrer Brust.

Plötzlich sprang die blonde Frau mit vor Zorn gerötetem Gesicht auf und stürzte laut vor sich hin schimpfend davon.

Im selben Moment brach hinter Laura ein kleiner Tumult aus. Ein kleiner Bub hatte ein paar Pfirsiche gestohlen. Die Schreie der Marktfrau ließen die Händler zusammenlaufen. Ein alter Mann versuchte, den Kleinen einzufangen, war aber viel zu langsam.

Laura hatte sich nur kurz umgedreht. Als sie wieder zu der Bar hinübersah, war auch Alexander wie vom Erdboden verschluckt.

Zwei Hände legten sich auf ihre Schultern. Erschrocken fuhr sie zusammen und drehte sich um.

„Alexander", flüsterte sie, als sie seine feuchte Wange an ihrer spürte. Sie sah zu ihm auf.

Er hatte Tränen in den Augen und schien kein Wort herauszubringen. Als er sie küsste, vergaß sie ihre Eifersucht von vorhin und erwiderte seinen Kuss.

Mit heiserer Stimme sagte er, dass er sie erst bemerkt hatte, als der Tumult am Markt ausgebrochen war. Allerdings hätte er schon vorher das Gefühl gehabt, beobachtet zu werden.

Lachend gestand sie, dass sie ihm seit Nizza gefolgt war.

Hand in Hand spazierten sie hinauf zum Picasso-Museum. Vor dem Grimaldi-Schloss setzten sie sich auf die Stadtmauer und ließen ihre Beine über dem Wasser baumeln. Sie sprachen nicht viel. Wenn Laura versuchte, ihn etwas zu fragen, drückte er seinen Mund auf ihre Lippen. Seine Küsse waren genauso leidenschaftlich wie früher. Eng umschlungen saßen sie eine Weile auf den warmen Steinen und schauten einander an, wenn sie sich nicht gerade küssten.

Irgendwann begann er zu reden, erzählte ihr in Kurzfassung, was er in den letzten Jahren erlebt hatte.

Nachdem er aus einem türkischen Gefängnis entlassen worden war, tauchte er im Nahen Osten unter. Eine Zeitlang lebte er in Beirut. Sie fragte ihn lieber nicht, wovon er dort gelebt, womit er seinen Lebensunterhalt finanziert hatte.

Vor einem Jahr hatte er sich eine Yacht gekauft und war ins Charter-Geschäft eingestiegen. Er vermietete sein Boot nur an wohlhabende Touristen, die ihn als Skipper akzeptierten.

Er gestand ihr auch, dass er es nicht gewagt hatte, sich bei ihr zu melden, da er überzeugt gewesen war, dass sie nichts mehr mit ihm zu tun haben wollte. Außerdem wurde er weiterhin in einigen Ländern gesucht. Im Gefängnis hatte er genug Zeit zum Nachdenken gehabt. Sein Leben war nach wie vor gefährlich. Er hatte beschlossen, sie keiner Gefahr mehr auszusetzen. Doch er hatte sie nicht vergessen können.

Sie hörte ihm nur mit halbem Ohr zu. Als er sie nach ihren Erlebnissen fragte, vertröstete sie ihn auf später. Sie war nervös und hatte keine Lust, ihm von ihren Abenteuern auf den Kanarischen Inseln und in Istrien zu erzählen.

Zögernd fragte er, ob es einen neuen Mann in ihrem Leben gäbe. Sie schüttelte den Kopf, konnte ihm unmöglich sagen, dass sie in einen kanarischen Privatdetektiv und später in einen kroatischen Polizisten verliebt gewesen war. Dieses Wiedersehen hatte sie völlig durcheinandergebracht. Im Moment wusste sie nicht, ob ihr nach Lachen oder Heulen zumute war.

Kurz vor Sonnenuntergang bat er sie, ihn in die Marina zu begleiten. Er wollte ihr unbedingt seine Yacht zeigen.

„Ich werde schauen, dass ich meine lästigen Gäste heute noch loswerde. Sie haben das Boot ohnehin nur bis morgen gechartert. Rausfahren wollen sie sowieso nicht mehr. Die eine Nacht können sie ruhig in einem Hotel verbringen."

Ihren Einwand, dass er wohl diese paar Stunden noch abwarten könne, ließ er nicht gelten. Mit der typisch griechischen Kopfbewegung, die Nein bedeutete, obwohl sie beinahe nach einem Ja aussah, nahm er sie wieder in die Arme.

Laura schlug vor, mit ihrem Wagen zum Port Vauban zu fahren, der sich zu Füßen des imposanten Fort Carré, einer Festung aus dem 16. Jahrhundert, befand. Alexander wollte lieber zu Fuß gehen.

Während des kurzen Spaziergangs erzählte er ihr mehr von seinen deutschen Kunden Klaus und Manuela. Sie vermutete richtig, dass die Frau, die sie vorhin im Café mit ihm gesehen hatte, Manuela war.

„Der Alte hat eine Schraubenfabrik, ist stinkreich und ein richtiges Ekelpaket, ein Mann, der gewöhnt ist, zu befehlen. Anfangs behandelte er mich wie einen Dienstboten. Das habe ich ihm rasch abgewöhnt. Der Herr an Bord ist immer der Skipper. Manuela ist zwanzig Jahre jünger als er. Sie war sehr freundlich zu mir, zu freundlich für meinen Geschmack", sagte er grinsend.

„Und du hast natürlich ihre Freundlichkeit erwidern müssen?"

„Im Gegenteil, ich ließ sie deutlich spüren, dass sie mich nicht interessiert."

Als sie die Marina erreichten, hatte der Wind nachgelassen. Die untergehende Sonne verfärbte den Himmel orangerot. Laura kam nicht dazu, den fantastischen Sonnenuntergang zu genießen.

„Voilà! Das ist mein Zuhause. Ist sie nicht ein richtiges Prachtstück?" Alexander deutete auf eine funkelnagelneue Jeanneau 55 und strahlte Laura an wie ein kleiner Junge.

Während sie die elegante Yacht gebührend bewunderte, packte er sie um die Mitte und hob sie an Bord.

„Scheint keiner da zu sein. Möchtest du etwas trinken? Ich habe einen ausgezeichneten Bordeaux, oder möchtest du lieber ein Bier? Eigentlich sollten wir unser Wiedersehen mit Champagner feiern. Aber ich fürchte, wir haben keinen mehr. Madame pflegte nur Champagner zu trinken, mindestens eine Flasche pro Tag ..."

Während er sprach, ging er unter Deck. Laura folgte ihm zögernd.

Plötzlich blieb er stehen und stieß einen komischen Laut aus. Es klang fast wie ein kläglicher Pfiff.

Er versperrte ihr die Sicht. Sie blickte über seine Schulter. „Nein!" Ihr Schrei war sicher meilenweit zu hören.

Mitten in der Kombüse lag ein Mann. Er lag auf dem Rücken. Auf seinem Hemd hatte sich in Brusthöhe ein großer roter Fleck ausgebreitet. Auch der helle Schiffsboden hatte dunkle Flecken.

Alexander beugte sich über den Toten, ohne ihn zu berühren. „Er hat zwei Kugeln im Bauch und eine in der Brust", konstatierte er mit belegter Stimme.

Dann durchsuchte er das ganze Boot, schaute in die Kombüse, die Kabinen, in den Nassraum und sogar in die großen Aufbewahrungsboxen.

„Manuela ist abgehauen", sagte er, als er zurückkam. „Alle ihre Sachen sind weg. Kein einziger Hinweis, dass sie je an Bord gewesen ist."

Er schlug die Hände vors Gesicht und stöhnte: „Verdammt! Dieses Miststück hat es getan. Jetzt beginnt die ganze Scheiße aufs Neue. Ich habe so gehofft, neu anfangen zu können. Alles lief so gut, die Yacht habe ich bar bezahlt. Das Chartergeschäft bringt genügend ein, um davon leben zu können. Ich habe sogar daran gedacht, das Geschäft auszubauen, mir noch zwei kleinere Yachten zuzulegen und sie ohne Skipper zu vermieten ..."

„Ist das nicht deine Waffe?" Laura deutete auf eine Walther PPK mit Schalldämpfer, die neben dem Toten lag. Sie erinnerte sich an diese Pistole, die Alexander bereits in Griechenland ständig bei sich getragen hatte.

Er nickte. „Die habe ich mir damals am Mexikoplatz in Wien besorgt."

„Und du hast sie einfach auf dem Boot herumliegen lassen?"

„Nein, was denkst du! Ich habe sie hinter den Leuchtraketen in einem Seitenfach in der Kombüse versteckt. Manuela muss mich entweder dabei beobachtet haben, wie ich sie hineinlegte, oder sie hat die Waffe zufällig entdeckt."

„Wir müssen sofort die Polizei verständigen."

„Um Himmels willen! Nein, bitte nicht! Sie würden meine wahre Identität bald herausfinden. Die europäischen Polizeibehörden sind ausgezeichnet vernetzt. Und obwohl ich meine Strafe abgesessen habe, würden sie mich natürlich sofort verdächtigen, diesen schwerreichen Unternehmer ermordet zu haben. Keiner wird mir glauben. Einmal Profikiller, immer Profikiller …"

„Quatsch! Du warst die ganze Zeit mit mir beisammen."

„Die ganze Zeit?" Er blickte sie zweifelnd an.

„Oder wird nach dir wegen einer anderen Geschichte gefahndet?"

Er schüttelte den Kopf. „Seit unserem letzten Treffen auf Zypern habe ich keine Waffe mehr abgefeuert. Ich bin absolut clean in dieser Hinsicht."

„Und du bist dir sicher, dass die Frau, mit der ich dich in dem Bistro am Markt gesehen habe, ihn umgelegt hat?"

„Wer sonst? Sie haben sich gehasst, und sie hat mir gesagt, dass sie ihn loswerden muss, bevor er die Scheidung einreicht."

„Wir werden sie finden. Sie kann nicht weit sein", sagte Laura.

„Wo sollen wir sie suchen? Flughafen, Bahnhof, Autoverleih? Das schaffen wir niemals." Er sah auf seine Uhr. „Sie hat ein paar Stunden Vorsprung."

„Glaub mir, du hast nichts zu befürchten. Du hast ein perfektes Alibi. Ich habe dich seit dem späten Vormittag keine Minute aus den Augen gelassen. Der Mann ist höchstens seit drei, vier Stunden tot, die Leichenstarre hat noch nicht eingesetzt. Umso länger wir warten, desto komplizierter wird es, den Polizisten alles zu erklären. Bestimmt hat uns jemand an Bord gehen sehen. Wie sollen wir begründen, dass wir nicht gleich die Polizei gerufen haben?"

Er schüttelte den Kopf. „Entschuldige, ich muss nachdenken."

„Wahrscheinlich sind sogar ihre Fingerabdrücke auf der Pistole", fuhr Laura aufgeregt fort. „Wenn sie im Affekt gehandelt hat, wird sie nicht daran gedacht haben, Handschuhe anzuziehen oder den Griff abzuwischen. Du wirst sehen, es wird alles gut."

„Wetten, dass sie Handschuhe getragen hat? Auf der Walther werden sich nur meine Fingerabdrücke befinden. Sie ist raffiniert. Früher hat sie einen Escort-Service in Frankfurt geführt. Die kennt sich im Milieu aus. Ich bin mir sicher, sie hat geplant, mir den Mord anzuhängen."

„Und mein Alibi zählt nicht?"

„Sie werden dir nicht glauben. Wenn sie herausfinden, dass wir zusammen waren, werden sie denken, dass du mich zu schützen versuchst."

„Ich habe inzwischen ziemlich viel Erfahrung mit Polizisten. Ich habe keine Angst vor ihnen", beteuerte sie.

Sogleich kamen ihr Zweifel. Ihr Französisch war mäßig, sie würde bei der Einvernahme eine Übersetzerin brauchen. Womöglich hatte er recht. Nicht auszudenken, wenn er wegen eines nicht begangenen Mordes ins Gefängnis müsste.

„Haben die beiden über deine Vergangenheit Bescheid gewusst?"

„Sie kannten nicht die ganze Wahrheit, haben nur gehört, dass ich ein paar Jahre in einem türkischen Gefängnis verbracht habe. Ich habe meine Phantasie spielen lassen und ihnen erzählt, dass ich in einen Spionagefall verwickelt war. Sie fanden das sehr aufregend."

Laura erblasste. In ihrem Hinterkopf war der Verdacht aufgetaucht, dass Alexander womöglich

Manuelas Komplize war und sehr wohl ihren Mann umgebracht haben könnte. Sie hatte ihn in Nizza aus den Augen verloren, er hatte mindestens zwei Stunden Vorsprung gehabt. Ausreichend Zeit, um jemanden zu ermorden. Alexanders Job war das Töten. Er hatte nichts anderes gelernt.

Lange und forschend sah sie ihm in die Augen. „Und das ist alles, was du mir zu sagen hast?"

„Ich liebe dich." Er nahm sie in die Arme.

Sie machte sich von ihm los. „Sag mir die Wahrheit."

Zögernd rückte er mit der ganzen Geschichte heraus. „Manuela hat sich während des Törns an mich herangemacht und öfters Andeutungen fallen lassen, dass sie sich ihres Mannes entledigen möchte. Heute im Bistro hat sie mir fünfzigtausend für einen kleinen Unfall geboten. Ich habe abgelehnt. Sie hat mich wütend sitzengelassen und den Job offenbar selbst erledigt. Das war's! Lass uns lieber überlegen, wie wir weiter vorgehen. Ich will dich in diese Sache nicht mit hineinziehen. Am besten, du verschwindest. Ich werde den Toten im offenen Meer bestatten und wir treffen uns dann um Mitternacht in der Bar im Hotel Negresco."

„Das kommt überhaupt nicht in Frage. Willst du, dass die Jagd erneut losgeht? Gefällt dir der Gedanke, wieder jahrelang auf der Flucht zu sein? Und was soll ich machen? Wie eine verlassene Seemannsbraut jeden Tag im Hafen auf dich warten? Nein danke, diese verrückte Idee kannst du dir abschminken. Ich werde die Polizei anrufen. Aber lass uns an Deck gehen, bevor wir hier noch mehr Spuren verwischen."

„Nichts da, ihr bleibt schön brav hier!"

Auf der Treppe stand die Deutsche, die Laura vorhin mit Alexander gesehen hatte. In ihrer rechten Hand hielt sie einen kleinen Revolver.

„Wer ist diese Tussi?", herrschte sie Alexander an.

„Meine Frau", sagte er.

„Umso besser. Hinsetzen!", befahl sie, den Lauf ihres Revolvers auf Laura gerichtet.

Laura ließ sich betont langsam auf der Sitzbank nieder. Aus den Augenwinkeln beobachtete sie Alexander. Er stand knapp neben der Leiche. Die Walther lag links von dem Toten und wurde durch seinen Bauch verdeckt.

„Ich weiß, was du vorhast. Eine falsche Bewegung und du bist tot", sagte Manuela grinsend. „Setz dich zu ihr. Und jetzt haltet Händchen. Wird's bald? Ich möchte eure Hände am Tisch sehen."

Laura hatte unauffällig ihr Handy eingeschaltet und nahm jedes Wort auf.

„Warum bist du zurückgekommen?", fragte Alexander.

„Kleine Planänderung. Ich wollte gerade die Marina verlassen, als ich euch an Bord gehen sah."

„Was haben Sie jetzt vor?", fragte Laura mit zittriger Stimme, als sie ihr Handy auf ihre Knie legte und dann beide Hände auf den Tisch.

„Na was wohl? Wir werden sofort losfahren, und sobald wir am offenen Meer sind, wird es zu einem fürchterlichen Streit kommen, bei dem es außer mir keine Überlebenden geben wird."

„Sie werden nicht ernsthaft glauben, dass Sie mit drei Morden davonkommen?"

„Warum nicht? Fragen Sie Alex. Er hat viel mehr Menschen auf dem Gewissen und wurde nie dafür zur Rechenschaft gezogen, nicht wahr, mein Schatz?"

„Woher weißt du ...?"

„Mein Gott, bist du naiv. Denkst du, ich habe dich zufällig als Skipper engagiert? Ich wusste von Anfang an über dich Bescheid. Einer unserer russischen Geschäftspartner hat mir geflüstert, dass du der geeignete Mann für gewisse Jobs bist." Sie lachte höhnisch.

Alexander drückte Lauras Hand und sah ihr tief in die Augen.

Sie ahnte, was er vorhatte, wollte ihn davon abhalten und umklammerte seine Hand.

„Ihr Turteltäubchen werdet euch nun leider trennen müssen. Du, Alex, machst alles fertig zum Ablegen. Ich passe einstweilen auf dein Schätzchen auf. Wenn du irgendetwas versuchst, ist sie tot. Alles klar?"

Alexander beugte sich weit vor, als er betont langsam aufstand. Dann ließ er sich blitzschnell über den Tisch rollen und versetzte Laura gleichzeitig einen heftigen Stoß mit seiner Rechten. Sie kippte zur Seite und wäre beinahe unterm Tisch gelandet.

Der Schuss verfehlte sie um mindestens zwanzig Zentimeter, zerfetzte ein Paneel an der Wand.

Alexander hatte die Deutsche mit zu Boden gerissen und versuchte, ihr den Revolver aus der Hand zu schlagen. Ein zweiter Schuss löste sich.

Er schrie auf.

Laura rappelte sich hoch und sah sich verzweifelt nach einem Gegenstand um, der ihr als Waffe dienen konnte. Ihr Blick fiel auf den Laptop am Kartentisch. Zu weit weg. Blind vor Wut stürzte sie zur Deutschen, die sich gerade von Alexander, der regungslos auf ihr lag, befreite. Sie brauchte beide Hände, um den schweren Körper von sich zu stoßen.

Diese Chance ließ sich Laura nicht entgehen. Sie erwischte die Walther PPK und drückte, ohne zu zögern, ab. Erst viel später wunderte sie sich über ihre Kaltblütigkeit. Es war nicht der erste Schuss, den sie in ihrem Leben abgegeben hatte. Viktor Novak, der kroatische

Kommissar, in den sie verliebt gewesen war, hatte ihr letzten Herbst das Schießen beigebracht. Allerdings hatte sie damals nur auf Zielscheiben geschossen.

Sie hatte Manuelas rechten Oberarm getroffen. Stöhnend und fluchend wand sich die Deutsche auf dem Boden. Schnell griff Laura nach einem Seil und fesselte Hände und Füße der Verletzten, ohne ihrer Jammerei die geringste Beachtung zu schenken.

Alexander erwachte aus seiner Ohnmacht und gab ein leises Stöhnen von sich.

„Du lebst! Oh mein Gott, ich dachte, du bist tot ...“ Laura weinte und lachte zugleich.

Die Kugel war in seine linke Schulter eingedrungen. Ein glatter Durchschuss.

Laura rief zuerst die Rettung und danach die Polizei an.

*

Es dauerte einige Tage, bis die französische Kriminalpolizei den Fall abgeschlossen hatte. Dank Lauras Tonaufnahme war die Geschichte bald geklärt. Die Passage, in der die Deutsche Anspielungen auf Alexanders Vergangenheit gemacht hatte, war von Laura gelöscht worden, bevor sie das Handy der Polizei übergeben hatte. Ihr Stoßgebet, dass dieser Kunstgriff, den sie von ihrem Liebsten gelernt hatte, nicht auffällt, wurde erhört.

Der Grieche wurde nach einer Woche aus dem Krankenhaus entlassen. Laura holte ihn ab und brachte ihn zu seiner Yacht.

Alexander wollte sofort losfahren. Erst als er ablegte, fragte er sie, wohin sie möchte.

„Einmal rund um die Welt bitte.“

Edith Kneifl
Wellengrab
Ein Griechenland-Krimi
368 Seiten
ISBN 978-3-7099-7924-2

Schatten über dem Urlaubsparadies! Laura Mars möchte auf
Mykonos entspannen. Schon auf der Fähre lernt sie einen
attraktiven Fremden kennen. Was sie nicht ahnt: Der Grieche
Alexander ist nicht nur weltgewandt und gutaussehend,
sondern auch brandgefährlich. Als bald darauf ein Toter im
Pool treibt, wird Laura bewusst: Alexander ist nicht der, für
den er sich ausgibt. Oder hat noch jemand Böses im Sinn?
Edith Kneifl zeigt Griechenland in all seinen Facetten:
Zwischen Mykonos, Samos und Ikaria wird der Inseltraum
zum Alptraum!

Edith Kneifl
Dünenzorn
Ein Kanaren-Krimi
352 Seiten
ISBN 978-3-7099-7925-9

Inselhopping der schlimmsten Art: Laura Mars reist nach
La Gomera. Sie ist dem Hilferuf ihres Vaters Mischa gefolgt:
Lauras Stiefmutter Ramona soll entführt worden sein, Mischa
vermutet die lokale Drogenmafia dahinter. Dann wird am
Morgen nach einer Alt-Hippie-Party eine Leiche angespült –
und Laura ahnt Schreckliches.
Mischa engagiert Privatdetektiv Alfredo Díaz. Dem traut
Laura anfangs nicht so recht über den Weg. Bis die beiden
gemeinsam auf Teneriffa und Gran Canaria zu ermitteln
beginnen – und sich dabei zwischen schwarzem Lavasand,
schroffen Landschaften und verlockenden Inselspezialitäten
näherkommen ...

Edith Kneifl
Klippensturz
Ein Istrien-Krimi
304 Seiten
ISBN 978-3-7099-7926-6

Adria-Idylle oder mörderischer Familien-Alptraum? Laura
Mars ist auf dem Weg nach Kroatien – ein Notar aus Pula hat
ihr mitgeteilt, dass sie eine Villa erben soll. Und zwar die Villa
jener Großmutter, die Laura bereits seit Jahren tot geglaubt
hat. Aber es kommt noch mysteriöser: Als sie ankommt, findet
Laura den Notar ermordet vor – und das Testament der
Großmutter ist verschwunden.
Während sie die herrlichsten Plätze und dunkelsten
Geheimnisse der Halbinsel erkundet, lässt sich Laura immer
mehr auf eine Beziehung ein, die sie in ernsthafte Gefahr zu
bringen droht ...

MIX
Papier | Fördert
gute Waldnutzung
FSC® C083411

Auflage:
4   3   2   1
2027 2026 2025 2024

HAYMON tb **323**

Originalausgabe
© Haymon Krimi, Innsbruck-Wien 2024
www.haymonverlag.at

Alle Rechte vorbehalten. Kein Teil des Werkes darf in
irgendeiner Form (Druck, Fotokopie, Mikrofilm oder in einem
anderen Verfahren) ohne schriftliche Genehmigung des Verlages
reproduziert oder unter Verwendung elektronischer Systeme
verarbeitet, vervielfältigt oder verbreitet werden.

ISBN 978-3-7099-7971-6

Inhaltliche Betreuung, Lektorat, Projektleitung:
Haymon Krimi / Verena Friedl
Buchinnengestaltung nach Entwürfen von himmel. Studio für Design
und Kommunikation, Innsbruck / Scheffau – www.himmel.co.at
Umschlag: Eisele Grafik · Design, München unter Verwendung von
folgender Illustration: Adobe Stock / Maksim Kostenko
Satz: Da-TeX Gerd Blumenstein, Leipzig
Autorinnenfoto: Yasmina Haddad

Gedruckt auf umweltfreundlichem,
chlor- und säurefrei gebleichtem Papier.